암살주식회사

THE ASSASSINATION BUREAU, LTD.

by JACK LONDON

암살주식회사

잭 런던 장편소설   한원희 옮김   로버트 L. 피시 구성

THE ASSASSINATION BUREAU, LTD.

JACK LONDON

문학동네

차례

암살주식회사

9

『암살주식회사』의 줄거리는 잭 런던이 1910년 3월 11일 싱클레어 루이스(1930년 노벨문학상 수상자)에게 70달러를 주고 사들인 열네 개의 이야기 개요 중 하나였다. 런던은 2만 단어 분량의 내용을 쓴 뒤 1910년 6월 말 소설의 결말을 논리적으로 끝맺지 못하겠다는 이유로 집필을 중단했다. 1963년 가을에 출간된 로버트 L. 피시의 완결본에는 '소설을 완성하기 위해 잭 런던이 남긴 메모'와 '차미언 런던이 구상한 결말'이 함께 수록됐다.

1

그는 잘생긴 남자였다. 크고 촉촉한 검은 눈동자, 올리브 빛
이 은은하게 감도는 티 없이 깨끗하고 한없이 보드라운 피부,
어루만지고 싶은 덥수룩한 검정 곱슬머리를 한, 이를테면 여
자들의 눈길을 사로잡는 남자, 자기 외모에 이런 미묘한 성질
이 있다는 걸 정확하게 꿰뚫고 있는 그런 남자였다. 허리는 늘
씬하고 몸매는 탄탄했으며 어깨가 떡 벌어져 있었다. 그런데
사내답게 거침없는 걸음걸이와 달리, 방안을 둘러보는 시선과
그를 방으로 안내하고 돌아나가는 하인을 좇는 눈길에는 불
안한 기색이 엿보였다. 하인은 농아였는데, 이곳을 먼저 다녀
간 래니건이 귀띔해주지 않았더라면 긴가민가했을 터였다.

하인의 등뒤에서 문이 닫히자 방문객의 몸이 저절로 부르르 떨렸다. 그 공간에 그런 감정을 유발할 만한 것은 전혀 없었다. 조용하고 기품 있는 방이었다. 책이 가득 꽂힌 서가가 늘어서 있고 여기저기 동판화가, 한쪽에는 지도꽂이가 있었다. 벽에는 기차 시간표와 증기선 책자들이 빽빽이 들어찬 대형 선반이 있었다. 창틀을 양옆에 두고 크고 평평한 책상이 자리하고 있었는데 그 위에는 전화기가, 책상과 연결된 보조 테이블에는 타자기가 놓여 있었다. 모든 게 주도면밀하게 정돈된 모습이 이 방의 비범한 주인이 체계적인 사람임을 고스란히 드러내고 있었다.

기다리던 남자의 관심이 서가로 향했다. 그는 서가를 따라 걸으며 숙달된 눈으로 선반에 꽂힌 책을 한 번에 쓱 훑었다. 빽빽하게 들어찬 서가에서도 그가 전율할 만한 요소는 전혀 없었다. 입센의 산문극과 쇼의 희곡과 소설 여러 권이 그의 눈을 사로잡았다. 와일드, 스몰렛, 필딩, 스턴의 호화판본과 『아라비안나이트』, 라파르그의 『소유의 진화』, 『학생들을 위한 마르크스』 『페이비언 사회주의』, 브룩스의 『경제패권』, 도슨의 『비스마르크와 국가사회주의』, 엥겔스의 『가족의 기원』, 코넌트의 『동양에서의 미국』, 존 미첼의 『조직노동』도 보였다. 조금 떨어진 곳에는 러시아어 원서로 된 톨스토이, 고리키, 투르게네프, 안드레예프, 곤차로프, 도스토옙스키의 작품들이 있었다.

남자의 발길이 최신 학문지와 계간지가 가지런히 쌓여 있는 큰 책상에 닿았다. 모서리에 신간 소설 십여 권이 있었다. 그는 안락의자로 가서 다리를 쭉 뻗고 앉아 담배에 불을 붙였다. 자연스레 눈길이 책 쪽으로 향했다. 붉은색의 얇은 양장본 책이 눈에 들어왔다. 앞표지에는 요염한 여자가 관능적인 포즈를 취하고 있었다. 그는 책을 집어들고 제목을 바라보았다. 『4주: 요란한 책』. 책을 펼치자 책장에서 강도는 약하지만 제법 날카로운 폭발이 일어나면서 동시에 불빛이 번쩍이고 연기가 피어올랐다. 순간 그는 두려움에 떨면서 뒤로 넘어가 의자 깊숙이 가라앉았다. 사지가 붕 뜨고 책이 허공으로 날아갔다. 실수로 뱀을 집어들었다가 내치는 사람 꼴이었다. 그는 큰 충격을 받았다. 아름다운 올리브 빛 안색은 검푸르게 바뀌고 촉촉한 검은 눈동자는 공포로 부풀어올랐다.

그때였다. 내부로 통하는 문이 열리고 비범한 주인이 방안에 들어섰다. 그는 냉소를 머금고 상대의 비굴한 공포를 관찰한 다음 허리를 굽혀 책을 집어들더니 보란듯 활짝 펼쳤다. 그러자 종이 화약을 터뜨린 장치가 드러났다.

"자네 같은 종자들이 부득불 날 찾아오는 게 이상한 일은 아니지." 그가 조롱하듯 말했다. "당신네 테러리스트들은 정말이지 이해할 수 없어. 가장 두려워하는 것에 가장 끌리다니, 대체 이유가 뭔가?" 그의 목소리에는 이제 진지한 경멸이 깃들어 있었다. "별거 아닐세, 그저 화약이야. 설사 이 장난감 총 탄약이 자네 혓바닥 바로 위에서 터졌다고 해도 고작 먹고 말하는 기능이 잠시 불편해지는 걸로 끝났을 걸세. 이번엔 누굴 죽이고 싶은 겐가?"

주인장의 외모는 방문객과는 딴판이었다. 머리색은 바랜 것처럼 옅은 금발이었고, 창백하기 그지없는 푸른색 눈동자에 드리운 가느다랗고 고운 속눈썹은 마치 백색증에 걸린 사람을 떠올리게 했다. 살짝 벗어진 머리는 일정한 길이의 얇고 보드라운 모발로 덮여 있었는데, 눈처럼 새하얬지만 세월에 물든 게 아니었다. 입매는 매몰차지 않으면서도 단호하고 신중해 보였고, 볼록하게 솟은 넓고 고귀한 이마는 그 뒤에 명석한 두뇌가 있음을 또렷이 드러내고 있었다. 그는 지나칠 만큼 정확한 영어를 구사했는데, 억양이 전혀 없고 너무 밋밋해서 그 자체로 새로운 억양이 될 정도였다. 조금 전 짓궂은 장난을 친 사람치고 유쾌함이라곤 없었다. 학자임을 암시하는 근엄함과 엄숙한 위엄이 느껴졌다. 동시에 권위가 익숙한 듯 보이고, 가짜 책과 장난감 총 탄약과는 거리가 먼 고도의 철학적 침착함이 엿보였다. 하지만 그의 성향, 무색에 가까운 머리색, 팽팽한 얼굴은 너무 오묘해서 나이를 짐작하기 힘들었다. 서른 살에서 쉰 살, 아니 예순 살 사이로 보였다. 보기보다 나이가 많을 것 같기도 했다.

"이반 드라고밀로프 씨 되십니까?" 방문객이 물었다.

"그렇게들 알고 있지. 하지만 그건 아무에게나 붙일 수 있는 이름이야. 자네가 월 하우스먼인 것과 같은 이치지. 그렇게 불리는 것뿐이니까. 자네가 누군지 잘 아네. 캐럴라인워필드단(團)의 사무장이지. 전에도 거래한 적 있다네. 그때는 래니건이 온 걸로 기억하는데."

그는 말을 멈추고 성긴 정수리에 테가 둥근 검정 모자를 올려 쓰며 자리에 앉았다.

"이의를 제기하러 온 건 아니길 바라네만." 그가 냉랭하게 덧붙였다.

"아, 그런 건 절대 아닙니다." 하우스먼이 황급히 그를 안심시켰다. "그때 일은 대단히 만족스러웠습니다. 다시 찾아오지 못한 건 오로지 비용 때문입니다. 그런데 이번에는 맥더피라는 경찰서장을……"

"나도 아네, 그자가 누군지." 상대가 말을 잘랐다.

"짐승만도 못한 놈입니다. 악랄한 놈이죠." 하우스먼은 독기가 잔뜩 오른 채 재빨리 말을 이었다. "계속해서 우리의 신조를 억압했습니다. 조직의 숭고한 정신을 꺾어버렸단 말입니다. 우리의 경고를 무시하고 토니, 시서롤, 글럭을 추방했어요. 집회를 해산시키는 건 예사예요. 그자의 수하들이 소에게 하듯 우릴 곤봉으로 마구 때렸습니다. 그 작자 때문에 우리 형제자매 네 명이 박해를 받고 지금 감방에서 고생중이에요."

그가 불만을 장황하게 늘어놓는 동안 드라고밀로프가 하나도 놓치지 않으려는 듯 진중하게 고개를 끄덕였다.

"생어 영감이라는 분이 계십니다. 오염된 문명의 공기 속에서 순수함과 고결함을 간직한 일흔두 살의 원로시죠. 싱싱교도소에서 십 년 형기를 채우시느라 건강이 말이 아니에요. 생명이 사그라들고 있다고요. 이 자유인의 땅에서 말입니다. 대체 무엇을 위해서요?" 흥분한 그가 목소리를 높였다. 그러나 곧 절망스러운 허탈감에 무너져 힘없이 덧붙였다. "다 소용없는 일입니다.

법 사냥개들에게 다시 적색 교훈을 일깨워줄 겁니다. 우리를 괴롭히고도 처벌받지 않는 걸 더는 두고 보지 못하겠어요. 맥더피의 부하들이 증인석에서 위증했습니다. 확실한 건 맥더피가 너무 오래 살았다는 겁니다. 이제 때가 됐어요. 그는 지금까지 우리가 자금을 마련하지 못한 탓에 목숨을 부지한 것뿐이에요. 암살 비용이 변호사 비용보다 싸다는 걸 깨달은 순간부터 우리는 불쌍한 동지들을 감옥에 버려둔 채 빠르게 비용을 마련했습니다."

"사회적으로 정당하다는 결론이 나오지 않으면 의뢰를 처리해줄 수 없다는 규칙은 알고 있겠지." 드라고밀로프가 침착하게 그를 응시했다.

"물론입니다." 하우스먼이 발끈하며 대답했다.

"이 경우는 말일세." 드라고밀로프가 차분하게 선고했다. "의심의 여지는 남아 있지만, 자네의 명분이 정당하다고 여겨지네. 맥더피가 죽는 게 사회적으로 이롭고 또 옳다고 사료되는군. 나도 그자와 그자의 악행을 훤히 알지. 조사를 해도 같은 결론일 거라 장담하네. 자 그럼, 비용으로 넘어가지."

"그래도 혹시 맥더피가 죽는 게 사회적으로 정당하다는 결론이 나지 않으면 어떻게 됩니까?"

"조사 비용 10퍼센트를 제하고 나머지를 돌려받게 될 걸세. 그게 관행이네."

하우스먼이 주머니에서 두툼한 지갑을 꺼내고 잠시 머뭇거렸다.

"반드시 일시금이어야 합니까?"

"조건을 알지 않나." 그가 가볍게 질타했다.

"우리 무정부주의자들의 가난한 처지를 아시리라 생각했죠. 아니, 알아주시길 바랐습니다."

"그래서 싸게 해주는 거야. 대도시 경찰서장을 없애는 데 1만 달러가 많다고 할 순 없지. 단언컨대 겨우 비용을 충당하는 정도야. 개인적인 의뢰였다면 비용이 훨씬 더 들었을 걸세. 아무리 일반인을 처리한다고 해도 말이야. 자네들이 가난에 허우적대는 단체가 아니라 백만장자였다면 맥더피를 해치우는 데 못해도 5만 달러는 내야 했을 거야. 게다가 위험을 고려하면 딱히 구미가 당기는 일도 아니고."

"참 대단하십니다! 왕이라도 없애달라면 대체 얼마를 받으시려고요?" 상대가 목소리를 높였다.

"그야 매번 다르지. 영국 왕쯤 되면 50만 달러는 받아야지. 2~3등급쯤 되는 별 볼 일 없는 왕이라면 7만 5천에서 10만 사이쯤 되겠군."

"그 정도나 할 줄은 꿈에도 몰랐습니다." 하우스먼이 투덜댔다.

"왕이 살해당하는 경우가 드문 건 바로 그 때문이지. 그런데 자네는 내가 만든 이 완벽한 조직에 어마어마한 비용이 든다는 사실을 간과한 것 같군. 출장비만 해도 자네가 상상하는 것 이상이네. 설마 그 많은 조직원이 푼돈을 받고 제 손으로 사람 목숨을 앗아가는 일을 수행할 거라 생각하는 건 아니겠지. 그리고 우리가 의뢰인에게 어떤 피해도 가지 않도록 일을 처리한다는 사실을 잊어선 안 되네. 맥더피 서장 목숨값 1만 달러가 과하게 느껴진다면 자네 목숨값을 그보다 더 낮게 매길 수 있을지 궁금하군. 게다가 당신네 무정부주의자들은 실력이 형편없잖은가. 손만 댔다 하면 일을 망치거나 붙잡히고 말지. 설상가상으로 늘 다이너마이트 같은 폭발장치만 고집하잖나. 그게 얼마나 위험한지도 모르고……"

"처형은 떠들썩하고 극적인 방식으로 거행돼야 하니까요." 하우스먼이 해명했다.

암살국의 수장이 고개를 끄덕였다.

"무슨 말인지 알지만 요지는 그게 아니야. 그런 어리석고 역겨운 살해 방식은 우리 조직원들을 해칠 수 있다는 얘기네. 그건 그렇고, 독살을 허용해주면 10퍼센트 깎아주겠네. 공기총은 25퍼센트. 어떤가?"

"말도 안 됩니다!" 무정부주의자가 소리쳤다. "우리의 목적에 부합하지 않습니다. 처형은 반드시 붉게 이뤄져야 합니다."

"그렇다면 깎아줄 수 없네. 하우스먼, 자네는 미국인일 테지?"

"네. 출생지도 미국입니다. 저멀리, 미시간주 세인트조지프."

"자네가 직접 맥더피를 처리하면 돈을 절약할 수 있을 텐데?"

무정부주의자의 얼굴에 핏기가 가셨다.

"아니, 그건 안 됩니다. 나무랄 데 없이 훌륭하게 일을 처리해주시지 않습니까, 드라고밀로프 씨. 실은…… 사람을 죽이거나 피를 보는 게 제 성정에 맞지 않아서요. 그러니까, 제 성향이 그렇단 말입니다. 생각만 해도 정말 끔찍합니다. 아무리 이론상으로 정당한 죽음일지언정 제 손으로는 못하겠습니다. 그, 그냥 못하는 겁니다. 어쩔 수 없어요. 손으로 파리 한 마리도 죽이지 못하는걸요."

"그런데 그런 과격한 단체에 잘도 들어갔군."

"압니다. 그것도 성향 탓이에요. 이성적이고 저항을 거부하는 톨스토이파로 만족할 수 없습니다. 마사브라운단처럼 다른 쪽 뺨을 내주는 건 말도 안 된다고 생각합니다. 한 대 맞으면 당연히 반격해야죠."

"대리인을 써서라도 말이지." 드라고밀로프가 무덤덤하게 끼어들었다.

하우스먼이 고개를 까딱했다.

"대리인을 써서라도요. 힘이 달리면 별다른 수가 있겠습니까? 자, 여기 대금이 있습니다."

드라고밀로프가 돈을 세는 사이 하우스먼이 마지막 흥정을
시도했다.

"틀림없이 1만 달러입니다. 가져가십시오. 단, 그 돈은 수
많은 우리 동지들이 지도부의 무리한 요구에 맞춰 쥐어짜낸
헌신과 희생이라는 걸 알아주십시오. 그래서 말입니다……
혹시 모건 경위도 함께 처리해주실 수 없겠습니까? 그 또한
악랄한 짐승 같은 놈입니다."

드라고밀로프가 고개를 저었다.

"그건 곤란하네. 이미 전례가 없을 정도로 싸게 책정했다네."

"폭탄을 사용한다면 말입니다." 상대는 물러서지 않았다.
"한꺼번에 두 사람을 보낼 수 있지 않겠습니까?"

"절대 그렇게는 하지 않아. 당연히 맥더피 서장에 대한 조
사가 선행될 걸세. 모든 거래마다 도덕 검증이 시행될 테고,
만일 그의 죽음이 사회적으로 정당하다는 결론이 나오지 않
으면……"

"1만 달러는 어떻게 되는 겁니까?" 초조해진 하우스먼이
끼어들었다.

"조사 비용 10퍼센트를 제하고 돌려주겠네."

"만약 거사가 실패로 돌아가면요?"

"만약 일 년 안에 해결되지 않으면 이자 5퍼센트를 더 얹은 금액을 돌려받게 될 걸세."

대화가 끝났다는 뜻을 전달하기 위해 드라고밀로프가 벨을 누른 뒤 자리에서 일어섰다. 하우스먼도 그를 따라 일어서 하인이 도착할 때까지 남은 시간을 이용해 또다른 질문을 던졌다.

"만일 선생이 죽기라도 하면 어떻게 되는 겁니까? 사고가 나든, 병이 나든, 어떤 식으로든요. 돈을 지불했다는 영수증이 없으니 잃어버린 거나 마찬가지 아니겠습니까?"

"다 대비해뒀으니 걱정하지 말게. 샌프란시스코 지부장이 올 때까지 시카고 지부장이 책임지고 모든 일을 처리할 테니. 바로 작년에 그런 일이 일었지. 버지스 기억하는가?"

"어떤 버지스 말입니까?"

"철도 왕 버지스. 우리 쪽 사람 한 명이 일을 맡아서 거래가 성사되었고, 여느 때처럼 대금을 먼저 받았지. 물론 도덕 검증도 마친 상태였어. 두 가지 일이 벌어졌는데, 먼저 버지스가 기차 사고로 숨지고 다음으로 우리 조직원이 폐렴으로 죽고 말았어. 그런데도 돈은 돌려줬다네. 원칙대로라면 돌려주지 않아야 하지만 내가 그렇게 결정했네. 우리가 오랫동안 성공적으로 사업을 해나갈 수 있었던 건 의뢰인과 떳떳하게 거래해왔기 때문이라네. 장담하는데, 법의 테두리 밖에서 활동하는 우리 같은 사람들에겐 가장 엄격한 정직의 잣대가 필요해. 그게 없으면 파멸에 이르고 말 거야. 그건 그렇고 맥더피 건 말인데……"

바로 그때 하인이 방에 들어왔다. 하우스먼이 조용히 하라는 경고 신호를 보내자 드라고밀로프가 미소 지었다.

"저자는 아무것도 듣지 못한다네."

"좀전에 벨을 눌렀잖습니까. 참나, 아까는 제가 누른 초인종 소리를 듣고 문을 열어줬다고요."

"벨이 울리면 불빛이 깜박이기 때문이지. 벨을 누르면 전깃불이 들어온다네. 저자는 태어나서 지금까지 그 어떤 소리도 들어본 적 없어. 자네 입술이 움직이는 걸 보지 않는 이상 무슨 말을 하는지 알지 못한다네. 다시 맥더피 얘기로 돌아가서, 거사에 대해 충분히 생각해봤겠지? 알다시피 우리는 의뢰가 일단 접수되면 계약은 성사된 걸로 간주한다네. 그러지 않으면 이 일을 계속해나갈 수 없어. 우리에겐 우리만의 규칙이 존재하네. 의뢰가 접수되면 절대 돌이킬 수 없어. 문제없겠지?"

"네." 하우스먼이 문 앞에서 발걸음을 멈췄다. "언제쯤 소식을 들을 수 있습니까? 처리…… 했다는 소식 말입니다."

드라고밀로프가 잠시 생각에 잠겼다.

"일주일이면 돼. 이번 경우 검증은 형식에 불과하니까. 진행 방식 자체는 매우 간단하네. 이미 우리 사람들이 대기하고 있어. 조심히 가게."

2

그로부터 일주일이 지난 어느 날 오후, 전기차[*] 한 대가 대규모 러시아 수입사 S. 콘스탄틴사[社] 앞에서 대기중이었다. 오후 세시 정각 세르기우스 콘스탄틴이 개인 사무실을 나와 차로 향하며, 뒤를 따르는 관리인에게 계속해서 뭔가를 지시했다. 하우스먼이나 래니건이 차에 타는 그의 모습을 보았다면 그 자리에서 얼굴은 알아봤겠지만 세르기우스 콘스탄틴이라는 이름에는 고개를 갸웃했을 것이다. 그리고 그가 누구냐는 질문을 받는다면 이반 드라고밀로프라고 답했을 것이다.

---

[*] 19세기 말 최초 발명된 전기자동차는 가솔린자동차가 상용화된 20세기 초까지 도로를 누볐다. 당시 뉴욕과 파리 등지에는 전기 택시가 대규모 도입되었다.

남쪽으로 차를 몰아 번잡한 이스트사이드로 진입한 사람은 다름 아닌 이반 드라고밀로프 자신이었다. 그는 "호외요!"를 외치는 부랑아에게 신문을 사기 위해 한번 멈춘 다음 헤드라인과 그 아래, 인근 도시에서 벌어진 무정부주의자의 테러 행위와 맥더피 서장 사망 소식을 실은 짤막한 기사를 읽을 때까지 움직이지 않았다. 조수석에 신문을 내려놓고 차를 출발시키는 그의 얼굴에 잔잔한 자신감이 번졌다. 그의 조직이 해낸 것이다. 그것도 평소와 다름없이 매끄럽게. 사전 조사—이번 사건의 경우에는 형식에 불과했다—가 이뤄졌고, 명령이 하달되고 맥더피가 죽었다. 그는 옅은 미소를 머금고 이스트사이드의 빈민촌에서도 가장 열악한 구역 가장자리에 있는 어느 현대식 아파트 건물 앞에 차를 세웠다. 그의 미소는 기뻐할 캐럴라인워필드단을 향한 것이었다. 직접 살해할 용기가 없는 테러리스트라니.

엘리베이터를 타고 꼭대기 층에서 내린 콘스탄틴이 초인종을 누르자 젊은 여성이 문을 열고 나왔다. 여자는 그의 목에 덥석 매달리더니 키스 세례와 러시아식 애칭을 퍼부었다. 남자도 그녀를 '그루냐'라고 부르며 화답했다.

내부는 아늑하게 꾸며져 있었다. 이스트사이드에서는 꽤 괜찮은 아파트라는 걸 감안하더라도 놀라우리만치 아늑하고 우아했다. 가구와 장식들은 소박하면서도 세련되고 값나가 보였으며, 책장에는 책이 가득하고 테이블에는 잡지들이 어지럽게 널려 있었다. 쭉 걸으면 널찍한 응접실이 나왔다. 혈기 왕성한 러시아 여인 그루냐도 금발이었지만, 방문객의 희끄무레함과 달리 다채로운 색감이 뒤섞여 있었다.

"미리 전화하셨어야죠." 원망 섞인 그녀의 영어에는 그와 마찬가지로 어떤 억양도 섞여 있지 않았다. "외출했을 수도 있잖아요. 늘 불규칙하시니, 언제 오실지 당최 가늠할 수가 있어야죠."

그는 석간신문을 옆에 두고 창가의 널찍한 소파에 앉아 쿠션 사이에 몸을 묻었다.

"먼저 그루냐, 야단으로 인사를 대신하면 안 된단다." 그녀를 바라보는 그의 눈에는 애정이 잔뜩 담겨 있었다. "난 네가 가르치는 빈민층 꼬맹이가 아니란다. 그리고 넌 나한테 이래라저래라 할 수 없어. 심지어 언제 세수를 하고 코를 풀지도. 네가 집에 있을 거라 생각하고 오긴 했다만 주목적은 새 자동차를 시승하는 데 있었지. 같이 한 바퀴 돌고 오지 않으련?"

그루냐가 고개를 저었다.

"오늘 오후는 안 돼요. 네시에 누가 오기로 했거든요."

"염두에 두도록 하마." 그가 손목시계를 힐끗 쳐다보았다.

"주말에 집에 들를 건지도 궁금했어. 그동안 비워둬서 에지무어도 외로웠을 게야."

"전 사흘 전에도 갔었어요." 그녀가 툴툴거렸다. "그로셋 말로는 한 달 동안 들르지 않으셨다던데요?"

"좀 바빴어. 하지만 앞으로 일주일간 쉬면서 밀린 책을 읽을 생각이야. 그건 그렇고, 네가 자주 드나들었다면 그로셋이 네게 그런 얘기를 할 필요가 없지 않았겠니?"

"바빴어요, 조사관님. 저도 바빴다고요." 그녀는 깔깔댄 뒤 그의 손을 부드럽게 어루만졌다.

"주말에 올 테냐?"

"이제 겨우 월요일인걸요." 그녀가 잠시 생각에 잠겼다. "좋아요, 단," 그녀가 짓궂게 뜸을 들였다. "친구를 데려가도 좋다면요. 분명 그이가 마음에 드실 거예요. 확실해요."

"오호라, 그이라고 했니? 너와 어울려 다니는 장발의 사회주의자 녀석 중 한 명이겠구나."

"틀렸어요. 단발이에요. 제발, 삼촌, 그 싱거운 농담 좀 재탕하지 마세요. 제 평생 장발의 사회주의자는 한 번도 본 적 없다고요. 삼촌도 그렇잖아요."

"그렇지. 하지만 그자들이 맥주를 마시는 건 많이 봤지." 그의 목소리는 확신에 차 있었다.

"정말 혼 좀 나셔야겠어요!" 그루냐가 쿠션을 들고 위협적으로 가까이 다가갔다. "우리 꼬맹이들이 자주 하는 말이 있어요. '뜨거운 맛 좀 봐라!' 자! 여기도! 여기도!"

"그루냐! 그만!" 그가 쿠션 세례 속에서 신음하며 숨을 헐떡였다. "이건 잘못된 행동이야. 무례한 짓이라고. 네 어머니의 오빠에게 이런 식으로 대하다니. 나도 이제 점점 늙어가는데……"

"나 원 참!" 기세 좋던 그루냐가 쿠션을 내려놓으며 말을 멈췄다. 그런 다음 그의 손가락을 들고 살폈다. "이 손가락으로 카드 뭉치를 두 동강 내고 은화를 구부린 걸 모르는 사람이 있나요?"

"다 지난 얘기지. 이제는…… 힘이 없구나."

그가 문제의 손가락을 그녀의 손 위에 힘없이 늘어뜨리자 그녀가 다시 흥분했다. 이제 그녀는 그의 이두박근에 손을 갖다댔다.

"힘줘봐요." 사뭇 명령조였다.

"아, 안 돼." 그가 더듬거렸다. "……아! 아야! 자, 이게 제일 힘준 거야." 당연히 그는 거의 힘을 쓰지 않았다. "봐라, 이제 힘이 없다고 했잖니. 노화 때문에 근육이 다 빠져버렸구나."

"힘주세요!" 이번에는 그녀가 발을 쿵 내디디며 소리쳤다.

콘스탄틴은 마침내 항복한 채 고분고분해졌고, 부풀어오른 이두박근이 느껴지자 그녀의 얼굴이 감탄으로 빛났다.

"강철 같아요." 그녀가 중얼거렸다. "살아 있는 강철. 정말 놀라워요. 삼촌은 잔인하리만치 힘이 세요. 삼촌이 나한테 힘을 쓰면 난 죽고 말 거예요."

"너도 기억할 거다." 그가 대답했다. "이건 너도 인정할 거야. 네가 아주 어렸을 때, 그것도 지독한 말괄량이였을 때도 엉덩이 한 번 때린 적 없다는 걸."

"아, 하지만 그건 체벌에 반대하는 삼촌의 신념이기 때문이잖아요?"

"맞아. 그런데 그 신념이 흔들린 적이 있었다면 다 너 때문이야. 네가 세 살에서 여섯 살 사이이던 무렵에 자주 그랬지. 그루냐, 얘야. 네 기분을 상하게 할 의도는 없다만, 사실을 말하지 않을 수 없구나. 그 당시 넌 말이다, 야만적이고, 미개하고, 원시적인 정글 괴물에…… 악동 중의 악동, 도덕관념이나 교양이라곤 없는 새끼 늑대에다……"

쿠션이 위협적으로 공중으로 치솟자 그는 말을 멈추고 팔을 들어 아치형으로 구부려 머리를 감쌌다.

"잘 봐!" 그가 소리쳤다. "지금 네 행동을 봤을 때 그때와 다른 점이라곤 네가 이제 다 큰 늑대라는 것뿐이구나! 스물두

살 됐지? 이제 힘이 세졌다고 날 공격하잖니. 하지만 지금도 늦지 않았어. 한 번만 더 날 두들겨패면 그땐 정말 엉덩이를 때려줄 테다. 네가 아무리 다 큰 아가씨라고 해도, 뚱보 아가씨라고 해도 말이다."

"정말 못됐어! 나 뚱보 아니에요!" 그녀가 팔을 쭉 뻗었다. "보세요. 만져봐요. 다 근육이에요. 몸무게가 58킬로그램이라고요. 그 말 취소 안 해요?"

쿠션이 다시 공중으로 치솟았다가 그의 위로 떨어졌다. 그가 웃으며 앓는 소리를 내고 팔로 막아내며 몸을 피해 자신을 방어하려 애쓰는 사이 하녀가 사모바르*를 들고 들어왔다. 마침내 그루냐가 공격을 멈추고 차를 따랐다.

"네가 돌보는 아이 중 한 명이니?" 하녀가 자리를 뜨자 그가 물었다.

그루냐가 고개를 끄덕였다.

"그런대로 괜찮구나." 그가 덧붙였다. "얼굴도 깨끗하고."

"빈민구제 사업 얘기를 꺼내면 흥분할 테니 아무 말씀 마세요." 그녀는 상냥하게 웃으며 그를 어루만진 뒤 차를 건넸다. "저 자신의 발전을 도모하는 거예요. 그게 다예요. 삼촌

---

* 물을 끓이는 데 사용하는 러시아식 주전자.

에겐 이제 스무 살 때의 신념이 없잖아요."

콘스탄틴이 고개를 끄덕였다.

"난 그저 몽상가일지도." 아쉬워하는 듯한 목소리였다.

"삼촌은 책도 읽고 공부도 하셨지만, 사회를 개선하는 일에
는 전혀 참여하지 않으셨어요. 한 번도 나선 적 없으시잖아요."

"한 번도 나선 적 없지." 그가 슬픈 듯 되풀이했다. 동시에
그의 시선은 맥더피 서장의 사망을 알리는 신문 헤드라인으
로 향했다. 그는 입술을 비죽거리며 새어나오려는 웃음을 간
신히 참아야 했다.

"러시아 사람 특징이죠." 그루냐가 열을 올리며 말을 이었
다. "내 말은, 연구하는 거요. 정밀하게 조사하고 점검하면서
실천과 행동만 빼고 다 하잖아요. 하지만 난……" 그녀의 어
린아이 같은 목소리가 기세등등해졌다. "난 신세대예요. 우
리 집안의 첫 미국인 세대라고요……"

"넌 러시아에서 태어났어." 그가 덤덤하게 끼어들었다.

"하지만 미국에서 자랐잖아요. 고작 아기였다고요. 난 이
행동하는 땅 말고 다른 땅은 알지 못해요. 그런데 세르기우스
삼촌, 삼촌이 사업에만 몰두하지 않았다면 정말 대단했을 거
예요."

"네가 여기서 하는 일을 좀 보려무나." 그가 말했다. "잊어

선 안 된다. 내 사업 덕에 네가 빈민구제 사업을 할 수 있다는 걸. 나도 선행을 하긴 하는데……" 그는 망설이다 온순한 테러리스트 하우스먼을 떠올렸다. "대리 선행을 하는 거야. 그렇지. 네가 내 대리인이고."

"나도 알아요. 그런 말을 하다니 난 배은망덕하기 짝이 없군요." 말투가 한결 너그러워졌다. "삼촌이 날 응석받이로 키웠어요. 날 낳아준 아버지를 모르니 이런 얘길 해도 반역죄는 아니겠죠. 사실 아버지의 빈자리를 채워준 사람이 삼촌이라서 기뻐요. 우리 아버지, 아니 그 어떤 아버지도 이토록 엄청나게 관대하지 못했을 거예요."

창가 소파에 나른하게 앉아 있는 희끄무레하고 성긴 금발을 한 강철 근육 남자에게 이번에 쏟아진 건 쿠션이 아닌 키스 세례였다.

"네 무정부주의는 어떻게 됐지?" 그의 짓궂은 질문은 그녀의 고백이 불러온 약간의 당혹감과 기쁨을 감추는 게 주목적이었다. "한동안 그랬잖니, 몇 년 전까지만 해도 사회질서를 옹호하는 자들에게 죽음과 파멸의 기운을 불어넣는 제대로 된 공산주의자가 될 것처럼 굴더니 말이야."

"무, 물론 그쪽에 관심이 있었던 건 사실이에요." 그녀가 마지못해 수긍했다.

"관심이라고!" 그가 목소리를 높였다. "나더러 사업도 포기하고 인류라는 대의를 위해 헌신하라고 설득하는 통에 피가 바짝바짝 말랐지. 기억할지 모르겠지만 네가 그 '대의'라는 걸 얼마나 강조했는지 아니? 그러고 나서 빈민구제에 뛰어들더니—실로 적과 타협한 셈이지— 네가 경멸해 마지않던 체제의 처참한 잔해를 땜질하고 있구나……"

그녀가 항의하는 뜻으로 손을 들었다.

"이젠 또 뭐라고 부를 테냐?" 그가 거세게 밀어붙였다. "지금까지 소년 클럽, 소녀 클럽, 미혼모 클럽이 있었지. 여성 노동자들을 위해 탁아소를 세운 날이 생각나는구나! 근무시간 동안 아이들을 돌봐줌으로써 고용주들이 엄마들을 부려먹을 수 있게 도와준 거나 진배없지."

"그런 주간 탁아시설 계략에는 이제 안 속아요. 삼촌도 잘 알면서."

콘스탄틴이 고개를 끄덕였다.

"몇 가지가 더 있어. 넌 점점 더 보수적으로 변해가고 있어. 뭐랄까, 사회주의적이라고 할까. 이런 것들은 혁명론자의 성향과는 무관하지."

"난 그렇게 혁명적이지도 못해요, 삼촌. 아직 성장중이에요. 사회개량은 느리고 고통스럽죠. 지름길은 없어요. 한 발짝씩 나아가는 수밖에요. 아, 난 아직 철학적인 무정부주의자예요. 현명한 사회주의자들은 다 그래요. 그런데 무정부 상태에서 가장 이상적인 자유는 오직 사회주의라는 중간 단계를 지나야만 쟁취할 수 있다는 사실을 나날이 실감하고 있어요."

"그 남자 이름이 뭐지?" 콘스탄틴이 갑자기 물었다.

"누구요? 무슨 말씀이세요?" 그녀가 수줍은 듯 볼을 붉혔다.

콘스탄틴은 조용히 차를 마시며 기다렸다.

그루냐가 마음을 가라앉히고 잠시 그를 그윽하게 바라보았다.

"토요일 밤 에지무어에서 말씀드릴게요. 그 사람은……단발이에요."

"네가 데려오는 손님 말이냐?"

그녀가 고개를 끄덕였다.

"그때까지 더는 말씀드리지 않겠어요."

"혹시……?" 그가 물었다.

"아, 아마도요." 그녀가 말을 더듬었다.

"그 사람이 얘기하더냐?"

"네…… 그런데 아니기도 해요. 그이는 모든 걸 좀 당연하게 받아들이는 경향이 있거든요. 만나보시면 알 거예요. 분명 마음에 드실 거예요. 세르기우스 삼촌, 확실해요. 그 사람이

가진 생각도 꽤 훌륭하다고 느끼실 거예요. 사실…… 네시에 오기로 한 사람이 바로 그이예요. 기다렸다 오늘 바로 만나보세요. 부디 그렇게 해주세요. 부탁이에요."

하지만 그녀의 삼촌인 세르기우스 콘스탄틴, 일명 이반 드라고밀로프는 시계를 쳐다본 뒤 황급히 자리에서 일어섰다.

"아니다. 토요일 에지무어로 데리고 오너라, 그루냐. 좋아해보도록 최선을 다하마. 그때 그럴 기회가 더 많을 거다. 난 한 주 푹 쉴 생각이야. 그렇게 진지한 관계라면 그 사람에게 일주일간 머물라고 하렴."

"그이는 바빠요." 그녀의 대답이었다. "주말에 시간을 내라고 겨우 설득한걸요."

"일 때문이냐?"

"그렇다고 할 수 있어요. 진짜 일은 아니지만요. 사업을 하는 건 아니에요. 부자거든요. 그 사람이 바쁜 건 사회개량 사업 때문이라고 해두죠. 하지만 삼촌, 삼촌도 그이 생각을 들어보면 감탄하고 존중하실 거예요."

"그렇게 되면 좋겠구나…… 널 위해서 말이다." 그 말을 끝으로 두 사람은 문간에서 포옹을 나눈 뒤 헤어졌다.

3

삼촌을 떠나보낸 뒤 얼마 지나지 않아 윈터 홀을 맞은 사람
은 더없이 조신한 아가씨였다. 그루냐는 자못 진지하게 손님
에게 차를 대접하고 담소를 나눴다. 고리키의 신작과 러시아
혁명의 최근 소식에서 헐하우스*, 셔츠웨이스트 공장 노동자
파업에까지 이르는 주제를 담소라고 할 수 있다면 말이다.

윈터 홀은 그녀가 재구성한 사회개량 계획에 차갑게 고개
를 내저었다.

"헐하우스를 좀 봐. 시카고 빈민가 황무지의 빛나는 거점

---

* 미국의 사회개혁가 제인 애덤스가 설립한 미국 최초의 이민자 정착 시설.

이었지. 지금도 빛나는 거점이긴 하나 그 이상은 아니야. 빈민가 황무지는 더 커졌어, 그것도 아주 많이. 지금의 시카고는 헐하우스가 설립된 당시보다 범죄와 빈곤율이 훨씬 더 높고, 쇠락해버렸지. 그러니 헐하우스도 다른 개량 조치와 마찬가지로 실패한 셈이야. 파래박으로 퍼내는 물보다 밀려들어오는 물이 더 많으면 구멍난 보트를 구할 수 없는 법이야."

"알아요, 나도 안다고요." 그루냐가 슬픈 목소리로 중얼거렸다.

"공동주택 문제만 봐도 그래." 홀이 이어서 말했다. "남북전쟁이 끝난 뒤 뉴욕에는 그 수가 자그마치 육만 호에 이르렀어. 그뒤 꾸준히 공동주택 반대운동이 일어났지. 많은 사람이 그 싸움에 인생을 바쳤어. 공공의식이 투철한 수천, 수만 명의 시민이 기금을 마련하고 승인한 끝에 그 일대가 헐리고 공원과 놀이터가 생겼으니 망정이지, 위대하고도 지독한 싸움이었어. 그런데 결과적으로 어떻게 됐어? 1911년 지금 뉴욕시에는 삼십만 호가 넘는 공동주택이 있어."

그는 어깨를 으쓱하고 차를 한 모금 마셨다.

"당신 덕에 두 가지 사안이 갈수록 명확해져요." 그루냐가 속에 담아뒀던 말을 꺼냈다. "첫째, 자유, 즉 인간이 만든 법에 구속받지 않는 진정한 자유는 우리를 기계로 전락시킬 과도한 법의 단계, 사회주의적 단계를 거쳐 진화하지 않으면 쟁취할 수 없다는 것. 하지만 난 사회주의국가에서 살고 싶지 않아요. 그건 미친 짓이에요."

"그럼 당신은 지금의 끝내주고 제멋대로인데다 무자비한 상업적 개인주의를 선호한다는 뜻인가?" 그가 나직이 물었다.

"그래요, 그렇다고 할 수 있어요. 하지만 사회주의국가는 반드시 실현돼야 해요. 내가 확신하는 이유는 내게 명확하게 보이는 두번째 사안이기도 한, 개량을 위한 개량이 실패했기 때문이에요." 그녀는 갑자기 말을 멈추고 생기 넘치는 미소를 활짝 지어 보인 뒤 화제를 돌렸다. "곧 날씨가 더워진다는데 열 낼 필요 있나요? 바람이라도 쐴 겸 잠시 교외에 다녀오지 그래요?"

"당신이 다녀오는 건 어때?" 그가 되물었다.

"너무 바빠서요."

"나도 그래." 어떤 엄중한 속내를 반추하기라도 하듯 돌연 그의 얼굴이 차갑게 굳었다. "사실 내 인생에서 지금껏 이렇게 바빴던 적도, 대단한 일을 성공시키는 데 근접했던 적도 없었어."

"그래도 어떻게든 주말에 시간을 내서 우리 삼촌을 만나뵐 거죠?" 그녀가 참지 못하고 따져 물었다. "조금 전까지 여기

계셨어요. 삼촌은 뭐랄까…… 며칠간 집에서 함께 지내고 싶으신가봐요. 셋이서 오붓하게요. 일주일을 말씀하셨어요."

그는 주저하며 고개를 저었다.

"나도 그러고 싶어. 뵈러는 갈게. 하지만 통째로 일주일은 곤란해. 지금 하는 일이 최우선이라 어쩔 수 없군. 수개월 동안 찾던 걸 오늘에서야 알게 됐거든."

남자가 말하는 동안, 그녀는 오직 사랑에 빠진 여자만이 할 수 있는 방식으로 그의 얼굴을 찬찬히 뜯어보았다. 눈썹이 만나면서 생기는 역아치 곡선에서부터 웃을 때 올라가는 입꼬리까지, 탄탄하고 매끈한 턱부터 귀의 잔주름 하나하나까지 윈터 홀의 얼굴이라면 세세한 부분까지 모르는 게 없었다. 홀도 그녀를 사랑했지만 남자인 탓에 그루냐의 얼굴을 그렇게까지는 알지 못했다. 사랑해도 그렇게 세세한 부분까지는 보이지 않았다. 누군가가 갑자기 그에게 의식에 기록된 인상만 가지고 그녀를 묘사하라고 한다면 그는 아마 일반적인 단어로밖에 설명하지 못할 것이다. 이를테면 쾌활하다, 유연하다, 곱상한 피부, 낮은 이마, 항상 정돈된 머리, 활짝 웃을 때 따라 웃는 반짝이는 눈동자, 호감 가는 앙증맞은 입, 비올을 연상시키는 형언할 수 없이 아름다운 목소리처럼 말이다. 그는 또한 그녀가 깔끔함과 건전함, 품위 있는 근엄함, 자연스러운 기지, 뛰어난 지성을 갖췄다는 인상을 받았다.

그루냐는 서른두 살의 건장한 사내의 얼굴을 훑으며 이마에서는 사상가, 이목구비에서는 실천가를 발견했다. 그 또한 금발에 푸른색 눈을 하고 있었지만, 피부는 햇볕 아래서 많은 시간을 보낸 미국인다운 구릿빛이었다. 그는 자주 미소를 머금었고, 웃을 때는 시원하게 터뜨렸다. 하지만 온화한 가운데서도 잔혹하리만치 엄중한 표정을 지을 때가 종종 있었는데, 강인함을 사랑하고 잔인함에 치를 떠는 그루냐로서는 이런 또다른 성격이 꿈틀대는 기미만 보여도 불안해지곤 했다.

윈터 홀은 당대 사람치곤 상당히 특이했다. 어린 시절에 그랬던 것처럼 성년이 돼서도 쭉 부유하게 사는 수월한 방식을 택하며, 아버지도 모자라 독신인 고모 둘까지 합세해 물려준 풍족한 재산을 누리는 대신 일찍이 인도주의에 헌신했다. 대학에서 경제학과 사회학을 공부했고, 학문에 큰 뜻이 없는 학생들 사이에서 괴짜로 통했다. 대학 졸업 후에는 사비와 노력을 들여 뉴욕에서 개혁운동을 펼치는 리스*를 후원했다. 그러나 인보관운동**에 많은 시간과 노력을 들였음에도 그는 만

---

* 덴마크 태생의 미국 사회운동가이자 사진작가인 제이컵 리스.
** 기독교 사회주의에 입각한 구빈운동의 일종. 지식인이 빈민과 직접 접촉해 계층 간 거리를 해소해야 한다고 주장했다.

족하지 못했다. 언제나 뒤에 가려진 것, 진정한 대의라고 할 만한 대의를 찾아 헤맸다. 그래서 정치를 공부했고, 이후 올버니로 옮겨가서 공부하다가 다시 뉴욕으로 돌아왔다. 미국의 수도에서도 공부했다.

의미 없는 몇 년을 보내고 난 뒤 그는 실제 급진주의의 온상이던 대학의 인보관 시설에서 몇 개월 생활하며 밑바닥에서부터 공부를 시작해보기로 결심했다. 임시직 노동자가 되어 전국을 떠돈 게 일 년, 부랑자와 강도들과 어울려 유랑생활을 한 게 또 일 년이었다. 시카고에서 이 년간 자선단체에서 일하고 매달 50달러의 급여를 받으며 야근을 밥 먹듯 했다. 이 모든 경험을 자양분 삼아 그는 사회주의자, 언론에 따르면 '백만장자 사회주의자'로 거듭났다.

그는 여행을 자주 다녔고, 늘 연구하고, 직접 사안을 조사했다. 중대한 파업 현장에 가장 먼저 도착했다. 국내외 모든 노동조합 대회에 빠지지 않고 참석했으며, 1905년 러시아혁명이 일어나기 직전 위기에 봉착한 러시아에서 일 년간 머물기도 했다. 진지한 잡지에 그의 글이 여러 번 게재됐고 책도 몇 권 집필했다. 모두 유려한 문체에 심오하고 사색적이며, 사회주의자 관점에서는 보수적이라고 할 수 있는 내용이었다.

그가 바로 그루냐 콘스탄틴의 이스트사이드 아파트 창가 소파에서 그녀와 잡담을 나누고 차를 마시는 이 남자인 것이다.

"그렇다고 이 끔찍하고 답답한 도시에 늘 갇혀 있을 필요는 없잖아요." 그녀가 말했다. "당신 같은 사람이 대체 무엇 때문에……"

하지만 그녀는 도중에 말을 멈췄다. 홀이 자기 말을 듣고 있지 않은 걸 눈치챘기 때문이다. 그의 시선은 우연히 소파에 있던 석간신문으로 향했다. 그녀의 존재를 까맣게 잊은 채 그는 신문을 집어들고 읽기 시작했다.

그루냐가 애교스럽게 삐죽거렸지만 그는 조금도 눈치채지 못했다.

"뭐랄까…… 당신은 참 매너가 좋아요." 그제야 홀이 그루냐를 돌아보았다. "내가 말하고 있는데 신문을 읽다니요."

그가 읽고 있던 지면을 돌려 맥더피 암살 소식을 알리는 헤드라인을 보여주자 그녀가 의아한 듯 그를 쳐다보았다.

"용서해줘, 그루냐. 이걸 보자마자 아무 생각도 할 수 없었어." 그가 검지로 헤드라인을 톡톡 쳤다. "내가 바쁜 건 이것 때문이야. 뉴욕에 남아 있는 이유도, 당신과 주말밖에 함께할 수 없는 이유도 바로 이거야. 내가 얼마나 일주일 내내 당신과 있고 싶어하는지 잘 알잖아."

"이해가 잘 안 가요." 그녀가 더듬거렸다. "무정부주의자들이 다른 도시에서 경찰서장을 암살한 게 왜…… 난…… 이해가 가지 않는군요."

"설명해주지. 지난 이 년간 품어온 의심이 확실해졌어. 난 지난 몇 달 동안 미국, 아니 전 세계를 통틀어 역사상 가장 무시무시한 암살 조직의 실체를 쫓는 데 전념해왔어. 실제로 국제적인 조직일 거라고 거의 확신하고 있어.

피델리티빌딩 칠층에서 뛰어내려 자살한 존 모스먼 기억나? 존은 내 친구였어. 우리 아버지의 친구이기도 했지. 그가 자살할 이유는 없었어. 피델리티신탁회사도 성업중이었고. 다른 일도 다 잘 풀리고 있었어. 가정은 대단히 화목했고, 건강 상태도 더없이 좋았어. 걱정거리라곤 없었단 말이지. 그런데도 멍청한 경찰은 자살로 결론짓더군. 나을 수도, 피할 수도, 견딜 수도 없어서 3차 신경통이라고 부른다지? 그래서 그 병에 걸리면 자살을 한다고 말이야. 하지만 존한테는 그런 병이 없었어. 그가 죽은 바로 그날 함께 점심을 먹었거든. 그런 병에 걸리지 않았다고 확신했기에 그 사람 주치의를 만나 그 사실을 확인받기까지 했지. 그러니까 그건 그저 이론일 뿐이야. 그것도 터무니없는. 존은 결코 자살하지 않았고 피델리티빌딩 칠층에서 몸을 던지지도 않았어. 그렇다면 누가 그를 죽인 걸까? 왜? 누군가가 칠층에서 그를 밀었다는 소린데, 대체 누가, 왜?

그 일은 내 머릿속에서 풀리지 않는 수수께끼로 끝났을지 몰라. 불과 사흘 뒤 노스햄튼 주지사가 공기총으로 살해되지 않았더라면 말이지. 당신도 기억하지? 시내 한복판이었고, 천여 개 창문 중 하나에서 총이 발사됐지. 단서라곤 없었고. 이 두 사건을 가끔 생각하다가, 그뒤로 전국에서 매일 벌어지는 살인사건에 특이한 점이 있으면 면밀히 주시하게 됐어.

아, 전부 읊지는 않고 몇 가지만 알려줄 테니 잘 들어봐. 먼저 보르프 사건이야. 부패한 노동조합 간부로 오랜 세월 새닝턴시를 쥐락펴락한 인물이지. 뇌물죄로 몇 번이나 고발당했지만 항상 빠져나갔어. 그의 유산을 정리하니 수중에 600만 달러가 있었어. 주정부 정당 조직에 손을 뻗어 장악한 직후였지. 권력과 부패의 정점에 있을 때 암살당한 거야.

다른 사건도 수두룩해. 리틀 경찰서장, 거물급 후원자 웰커스트, 목화 왕 블랭크허스트, 이스트강 수면에서 변사체로 발견된 세철리 조사관 등등, 끝도 없어. 살인범은 찾지 못했어. 그다음 사회계 인사들이 차례로 변을 당했지. 마지막으로 사냥을 나갔다 죽임을 당한 찰리 앳워터, 랭손-헤이워즈 부인, 헤이스팅스-레이놀즈 부인, 나이 지긋한 밴오스턴…… 아, 정말 다 말하자면 끝도 없어.

모든 걸 종합해보면 어느 힘있는 조직이 연루돼 있는 게 분명해. 단순한 미제 사건이 아니야, 확실해. 특정 국적이나 사회계층에 국한돼 있지 않았거든. 처음엔 무정부주의자 짓이 아닐까 생각했지. 용서해줘, 그루냐……" 그가 손을 뻗어 다정하게 그녀의 손을 감쌌다. "세간에 떠도는 당신 얘기를 많이 들었어. 그 난폭한 집단이랑 가까이 지낸다는 소문 말이야. 당신이 돈을 워낙 많이 쓰니까 의심스럽긴 했어. 어쨌든 당신을 통하면 무정부주의자들과 가까워질 수 있었지. 의심을 품고 당신에게 접근했지만 당신을 사랑하게 됐어. 알고 보니 당신은 온순해빠진 무정부주의자에다 너무 미온적이었어. 이미 여기서 인보관 사업도 시작했고……"

"당신은 거기서도 날 실망시켰죠." 그녀는 웃으며 자기 손을 잡고 있던 그의 손을 들어 뺨에 가져다댔다. "계속해요. 재밌으니까."

"무정부주의자들과 가까워지긴 했어. 하지만 그들을 지켜볼수록 그들에겐 그럴 능력이 없다는 걸 확신할 수 있었지. 무정부주의자들은 너무 실용적이지 못해. 꿈을 꾸면서 이론을 늘어놓고 경찰의 핍박에 분노하지만, 그게 다야. 어떤 성과도 이룩한 적 없지. 사고 치는 거 말고는 하는 게 없어. 물론, 이건 난폭한 집단 얘기야. 톨스토이주의자나 크로폿킨주

44

의자들은 학계에나 존재하는 물렁한 철학자에 지나지 않아. 아마 파리 한 마리도 못 죽일걸. 그들의 난폭한 사촌도 마찬가지야.

잘 봐, 암살은 온갖 사람들을 대상으로 이뤄졌어. 만약 정치가들에, 아니면 사회지도층에 국한됐다면 말할 것도 없이 비밀 단체의 소행이었을 거야. 하지만 재력가와 사회 유명 인사들이 포함돼 있었어. 그래서 내가 내린 결론은 '어떤 식으로든 이 조직에 접근할 방법이 반드시 존재한다'는 거야. 하지만 어떻게? 예를 들어 내가 어떤 사람을 죽이고 싶다고 치자. 그런데 거기서부터 막히는 거야. 나 대신 일을 처리해줄 그 업체의 주소조차 알지 못하니까. 그런데 내 추론엔 오점이 있어. 바로 가정 그 자체야. 실제로 난 아무도 죽이고 싶지 않으니까.

하지만 오점이 드러난 건 나중 일이야. 컨트리클럽에서 코번이 우리 여섯 명을 불러놓고 그날 오후에 겪은 일을 들려줬을 때 비로소 알게 됐지. 코번에겐 그저 기이한 해프닝이었지만 난 그 즉시 단서를 발견했어. 그가 다운타운 5번가를 건너는데 기계공 차림을 한 사내가 바로 옆에서 오토바이를 세우고 내리더니 말을 걸었다고 하더군. 그자가 간단명료하게 말하길, 없애버리고 싶은 사람이 있으면 안전하고 효율적으로 해치워버릴 방법이 있다고 했다는군. 듣고 있던 코번이 머리통을 날려버리겠다고 으름장을 놓으니 잽싸게 오토바이에 올라타서 그 길로 사라져버렸대.

내가 하려는 말은 바로 이거야. 코번은 지금 곤경에 처해 있어. 최근 자신의 파트너였던 매티슨에게 발등을 찍히는 바람에(무슨 뜻인지 잘 알 거야) 어마어마한 돈을 날렸어. 게다가 매티슨이 코번의 아내와 눈이 맞아 함께 유럽으로 달아나기까지 했어. 이제 알겠어? 첫째, 코번은 매티슨을 상대로 복수심에 불탔다, 불타올랐을지 모른다, 혹은 불타올랐을 것이다. 둘째, 신문 보도 덕에 이 사건을 누구나 알게 됐다."

"알겠어요!" 그루냐의 눈이 반짝반짝 빛났다. "그게 당신 추론의 오점이군요. 누군가를 죽이고 싶다는 당신의 가짜 욕망을 공표할 수 없으니 그 조직은 당연히 당신에게 아무 제안도 할 수 없는 거죠."

"맞아. 그렇다고 내가 함부로 나설 수도 없잖아. 아니, 그렇게 했다고도 볼 수 있겠군. 이제 어떤 식으로 그 조직과 용역에 연결되는지 알게 됐으니까. 그때부터 이 사실을 염두에 두고 불가사의하고 눈에 띄는 살인사건들을 관찰한 끝에, 사회 유명 인사의 경우 죽기 전 항상 대중의 표적이 되는 떠들썩한 스캔들이 선행된다는 사실을 발견했지. 재계 인사들은…… 뭐, 꽤 많은 거물급 사업가가 저지르는 수상하고 공정치 못한 거래는 신문에 보도되지 않아도 늘 새나가는 법이니까. 호손이 자신의 요트에서 의문사했을 때도 그가 콤바인사를 상대로 싸우면서 추잡한 거래를 한다는 소문이 몇 주째 클럽에 파다했어. 당신은 기억 못할지 몰라도, 앳워터-존스 스캔들과 랭손-헤이워즈 스캔들이 터졌을 때도 신문에서 선풍적인 보도 경쟁이 있었어.

그래서 난 이 암살 조직이 정계, 재계, 사교계 거물급 인사들에게 접근한다는 사실을 확신한 거야. 또한 그 시작이 코번의 경우처럼 늘 퇴짜로 이어지는 게 아니라는 사실도. 난 주변을 둘러보면서, 내가 클럽이나 이사회 회의에서 만나는 사람 중 누가 이 살인마들로 득실대는 사업체에 의뢰했을지 궁금하더군. 당연히 그 사람과 가까워져야 하는데, 대체 누굴까? 그뒤엔 그 사람에게 적을 제거하기 위해 고용한 사업체의 주소를 알려달라고 부탁하는 상상을 했지.

그러다 드디어, 이제야 결정적인 단서를 쥐게 된 거야. 지체 높은 친구들을 하나하나 눈여겨보다가, 큰 곤경에 처하는 이가 생기면 가까이 다가갔어. 한동안은 아무 성과도 없었지만, 그중 한 명이 이 회사의 용역을 이용한 건 확실했어. 육개월 안에 곤경의 원인이었던 자가 죽었거든. 경찰 말로는 자살이라더군.

내게도 기회가 왔어. 몇 년 전 글래디스 밴마틴과 포르토스 데모인 남작의 결혼이 큰 화제였던 걸 기억할 거야. 전형적으로 불운한 국제결혼이었어. 신랑이 짐승 같은 놈이었지. 아내의 재산을 털어먹고 이혼했잖아. 뒤늦게 그놈이 어떤 일을 저질렀는지 자세한 내막이 드러나기 시작했는데 정말 끔찍했어. 심지어 여자를 심하게 때린 바람에 한동안은 여자 목숨이, 나중엔 정신이 위태로울 거라고 의사들이 말했지. 게다가 프랑스 법에 따라 남자가 아이들―아들 둘이 있었어―양육권을 가지고 가버렸어.

여자의 오빠, 퍼시 밴마틴과 난 대학 동기야. 재빨리 그와 가까워졌지. 지난 몇 주간 여러 번 만났어. 그러다 며칠 전 내가 고대하던 일이 일어난 거야. 밴마틴이 말해줬어. 그 조직이 그에게 접근했다고. 코번과 다르게 밴마틴은 그자를 내쫓는 대신 얘기를 끝까지 들었어. 만일 일을 진행할 마음이 있다면 〈헤럴드〉 개인 광고란에 **메소포타미아**라는 단어 딱 하나만 실으라고 했다더군. 앞으로 이 일을 내게 맡겨달라고 재빨리 그를 설득했어. 지시를 따라 광고란에 **메소포타미아**를 싣고 밴마틴의 대리인으로 일당 중 한 사람을 만나 대화를 나눴지. 그래봤자 그자는 졸개에 불과해. 그들은 무척 의심이 많고 조심스럽게 행동해. 그런데 오늘밤 우두머리를 만나. 약속을 잡았어. 그다음엔……"

"네, 네, 그다음엔요?" 그루냐가 흥분해서 외쳤다.

"나도 몰라. 아직 아무 계획이 없어."

"하지만 위험하잖아요!"

홀이 안심시키듯 미소 지었다.

"위험할 거라는 생각은 안 해. 퍼시 밴마틴의 처남이었던 자를 암살해달라는 거래를 하러 가는 것뿐이니까. 회사가 자기 고객을 죽이는 거 봤어?"

"고객이 아닌 걸 알게 된다면요?" 그녀가 저항했다.

"그땐 내가 그 자리에 없을 테니 안심해. 설사 알게 되더라도 날 해치기엔 너무 늦었을 테니까."

"조심해요. 제발 몸조심해요." 삼십 분 뒤 현관을 나서는 홀을 향해 그루냐가 재차 말했다. "주말에 시간 낼 수 있는 거죠?"

"물론."

"역으로 데리러 갈게요."

"그리고 몇 분 뒤 당신의 그 대단한 삼촌을 만나게 되겠군." 그는 부르르 떠는 시늉을 했다 "괴물은 아니겠지?"

"당신도 좋아할 거예요." 그녀가 당당한 목소리로 말했다.

"어떤 아버지보다도 훌륭하고 좋은 분이에요. 한 번도 내 말에 반대하신 적 없어요. 심지어……"

"나까지?" 홀이 끼어들었다.

그루냐도 똑같이 뻔뻔하게 대응하고 싶었지만 볼을 붉히고 시선을 아래로 떨구었다. 다음 순간 그의 양팔이 그녀를 포근히 감싸안았다.

4

"이반 드라고밀로프 선생이십니까?"

윈터 홀은 잠시 말을 멈추고 책이 죽 늘어선 벽을 흥미롭게 주시하더니, 곧이어 다시 시선을 테가 둥근 검정 모자를 쓴 백금발 남자에게로 옮겼다. 남자는 그를 보고서도 자리에서 일어서지 않았다.

"이렇게 뵙기까지 참 쉽지 않더군요. 그러니까…… 제 말은…… 이곳의 일 처리가 탁월할 뿐 아니라 신중하다고 여기게 만드는 조치가 아닌가 싶은데요."

드라고밀로프가 만족한 듯 얼굴에 옅은 미소를 띠었다.

"앉게." 그가 맞은편 의자를 가리키자 방문객의 얼굴이 환하게 빛났다.

홀은 재차 방안을 둘러본 뒤 자신 앞에 있는 남자를 바라보았다.

"좀 놀랐습니다." 홀의 첫 마디였다.

"교양 없는 악당과의 끔찍한 멜로드라마를 상상했나?" 자못 즐거운 듯한 목소리였다.

"아뇨, 그렇진 않습니다. 이런…… 조직의 운영을 총괄하는 분이라면 기민하실 거라 예상했습니다."

"지금까지는 문제없이 잘해오고 있다네."

"이 일을 얼마나 오래 해오셨나요? 묻는 게 실례가 아니라면 말입니다."

"활동한 기간은 십일 년이네. 물론 그전에 준비하고 계획을 실행하는 시간이 있었지만."

"그런 말을 하셔도 괜찮은 겁니까?" 홀의 다음 질문이었다.

"물론." 막힘없는 대답이었다. "의뢰인으로서 자네도 우리와 한배를 탄 것과 다름없으니 말일세. 우리는 이해관계가 일치한다네. 거래가 끝난 뒤에도 우리가 고객을 상대로 협박하는 일 따위는 없으니 우리의 이해관계는 계속 일치하는 셈이야. 중요한 정보를 좀 공유한다고 해서 해가 될 건 없다네. 게다가 난 오히려 이 조직을 매우 자랑스럽게 여긴다고 얼마든지 말할 수 있어. 자네가 말했다시피, 그리고 나도 노골적으로 동의하는 바네만, 이곳은 탁월하게 운영되고 있다네."

"그런데 참 의아합니다." 홀이 말했다. "선생은 전혀 살인자 무리의 우두머리로는 보이지 않는데 말이죠."

"자네도 그런 사람의 전문적인 도움을 찾는 사람으로는 절대 보이지 않네만." 그가 딱딱하게 대꾸했다. "자네의 인상은 맘에 드는군. 강인하고 정직하고 대담한데다 눈을 보니 설명할 순 없지만 틀림없는 학자 특유의 피로함이 느껴져. 많이 읽고 연구한다는 뜻이지. 자네도 보통 날 찾아오는 의뢰인들과는 현저하게 다르다네. 자네가 날 살인자 무리의 우두머리라곤 생각할 수 없었듯 말일세. 사실 살인자보다 처형자가 더 알맞고 사실에 가까운 표현이지만."

"용어는 괘념치 마십시오." 홀이 대답했다. "어떤 말로도 선생이 이런…… 조직을 운영하신다는 걸 믿기 어려울 테니까요."

"아, 그런데 자네는 우리가 어떤 식으로 가동되는지 잘 모르잖는가." 드라고밀로프가 살꽉진 손가락을 깍지 끼더니 잠시 생각에 잠겼다가 입을 열었다. "우리는 의뢰인들보다 더 엄격한 윤리를 적용해서 일을 처리한다네."

"윤리라고요!" 홀이 웃음을 터뜨렸다.

"그래, 바로 그거야. 암살국과 연관 지으면 우습게 들린다는 사실도 인정하네."

"그렇게 부르시는 겁니까?"

"어떤 이름으로 불리든 무슨 상관이겠나." 암살국의 수장이 차분하게 말을 이었다. "우리와 거래를 트면 실제 사업에서보다 더 빈틈없이 엄격한 기준으로 올바른 거래가 이뤄진다는 사실을 알게 될 거야. 이 일을 시작하면서부터 그 필요성을 인식했다네. 필수 조건이었지. 법의 테두리 밖에서, 법과 정면으로 맞서는 우리 같은 조직은 도덕을 추구하지 않으면 결코 성공할 수 없어. 조직원과 의뢰인을 비롯해 모든 사람, 모든 대상과 올바른 관계를 맺을 수밖에 없다네. 우리가 그동안 얼마나 많은 일을 사양해왔는지 자네는 짐작도 못할 거야."

"정말입니까?" 홀이 소리쳤다. "이유가 뭡니까?"

"옳지 않은 거래였기 때문이야. 웃지 말게. 사실 윤리에 관해서라면 우리 암살국 사람들은 전부 광신도에 가깝다고 할수 있어. 하는 일마다 도덕적 근거를 내세우지. 그 근거는 꼭 필요해. 그게 없으면 조직이 오래 버티지 못할 걸세. 이건 내가 장담하네. 자, 이제 일 얘기로 넘어감세. 검증된 경로를 통해 이곳을 찾아왔을 테지. 용무는 딱 하나일 테고. 처형하고

자 하는 사람이 누군가?"

"누군지 모르시나요?" 홀이 놀라서 물었다.

"알 리 없지. 그건 내 소관이 아니네. 난 사건 알선에는 관여하지 않아."

"그 사람의 이름을 들으면 선생의 그 도덕적 근거는 온데간데없이 사라질 겁니다. 선생께선 처형자뿐 아니라 판사 역할도 하시는 듯하군요."

"처형자는 아니야. 내가 직접 하지 않는다네. 그건 내 담당이 아니야. 난 조직의 수장으로서 심판하고—이 지역에서만 그렇다네—다른 조직원들이 사건을 처리한다네."

"그들이 배신이라도 한다면요?"

드라고밀로프는 이 질문을 듣고 대단히 흡족해했다.

"그게 관건이었어. 오랫동안 연구했지. 그리고 다른 요인들과 마찬가지로 분명하게, 우리 조직이 오직 윤리를 기반으로 운영될 수밖에 없다는 걸 내게 다시 한번 확인시켜줬지. 우리에겐 우리만의 도덕 수칙과 법이 존재해. 가장 고결한 윤리의식에 더해 강인한 체력과 정신력을 반드시 갖춘 사람만이 조직의 구성원이 될 수 있다네. 그 결과 우리의 맹세는 광적일 정도로 잘 지켜지고 있어. 물론 과거엔 배신자도 몇 명 있었지만." 그는 잠시 말을 멈추고 슬픈 생각에 잠긴 듯했다. "그들은 대가를 치렀어. 남은 자들에게 훌륭한 본보기가 됐지."

"그 말씀은 곧……?"

"그렇다네. 처형당했네. 그래야만 했어. 하지만 매우 흔치 않은 일이야."

"어떻게 조직이 관리되나요?"

"절박하고 영리하면서 합리적인 사람을 고르고 나면 말이야. 아, 그런데 이 고르는 과정에는 조직원들이 직접 관여한다네. 강인한 성품을 만나고 재단하는 데는 방방곡곡에서 온갖 사람들과 부대낀 그들이 나보다 더 제격이지. 그런 사람이 선정되면 시험대에 오른다네. 자신의 신념과 충성심의 증표로 목숨을 걸어야 하지. 나도 그들이 누군지 알고 그들에 관해 보고도 받지만, 그들이 조직 내에서 높은 직급으로 올라오지 않는 이상 내가 직접 만날 일은 거의 없다네. 마찬가지로 그들 중 날 본 이도 거의 없어.

제일 먼저 후보자에겐 별로 중요하지 않고 보수가 따로 없는 살인이 주어지지. 예를 들어 배에서 가혹 행위를 일삼는 선원이나 약자를 괴롭히는 감독관, 고리대금업자, 아니면 졸렬한 부패 정치인 같은 자들이야. 그들이 사라지는 게 세상에도 좋은 일이지, 안 그런가? 다시 주제로 돌아가서, 후보자가 첫번째 살인을 하기까지의 모든 과정을 전부 알기 때문에, 우리에겐 이 땅의 어느 법정에라도 그를 피고로 세울 만한 증언이 충분히 확보돼 있지. 게다가 그 증언은 전부 외부인이 하도록 짜둔다네. 우리가 법정에 나설 일은 없단 얘기야. 아직 조직원을 징계하기 위해 이 나라의 법에 의지한 적은 단 한 번도 없었네만.

어쨌든, 첫번째 임무를 마치고 나면 그는 이제 우리와 하나가 되는 거야. 몸과 마음이 우리에게 예속되네. 그뒤 우리의 방식을 철저히 습득하고 나면……"

"윤리도 교과 과정에 있습니까?" 홀이 말을 끊었다.

"그럼, 그럼." 의욕 넘치는 반응이 뒤따랐다. "조직원들에게 가르치는 것 중에서 가장 중요한 부분이야. 도덕에 근거하지 않으면 그 무엇도 지속할 수 없네."

"혹시 선생은 무정부주의자입니까?" 홀이 뜬금없이 예리한 질문을 던졌다.

암살국 수장이 고개를 저었다.

"아니, 난 철학자일세."

"그게 그거 아닙니까?"

"차이점만 빼면 그렇지. 예를 들어 무정부주의자는 의도가 탁월하지만, 난 행동이 탁월하다네. 적용할 수 없다면 철학이 다 무슨 소용이겠는가? 옛 조국에서 활동하는 무정부주의자들만 해도 그래. 밤낮으로 암살 계획을 모의하다가 마침내 크게 터뜨리지만 거의 예외 없이 경찰에 붙잡히고 말지. 죽이기로 했던 사람 혹은 유명 인사는 아무 탈 없이 풀려날 때가 많고. 하지만 우리는 다르다네."

"한 번도 실패한 적이 없나요?"

"우리는 실패라는 건 아예 생각도 하지 않는다네. 나약함이나 두려움 때문에 실패하는 조직원이 생기면 죽음이라는 벌을 내리지." 드라고밀로프가 엄숙하게 말을 멈췄다. 창백한 푸른색 눈동자가 의기양양하게 번뜩였다. "우리는 단 한 번도 실패한 적 없어. 물론 거사를 치르기 전 암살자에게 일 년이라는 시간을 준다네. 규모가 제법 큰 일이면 조력자를 붙이기도 하고. 다시 한번 강조하지만, 우리는 단 한 번도 실패한 적이 없어. 이 조직은 인간의 정신이 만들 수 있는 가장 완벽한 형태에 가깝다네. 내가 떨어져나가도, 갑자기 세상을 떠나도 조직은 지금과 똑같이 운영될 거야."

"의뢰를 수락하는 데 따로 기준이 있습니까?" 윈터 홀이 물었다.

"그렇지는 않다네. 황제, 왕부터 가난한 농민까지 대상은 가리지 않아. 단―아주 중요한 조건일세―처형이 사회적으로 정당하다는 결론이 나야 해. 대금을 받고―아, 물론 선불이라네―그 죽음이 정당하다는 결론이 나면 거사가 치러져. 그게 규칙일세."

가만히 얘기를 듣고 있던 윈터 홀의 머릿속에 별안간 기막힌 생각이 스쳐지나갔다. 너무 기발하고 터무니없다시피 해서 그는 주체할 수 없을 정도로 그 생각에 홀딱 빠지고 말았다.

"선생은 참으로 윤리적인 사람이군요." 그가 입을 뗐다. "일종의…… 도덕광이라고 할까요."

"도덕에 환장했다고 할 수 있지." 드라고밀로프가 유쾌하게 대꾸했다. "맞아, 내겐 그런 경향이 있지."

"옳다고 여기는 일이 있으면 무슨 일이라도 하시겠군요."

드라고밀로프가 수긍하는 뜻으로 고개를 끄떡였다. 침묵이 흐른 끝에 그가 먼저 입을 열었다.

"자네가 없애버리고 싶은 사람이 누군가?"

"정말 궁금합니다." 돌아오는 대답이었다. "흥미롭기도 하고요. 그래서 신중하게 접근하고 싶습니다…… 제 말은, 거래 조건을 마련하는 데 있어서요. 물론 비용은 정해져 있겠지요. 그러니까…… 피해자의 지위나 영향력에 따라서 말입니다."

드라고밀로프가 고개를 끄덕였다.

"내가 없애고 싶은 사람이 왕이라면요?" 홀이 물었다.

"왕 나름이지. 비용도 상이하네만. 당신이 죽이고 싶은 자가 왕인가?"

"아닙니다. 왕은 아니에요. 힘있는 사람이지만 귀족은 아닙니다."

"대통령도 아니고?" 드라고밀로프가 재빠르게 물었다.

"아닙니다. 공직에 종사하는 인물이 아닙니다. 사실 일반인이에요. 일반인을 제거하는 데 드는 비용은 얼마입니까?"

"그런 사람을 처리하는 건 별로 어렵지 않고 위험도 덜하지. 저렴할 듯싶군."

"그렇지 않습니다." 홀이 강조했다. "값은 후하게 쳐드릴 생각입니다. 제가 의뢰하고자 하는 일은 대단히 어렵고 위험한 일이기 때문입니다. 그 사람은 정신력이 강하고 기지와 의지가 대단한 사람입니다."

"백만장자인가?"

"그건 저도 모르겠습니다."

"가격은 4만 달러로 책정하겠네." 암살국의 수장이 결론지었다. "물론 그 사람의 신원이 밝혀지면 더 올라갈 수도 있네. 반대로 내려갈 수도 있어."

홀은 지갑에서 고액권 지폐를 꺼내 세어본 뒤 상대에게 건넸다.

"현금 거래를 할 거라 짐작하고 준비해 왔습니다. 자, 그럼 제가 이해한 대로 선생께서 반드시 그 사람을 죽일……"

"내가 죽이지 않네." 드라고밀로프가 끼어들었다.

"제가 누굴 지명하든 반드시 죽여주실 거죠?"

"맞네. 물론 조사 후 그의 처형이 정당하다는 결과가 나온다는 전제하에."

"좋습니다. 완벽하게 이해했습니다. 제가 지명하는 사람이 누구든 말이지요? 심지어 그게 제 아버지 혹은 선생의 부친이라도 말입니다."

"그렇다네. 내겐 아버지도, 아들도 없지만 말이야."

"제가 저 자신을 지명한다면요?"

"상관없어. 그대로 진행될 거야. 의뢰인이 변덕을 부려도 어쩔 수 없네."

"그런데 말입니다, 만약 다음주, 아니 내일이라도 제가 마음을 바꾸면요?"

"그땐 이미 늦지." 드라고밀로프가 단호히 말했다. "의뢰가 접수되면 절대 번복할 수 없어. 우리의 규칙 중에서도 가장 중요한 규칙이라고 할 수 있네."

"좋습니다. 그런데 처치할 사람은 제가 아닙니다."

"그러면 누군가?"

"사람들은 그를 이반 드라고밀로프라고 부르지요."

홀은 차분하게 말했고, 상대도 차분하게 받아들였다.

"더 자세한 신원이 필요하네." 드라고밀로프가 말했다.

"아마 러시아 출신일 겁니다. 뉴욕 시민인 건 확실하고요. 금발, 그것도 아주 밝은 금발입니다. 선생과 체구, 키, 몸무게, 나이가 비슷할 겁니다."

드라고밀로프의 시릴 만큼 푸른색 눈동자가 자신을 찾아온 방문객을 오랫동안 지그시 응시했다. 이윽고 그가 입을 열었다.

"난 발렌코주에서 태어났는데, 그 사람의 출생지는 어딘가?"

"발렌코주입니다."

다시 한번 드라고밀로프가 상대를 똑바로 응시했다.

"당신이 말하는 사람이 나인 것 같군."

홀이 힘차게 고개를 끄덕였다.

"이건 말일세, 전례 없는 일이야." 드라고밀로프가 말을 이었다. "좀 당혹스럽군. 솔직히 자네가 왜 내 목숨을 원하는지 모르겠어. 난 자네를 만난 적이 없고 우리가 서로 아는 사이도 아닌데 말이야. 동기를 짐작조차 할 수 없군. 어찌됐든, 자네는 내가 처형 지시를 내리기 전에 도덕적 근거가 필요하다는 사실을 잊은 것 같네만."

"근거는 얼마든지 제시할 수 있습니다."

"하지만 날 설득해야 하네."

"문제없습니다. 얘기하신 대로 선생이 윤리에 환장한 분인 걸 예측했기에 이런 제안을 떠올리고 말씀을 드리는 겁니다. 선생이 죽어야 하는 정당한 사유를 제가 입증하면 의뢰를 실행에 옮기시겠지요. 안 그렇습니까?"

"자네 말이 맞네." 잠시 뒤 드라고밀로프의 얼굴에 서서히 웃음꽃이 피었다. "그렇다면 그건 자살이야. 자네도 알다시피 여긴 암살국이고."

"조직원에게 지시를 내리시겠지요. 제가 이해한 바와 같이 그 조직원은 목숨을 건 맹세를 한 뒤 반드시 지시를 따를 거고요."

드라고밀로프는 심지어 기뻐하는 것처럼 보였다.

"정확하네. 내가 창조한 체계가 얼마나 완벽한지 증명할 걸세. 자네가 만들어낸 이 뜻밖의 상황을 포함해 모든 우발적인 사태에도 대처하게끔 설계돼 있으니까. 좋아. 자네는 재미있는 사람이로군. 그 누구도 한 적 없는 제안을 했어. 자네에게는 상상력과 환상이 있군. 어떤 도덕적 근거로 날 이 세상에서 제거할 건지 부디 알려주게."

"살인하지 말지니라." 홀이 시작했다.

"잠깐." 드라고밀로프가 말을 막았다. "먼저 이 논쟁의 기준을 세우기로 하지. 단박에 학술적인 방향으로 흘러버리겠지만 말이야. 핵심은, 내가 죽는 게 정당할 만큼 잘못을 저질렀다는 사실을 자네가 증명해내야 한다는 거야. 판단은 내 몫이야. 자네는 내가 무슨 잘못을 저질렀는지, 혹시 나쁜 짓을 하지 않은 사람을 처형하라는 지시를 내렸는지, 어떤 식으로 나름의 도덕 원칙를 위반했는지, 심지어 실수로 혹은 부지불식간에 잘못을 저질렀는지를 증명해야 하네."

"알겠습니다. 거기에 맞춰서 대화 주제를 바꾸겠습니다. 먼저 선생이 존 모스먼의 죽음에 책임이 있는지 묻겠습니다."

드라고밀로프가 고개를 끄덕였다.

"그는 내 친구였습니다. 평생 알고 지낸 친구였죠. 악한 구석이라곤 조금도 없었습니다. 그 누구에게도 해를 가한 적 없고요."

홀은 격앙돼 있었지만, 상대의 치켜든 손과 이 상황을 즐기는 듯한 미소에 잠시 말문이 막혔다.

"존 모스먼이 피델리티빌딩을 지은 게 칠 년 전쯤일 걸세. 어디서 그 큰돈이 났을까? 일평생 은행원으로 검소하고 보수적으로 살아온 그가 갑자기 사업을 여러 개 벌인 것도 바로 그쯤이야. 그자가 남긴 재산을 기억하는가? 그게 다 어디서

났을까?"

홀이 답하려고 했지만, 드라고밀로프가 아직 끝나지 않았다는 신호를 보냈다.

"피델리티빌딩을 짓기 얼마 전 일인데 자네도 아마 기억할 거야. 콤바인사가 캐럴라인철강을 공격해 파산시킨 다음 헐값에 인수했지. 캐럴라인철강 사주는 자살했는데……"

"감옥에 가는 걸 피하기 위해서였지요." 홀이 대신 끝을 맺었다.

"누군가의 속임수에 넘어간 거야."

홀이 고개를 끄덕인 뒤 말했다. "기억납니다. 콤바인사 측 중개인 중 한 명이었어요."

"그게 존 모스먼일세."

홀은 쉽사리 믿지 못해 입을 닫았고 상대는 계속 말을 이었다.

"얼마든지 증명할 수 있고, 또 그렇게 할 거야. 당분간 내가 하는 말을 전부 사실로 받아들여주면 고맙겠네. 나중에 자네가 납득할 때 수 있을 때까지 증명하겠네."

"그럼 좋습니다. 선생은 스톨리핀을 살해했습니다."

"아니, 그건 잘못 짚었어. 러시아 테러리스트 짓이야."

"믿어도 됩니까?"

"믿어도 되네."

홀은 마음속으로 그간 자신이 도식화한 암살 내역을 죽 훑은 다음 다시 시도했다.

"서남부광부연합 회장과 총무였던 제임스와 하드먼……"

"그 둘은 우리 손에 죽었네." 드라고밀로프가 끼어들었다. "그게 뭐가 잘못됐단 말이지? 내 말은, 그게 나랑 무슨 상관인가?"

"선생은 인문주의자십니다. 인간의 존엄만큼이나 노동의 가치를 중히 여기시는 분 아닙니까. 이 두 지도자의 죽음으로 노동조합은 막대한 손해를 입었습니다."

"오히려 그 반대일세." 드라고밀로프가 대답했다. "두 사람이 죽은 해는 1904년인데, 육 년 전부터 광부연합은 파업에서 단 한 번도 성공을 거둔 적이 없어. 그러긴커녕 파업에서 처참히 대패한 게 세 번이야. 두 지도자가 제거된 뒤 단 육 개월 만에 1905년 대규모 파업에서 승리했고 그뒤로 지금까지 계속 상당한 이득을 보고 있네."

"그게 어떻다는 겁니까?" 홀이 재촉했다.

"내 말은 광산소유주연맹에서 의뢰한 암살이 아니었다는 뜻이야. 제임스와 하드먼은 광산소유주연맹으로부터 몰래 꽤 많은 뒷돈을 받고 있었어. 광부들이 찾아와 우리 앞에서 지도

자들의 배신 행위를 낱낱이 고하고 우리가 요구한 용역비를 지불했어. 2만 5천 달러에 처리해줬지."

윈터 홀은 눈에 띄게 곤혹스러워하고 있었다. 한동안 침묵한 끝에 마침내 그가 입을 열었다.

"믿습니다, 드라고밀로프 씨. 내일이나 모레에 증거 자료들을 살펴보겠습니다. 하지만 그저 정확성을 위한 형식일 뿐입니다. 그사이 선생을 설득할 만한 다른 방법을 찾아볼 겁니다. 암살당한 자들은 많으니까요."

"자네 생각보다 훨씬 더 많을 거야."

"사건마다 아까와 비슷한 정당성을 부여해오셨을 겁니다. 하지만 살인 자체가 옳았던 게 아니라 선생만 그렇게 생각한 겁니다. 선생 말씀대로 우리의 대화가 학술적인 방향으로 흐를 것 같군요. 내가 선생을 이길 방법은 그것뿐이니까요. 토론을 내일로 미루도록 하죠. 함께 점심을 드시겠습니까? 아니면 어디서 만날까요?"

"여기가 좋겠네. 점심시간 후에 들르게." 드라고밀로프는 책이 꽉 들어찬 벽을 향해 손을 흔들었다. "여기 이렇게 자료들이 넘쳐나는데다, 책이 모자라면 모퉁이에 있는 카네기도서관 분관으로 언제든 사람을 보낼 수 있으니까."

드라고밀로프가 호출 버튼을 누른 뒤 하인이 들어오자 두 사람은 함께 자리에서 일어섰다.

"두고 보십시오, 제가 반드시 증명해낼 겁니다." 떠나기 전
홀이 단언했다.

드라고밀로프가 묘한 웃음을 지었다.

"내 생각은 다르네만, 만일 그렇게 된다면 유례없는 일일
테지."

5

홀과 드라고밀로프의 논쟁은 며칠 밤낮 동안 이어졌다. 처음에는 윤리에 국한돼 있었지만 얼마 지나지 않아 더 광범위하고 심오한 주제로 번졌다. 그들은 모든 학문의 정점인 윤리에서 시작해 다른 학문의 근본 토대까지 파고들었다. 홀의 살인하지 말지니라에 대해 드라고밀로프는 종교적 의미보다 더 엄격한 철학적 근거를 요구했다. 그 과정에서 그들은 상대를 이해하고 지성적인 논의를 이어나기 위해서는 서로의 근본적 신념과 궁극적 이상을 철저히 검토하고 확인해야 한다고 느꼈다.

두 학자, 그것도 현실적인 학자들의 치열한 싸움이었다. 그러나 종종 싸움의 목적인 최종 결론은 격앙된 감정과 견해의 충돌로 흐지부지되곤 했다. 홀은 적수에게 자신의 목적은 오로지 진실을 좇는 것임을 보였다. 또한 토론에서 지면 목숨을 내놔야 한다는 사실이 드라고밀로프의 주장에 어떤 영향도 미치지 않게 했다. 쟁점은 암살국이 올바른 기관인지 아닌지 판단하는 것이었다.

논쟁의 갈래들이 한 곳을 향할 수 있게 다잡으며 홀이 절대 포기하지 않는 이론은, 사회는 진화했고 이제는 전체 사회가 스스로 구원해야 하는 시기가 도래했다는 것이었다. 그는 말에 올라탄 개인 혹은 소규모 집단이 사회의 운명을 관리하는 시대는 지났다고 주장했다. 또한 드라고밀로프가 바로 그런 개인이며, 암살국이 그의 말이라고 했다. 그리고 그 힘을 빌려 심판과 처벌을 하고, 편협한 진실 안에서 그 자신이 원하는 방향으로 추종자들을 이끌고 사회를 짓밟는다는 것이었다.

반면 드라고밀로프는 사회를 위해 생각하고, 사회를 위한 결정을 내리고, 사회를 움직이는 독단적 지도자 역할을 했다는 사실을 군이 부인하지 않았다. 하지만 전체 사회가 스스로 관리할 능력이 있고, 서툴거나 실수해도 그런 자가 관리를 통해 진보할 수 있다는 사실만은 단호하게 부인했다. 이게 치열한 토론의 핵심이었다. 두 사람은 합의를 도출하기 위해 역사를 샅샅이 파헤치고 원시 집단에 관해 알려진 세밀한 사실에서부터 가장 발달된 문명에 이르기까지 인간의 사회진화를 추적했다.

사실 두 학자는 현실적이고 구체적인 성향이 몹시 강했기에 사회적 편익이 결정적 요인임을 받아들이고 그게 가장 고결한 윤리라는 데 합의했다. 그리고 결국 이 특정 잣대를 기준으로 윈터 홀이 승리를 거뒀다. 드라고밀로프는 패배를 인정했고, 홀은 만족감과 흥분이 뒤섞인 가운데 상대에게 불쑥 악수를 청했다. 예상과 달리 드라고밀로프는 그의 손을 세게 쥐며 응답했다.

"이제 알았네." 그가 입을 열었다. "난 사회적 요인을 충분히 강조하지 못했어. 암살은 본질적으로 잘못됐다기보다 사회적으로 잘못된 행위였어. 아니, 이 말에도 일부 어폐가 있군. 개인 간에 이뤄지는 암살은 전혀 문제될 게 없어. 하지만 개인은 그저 개인이 아니지. 개인이라는 집합체의 일부니까. 거기서 내가 실수했네. 이제 어렴풋하게나마 확실해졌어. 내겐 정당성이 결여돼 있었어. 자⋯⋯" 그는 하던 말을 잠시 끊고 시계를 내려다보았다. "벌써 두시야. 토론이 너무 길어졌군. 난 처벌받을 준비가 됐다네. 조직원들에게 지시를 내리기 전에 신변을 정리할 시간을 좀 줄 텐가?"

토론에 빠져서 토론의 조건을 까맣게 잊어버린 홀은 깜짝 놀랐다.

"전 아직 준비되지 않았습니다." 홀이 말했다. "솔직히 말씀드리면 그 일은 잊고 있었습니다. 그럴 필요가 없을 듯합니다. 선생도 암살이 부당하다는 데 동의하지 않으셨습니까? 조직을 해산시키면 그것으로 충분합니다."

드라고밀로프가 고개를 저었다.

"약속은 약속이라네. 난 자네의 의뢰를 받아들였어. 옳은 게 옳은 거고, 여기서만큼은 사회적 편익이라는 교리를 적용할 수 없네. 개인 그 자체에도 특권이 어느 정도는 남아 있고 그중 하나가 자신이 한 말에 책임을 지는 걸세. 난 그렇게 할 수밖에 없어. 자네의 의뢰는 그대로 진행될 거야. 암살국에서 처리하는 마지막 일이 되겠지. 지금이 토요일 새벽이니 내일 밤까지 시간을 주면 그때 지시를 내리도록 하지."

"얼토당토않은 소리 마십시오!" 홀이 소리쳤다.

"이건 논쟁의 여지가 없네." 엄숙한 질타였다. "게다가 논쟁은 모두 끝났어. 한마디도 더 듣지 않겠네. 그런데 말일세, 내가 암살하기 얼마나 힘든 사람인지를 고려해 적어도 1만 달러를 추가 금액으로 청구하는 게 온당할 것 같군." 할말이 남았다는 표시로 그가 손을 들었다. "아, 결코 큰 금액이 아닐세. 우리 조직원들을 정말 힘들게 할 작정이니 5만 달러 이상의 가치가 있을 거야."

"그냥 조직을 해산시키면……"

드라고밀로프가 그의 말을 가로막았다.

"논쟁은 끝났어. 이제 이건 내 문제일세. 어떤 경우에도 조직은 해체될 거야. 하지만 명심하게, 조직의 오랜 규칙에 따르면 난 빠져나갈지도 모르네. 자네도 기억할 거야. 계약을 맺을 때 내가 약속하지 않았나. 일 년이 지난 뒤에도 의뢰를 성공시키지 못한다면 전체 비용에 5퍼센트를 더한 돈을 돌려줄 거라고. 무사히 빠져나가면 내가 자네에게 직접 돌려주도록 하지."

윈터 홀이 안절부절못하며 손을 흔들었다.

"잠깐만요." 그가 말했다. "한마디만 하겠습니다. 선생과 저는 윤리적 기반에 동의했습니다. 사회적 편익을 모든 윤리의 기반으로……"

"그건 아닐세." 드라고밀로프가 치고 들어왔다. "사회적 윤리의 기반일 뿐이야. 어떤 측면에서 보면 개인은 여전히 개인이라네."

"하지만 선생이나 저나 '눈에는 눈'이라는 고대 유대교 강령을 수용하지 않습니다. 우리 둘 다 죄에 대한 처벌이 옳다고 생각하지 않는단 말입니다. 암살당한 자들이 아무리 죄인이라고 정당화한들, 선생은 암살국의 살인 행위를 처벌이라고 생각하지 않습니다. 그들을 사회적 병폐라고 여기며 제거하는 게 사회에 이롭다고 생각하시죠. 외과의들이 종양을 제거하듯 그 죄인들을 사회라는 유기체에서 제거한 겁니다. 논쟁 초반부터 저는 선생의 이런 관점을 파악하고 있었습니다.

하던 얘기를 마저 하겠습니다. 처벌 이론을 수용하지 않기 때문에 선생과 저는 범죄를 그저 반사회적 경향으로 치부했습니다. 편의에 따라, 자의적으로 그렇게 구분했습니다. 따라서 범죄는 질병의 범주에 속하는 사회적 이상 증상인 겁니다. 그건 질병이 맞습니다. 범죄자, 가해자들은 환자이며 그렇게 취급받아야지만 그 병을 치유할 수 있을 겁니다.

이제 선생 얘기로 돌아가겠습니다. 암살국은 반사회적인 행위를 저질렀습니다. 선생은 그게 옳다고 믿었으니 선생도 병들었던 겁니다. 암살에 대한 믿음이 병을 만들어냈습니다. 하지만 이젠 믿지 않죠. 그러니 선생은 치유되신 겁니다. 선생은 이제 반사회적이지 않단 얘깁니다. 그러니 선생이 죽어야 할 필요가 없습니다. 그건 이미 치유한 병을 처벌하는 게 아닙니까? 조직을 해산하고 운영을 중단하세요. 그렇게만 하시면 됩니다."

"더 할 말은 없는가?" 드라고밀로프가 온화하게 물었다.

"그렇습니다."

"그럼 내 대답을 끝으로 논쟁을 종결하도록 하겠네. 난 공의롭게 암살국을 창설했고 또 공의롭게 운영해왔다네. 그리고 지금의 완벽한 조직으로 만들어냈지. 그 기저에는 도덕 원칙들이 있어. 조직 역사상 그 원칙들이 단 하나라도 위반된 적이 없지. 그중 하나가 의뢰인과의 계약서에 명시한 대로 우리가 수락한 일은 반드시 이행한다는 걸세. 난 자네가 의뢰한 일을 수락했고, 4만 달러를 받았지. 조건은 암살국이 주도한 암살이 잘못됐다는 걸 자네가 입증하고 내가 수긍할 시, 내가 직접 날 암살하라는 지시를 내리는 거였고. 자넨 그걸 입증했어. 남은 건 이제 계약을 이행하는 것뿐이야.

난 이 조직이 자랑스러워. 마지막 임무를 수행하면서 조직의 기본 원칙을 우롱하는 짓은 하지 않겠네. 지금까지 지켜온 규칙을 깨뜨리지 않겠다는 말일세. 내가 이걸 지키겠다는 건 개인으로서의 내 권리이며, 사회적 편익과 절대 충돌하지 않는다네. 난 죽고 싶지 않아. 내가 일 년 동안 살아남으면, 자네도 알다시피 자네가 의뢰한 일은 자동적으로 무효가 된다네. 난 살아남기 위해 최선을 다할 셈이야. 이제 더는 아무 말 말게. 이미 결심했으니까. 암살국 해산과 관련해서는 어떻게 했으면 좋겠나?"

"전체 조직원의 성명과 신상을 제게 넘겨주십시오. 그러면 제가 해산을 통지하겠습니다."

"내가 죽거나 일 년이 지날 때까지 기다리게." 드라고밀로프가 이의를 제기했다.

"알겠습니다. 선생이 죽거나 일 년이 지나면 그때 통지하겠습니다. 제가 가진 정보를 경찰에 넘기겠다고 으름장을 놓으면 말을 들을 겁니다."

"그들이 자네를 죽일지도 몰라." 경고였다.

"압니다. 그럴지도요. 어쩔 수 없죠."

"방법이 있어. 통지할 때, 모든 정보를 도시 여섯 곳에 있는 제3자에게 예탁해놨다고 전하게. 자네가 살해당하면 정보가 경찰 손에 넘어간다고 말이야."

조직 해산에 대한 세부 사항을 논의하기 전 시간은 벌써 새벽 세시를 가리켰고, 두 사람 사이에 긴 침묵이 흘렀다. 먼저 입을 연 건 드라고밀로프였다.

"홀, 당신이 맘에 드는군. 자네도 도덕광이야. 자네가 암살국을 설립했을지도 몰라. 이보다 더한 칭찬이 없다는 걸 알아주게. 난 암살국이 눈부신 성과라고 믿거든. 어쨌든 난 자네가 마음에 드는데다 신뢰가 가는군. 자네도 나처럼 뱉은 말에 책임을 질 걸세. 그런데 내겐 딸이 하나 있다네. 엄마는 세상을 떠났고 나까지 떠나면 그애는 이 세상에 피붙이라곤 하나도 없는 셈이 되지. 그애를 좀 맡아주게. 내 부탁을 들어주겠나?"

홀이 말없이 고개를 끄덕였다.

"그애는 다 컸으니까 후견인 서류를 따로 작성할 필요는 없어. 그런데 미혼이야. 막대한 유산이 그애에게 돌아갈 텐데 자네가 투자를 해줬으면 해. 오늘 오후에 그애를 만나러 갈 예정인데 함께 갈 텐가? 여기서 멀지 않은 곳이라네. 허드슨에 있는 에지무어야."

"아니, 저도 이번 주말 에지무어에 볼일이 있습니다!" 홀이 외쳤다.

"그렇군. 에지무어 어디쯤인가?"

"잘 모르겠습니다. 초행길이라서요."

"걱정할 것 없어. 아담한 곳이니까. 일요일 오전에 잠시 시간을 내주게. 차 안에서 설명해줄 테니. 언제, 어디로 갈지 전화해주게. 내 번호는 서브어번 245일세."

종이에 받아적은 뒤 홀이 자리에서 일어섰다.

드라고밀로프는 홀과 악수하며 하품을 했다.

"재고해주시길 바라겠습니다." 홀이 강조했다.

드라고밀로프는 다시 한번 하품한 뒤 고개를 저으며 방문객을 배웅했다.

6

그루냐는 에지무어역에서 윈터 홀을 태운 차를 몰고 있었다.

"삼촌이 당신을 만나길 손꼽아 기다리고 계세요." 그녀가 힘주어 말했다. "당신이 누군지는 아직 모르시지만요. 궁금해하시라고 일부러 말씀 안 드렸어요. 그래서 더 기다리시는지도요. 정말 간절히 기다리고 계세요."

"그 얘기는 했어?" 홀이 의미심장하게 물었다.

그루냐는 갑자기 운전에 집중했다.

"무슨 얘기요?" 그녀가 물었다.

대답 대신 홀은 운전대에 놓인 그녀의 손을 살며시 잡았다. 그녀는 용기를 내 그를 쳐다보았다. 잠깐이지만 대담하게 그의 눈을 빤히 들여다본 것이다. 그뒤 얼굴이 붉게 달아오르자 강렬한 시선이 흔들리는듯 싶더니 이내 운전대 방향으로 향했다.

"그래서 기다리시는지도 모르겠군." 홀이 나지막하게 말했다.

"나…… 난 아직 생각해보지 않았어요."

그녀의 시선은 전방을 향하고 있었지만 그의 눈에는 장밋빛으로 달아오른 뺨이 들어왔다. 잠시 후 그가 다시 입술을 뗐다.

"저렇게 근사한 석양을 앞에 두고 거짓말하는 건 못할 짓이지."

"웃기지 말아요." 그녀가 소리쳤지만 말투에는 애정이 가득했다.

그녀가 다시 그를 바라보며 웃었고, 그도 따라 웃었다. 두 사람은 석양이 티 한 점 없이 맑고 세상은 더없이 아름답다고 느꼈다.

차가 방갈로 진입로에 들어섰을 때 그가 드라고밀로프 씨의 자택이 어느 쪽인지 물었다.

"처음 듣는걸요." 그녀가 대답했다. "드라고밀로프 씨요? 에지무어엔 그런 사람이 없어요. 확실해요. 그런데 왜요?"

"최근에 이사온 사람일지도 모르지." 그가 말했다.

"아마 그럴 거예요. 자, 다 왔어요. 그로셋, 홀의 가방을 부탁해요. 삼촌은 어디 계세요?"

"서재에서 글을 쓰고 계십니다, 아가씨. 저녁식사 전까지 방해하지 말라고 하셨습니다."

"그럼 저녁식사 때 뵙는 걸로 해요." 그녀가 홀에게 말했다. "그래봤자 얼마 남지 않았지만. 그로셋, 홀을 방으로 안내해주세요."

십오 분 뒤 윈터 홀은 그루냐를 대동하지 않고 거실에 들어섰다가 자신과 그날 새벽 세시에 헤어진 남자와 맞닥뜨렸다.

"지금 여기서 뭐하시는 겁니까?" 홀이 불쑥 내뱉었다.

하지만 상대의 표정에는 동요가 없었다.

"내 소개를 하려고 기다리는 중이네만." 그가 손을 내밀었다. "난 세르기우스 콘스탄틴이라고 하네. 그루냐가 우리 두 사람을 놀라게 한 건 확실하군."

"이반 드라고밀로프이기도 하고요?"

"그렇다네. 하지만 이 집에서는 아니야."

"이해가 가지 않습니다. 따님이 있다고 하지 않으셨나요?"

"그루냐가 내 딸일세. 그애는 자기가 내 조카인 줄 알고 있지만. 말하자면 기네. 식사를 마치고 그루냐가 없을 때 간단히 설명해주겠네. 그런데 말이지, 이 상황이 아주 완벽해. 너무 완벽해서 마음에 쏙 드는군. 내가 딸애를 부탁한 사람이―내 말이 틀리지 않다면―그루냐의 애인이라는 얘기 아닌가. 내 말이 틀렸나?"

"저…… 전 무슨 말씀을 드려야 할지 모르겠습니다." 홀이 더듬거렸다. 그는 난생처음 기지를 발휘하지 못한 채, 이 꿈에도 생각지 못한 결말에 그저 어안이 벙벙했다.

"내 말이 틀렸나?" 드라고밀로프가 재차 물었다.

"아닙니다." 마침내 그가 질문에 답했다. "사랑하는 사이입니다. 그루냐를 사랑합니다. 그런데 그루냐도…… 선생의 정체를…… 알고 있습니까?"

"난 그애에게 동명의 수입사 대표 세르기우스 콘스탄틴 삼촌일 뿐이야. 저기 그애가 오네. 내 말이 그 말이야. 나도 자네처럼 톨스토이보다 투르게네프를 더 좋아한다네. 물론 그렇다고 톨스토이의 힘을 과소평가하지 않는 한에서 그렇단 얘길세. 톨스토이 철학에 반감이 있는 사람은…… 아, 드디어 왔구나, 그루냐."

"벌써 인사 나누셨군요." 그루냐가 짐짓 토라진 체했다. "내가 있는 자리에서 이 중대한 만남이 이뤄졌어야 하는데!" 나무라듯 홀을 돌아보는 그녀의 허리를 콘스탄틴이 부드럽게 감쌌다. "그렇게 빨리 옷을 갈아입을 줄 누가 알았겠어요?"

그녀는 남은 팔을 홀에게 내밀었다.

"가요, 가서 저녁 먹어요."

그리고 그렇게, 콘스탄틴의 팔이 여전히 그루냐를 감싸고, 그녀가 홀의 손을 잡고 가볍게 이끌며, 세 사람은 함께 식당으로 들어갔다.

식탁에서 홀은 자신이 처한 현실을 도저히 믿기 힘들어 볼을 꼬집어보고 싶었다. 현실이라기에엔 상황이 터무니없이 기괴했다. 그러니까 그가 사랑하는 그루냐는, 자기 아버지를 삼촌으로 알고 있고, 그 남자가 무시무시한 암살국 창립자이자 수장임을 꿈에도 모른 채 그에게 몸을 기대며 미소 짓고 있었다. 그루냐의 연인인 홀은 남자가 스스로를 암살하는 대가로 5만 달러를 지불했고, 지금은 그를 놀리는 가벼운 농담에 동참중이었다. 드라고밀로프는 아무 동요 없이 편안하게 유쾌한 분위기를 관조했고, 습관적인 냉소가 점점 사그라들며 다정한 모습까지 보였다.

그뒤 그루냐가 피아노를 치며 노래를 불렀다. 드라고밀로프는 찾아올 사람이 있는데다 홀과 남자들만의 대화를 나누고 싶다는 이유로 짐짓 엄한 아버지인 양 굴면서 어린아이는 이제 자야 할 시간이라며 그루냐를 들여보냈다. 그녀는 요란하게 작별인사를 건넨 뒤 자리를 떴고, 그녀의 웃음소리가 열린 문 사이로 방안에 잔물결처럼 퍼져갔다. 드라고밀로프가 자리에서 일어서 문을 닫고 다시 앉았다.

"대체 어떻게 된 겁니까?" 홀이 다그쳤다.

"우리 아버지는 러시아-튀르크전쟁 도급업자였네." 의외의 대답이었다. "이름은…… 뭐, 그건 중요한 게 아니니까. 어쨌든 아버지는 6천 만 루블이라는 막대한 부를 축적했고, 외아들인 내가 그걸 고스란히 물려받았다네. 대학 시절 급진적 사상에 물들어 러시아청년단에 합류했어. 유토피아를 믿는 몽상가 집단이었고, 두말할 필요도 없이 말썽을 일으켰지. 나도 두어 번 감옥에 다녀왔고. 아내가 천연두로 목숨을 잃었을 때 마침 처남인 세르기우스 콘스탄틴도 같은 병으로 세상을 떠났어. 내 마지막 사유지에서 일어난 일이라네. 그때 청년단의 음모가 새어나갔고, 이번에 걸리면 시베리아행이었어. 탈출은 생각보다 간단했어. 보수주의자로 알려진 처남을 내 이름으로 묻고 내가 세르기우스 콘스탄틴이 된 거지. 그루냐는 아직 아기였어. 남은 재산이 관리들 손아귀에 들어가고 말았지만 별 탈 없이 러시아를 탈출할 수 있었다네. 자네가 상상하는 것보다 더 많은 러시아 스파이가 활동하는 이곳 뉴욕에서 가짜 이름을 계속 사용한 걸세. 그렇게 된 거야. 심지어 러시아에 돌아간 적도 있네. 물론 처남 행세를 했지. 가서 처남의 재산을 정리했다네. 가짜 행세를 너무 오래 했어. 그루냐도 날 삼촌으로 알고, 난 계속 삼촌으로 남았지. 그게 전부야."

"암살국은요?" 홀이 물었다.

"옳은 일이라고 생각했고, 우리 러시아인들은 사상가일 뿐 실천가는 아니라는 비난이 싫어서 결성했다네. 그동안 완벽하게 성공적으로 운영됐고, 금전적으로도 큰 이득을 봤지. 난 꿈을 꿀 수도, 행동할 수도 있다는 걸 증명해냈어. 하지만 그루냐는 날 아직 몽상가로 부른다네. 하지만 그애는 몰라. 털끝만큼도."

그는 연결된 또다른 방에 가서 큰 봉투를 하나 가지고 돌아왔다.

"이제 다른 얘기를 하지. 내가 거사를 지시할 사람이 곧 이곳으로 올 거야. 본래 내일 진행할 예정이었지만 때마침 자네가 오늘밤 나타나 준 덕에 빠르게 처리할 수 있게 됐어. 여기에 자네를 위한 지침을 넣어뒀네." 그가 홀에게 봉투를 건넸다. "법적으로 그루냐가 모든 문서와 증서 서류에 날인해야 하는데 자네가 도와줘야 할 거야. 내 유언장은 금고 안에 있다네. 내가 죽거나 돌아오기 전까지 내 자금을 맡아서 처리해주게. 또 내가 자금이나 그 밖에 다른 일과 관련해 전보를 치거든 지침대로 처리해주길 바라네. 봉투 안에 내가 사용할 암호가 들어 있어. 조직에서 사용하는 암호와 동일하다네.

난 그동안 암살국을 대신해 막대한 비상 자금을 관리해왔네. 그 돈은 조직원들의 몫이야. 그 자금 관리를 자네에게 위임하겠네. 조직원들이 필요할 때마다 사용하는 돈일세." 드라고밀로프는 슬픈 척 고개를 절레절레 흔든 뒤 미소 지었다. "아마 날 잡는 데 어마어마한 돈이 들지 싶어."

"당치도 않습니다!" 홀이 목소리를 높였다. "지금 적에게 자금을 대주려는 겁니까? 그 돈에 얼씬도 못하게 해도 모자랄 판에 말입니다."

"그건 정당하지 못한 처사라네, 홀. 난 타고난 성향을 따라 정직하게 승부를 볼 걸세. 이 문제에 대해서라면 자네도 정직하게 승부를 보고 내 지침을 그대로 따라주리라 믿어 의심치 않네. 그렇게 할 테지?"

"하지만 선생은 지금 저더러 선생을, 제가 사랑하는 여인의 아버지를 죽이려는 암살자를 도우라는 거잖습니까? 말도 안 됩니다. 생각만 해도 끔찍해요. 지금 당장 모든 걸 멈추십시오. 조직을 해산하고 그걸로 끝내십시오."

그러나 드라고밀로프는 요지부동이었다.

"이미 결심했다는 걸 자네도 잘 알지 않나. 난 내가 옳다고 믿는 일을 해야 해. 내 지침을 따라주겠나?"

"선생은 괴물입니다! 부조리하고 터무니없는 공의에 사로 잡힌 고집 세고, 뻣뻣한 괴물! 선생은 타락한 지성인, 미치광이 윤리학자입니다! 선생은…… 선생은……"

윈터 홀은 더 극단적인 표현을 찾는 데 실패하고 더듬거리다 입을 닫았다. 드라고밀로프는 지그시 미소 지었다.

"내 지침을 따라줄 텐가?"

"네, 네. 그러죠. 따르겠습니다." 홀이 화가 나서 소리쳤다. "보나마나 선생 마음대로 하실 테니까요. 제가 무슨 수로 막겠습니까? 그런데 왜 하필 오늘밤입니까? 내일 이 광란의 모험을 시작해도 충분하지 않습니까?"

"아니. 난 시작하고 싶어서 몸이 근질근질한걸. 자네가 적확한 단어를 말해줬군, 그래. 모험, 바로 그걸세. 젊은 시절엔 모험이라는 걸 좀 했지. 러시아에서 인간의 보편적인 자유라는 철부지 꿈을 꾸던 바쿠닌 추종자였으니까. 그뒤로 어떻게 됐나? 지금까진 난 생각하는 기계에 불과했어. 사업체를 성공적으로 일궈냈고, 돈도 많이 벌었지. 암살국을 설립해서 운영했어. 하지만 그게 다야. 인생을 살지 못했어. 모험이라곤 근처에도 가보지 못했어. 난 그냥 거미였던 거야. 거미줄 한

복판에서 사고하고 계획하는 거대한 뇌 말일세. 그런데 이제 거미줄을 해체할 거야. 모험의 길로 나아갈 걸세. 난 말일세, 한 번도 사람을 죽여본 적 없어. 누군가가 살해당하는 것도 본 적 없네. 기차 사고를 겪은 적도 없고 폭력에 대해서는 아예 문외한이야. 그러니까 엄청난 괴력을 소유한 내가, 친목 삼아, 복싱이나 레슬링 같은 운동할 때를 제외하곤 그런 힘을 전혀 써본 적 없었다는 말이야. 그런데 이젠 몸과 뇌를 다 쓰면서 새로운 역할을 맡아볼 걸세. 바로 힘이라는 역할이라네!"

그는 희고 호리호리한 손을 내민 뒤 그걸 노려보았다.

"내가 이 손가락으로 은화 동전을 구부릴 수 있다고 그루냐가 얘기할 날이 있을 걸세. 이 손가락은 과연 그걸 위해 존재하는 걸까? 동전을 구부리기 위해? 자, 잠시 팔 좀 줘보게."

손가락 끝과 엄지만 가지고 그가 홀의 손목과 팔꿈치 중간을 잡고 누르자 홀은 극심한 타박상의 고통을 느끼고 소스라치게 놀랐다. 엄지와 나머지 손가락이 살과 뼈를 뚫고 서로 만나기라도 하는 듯했다. 드라고밀로프는 언제 그랬냐는 듯 팔을 놓고 잔인한 미소를 띠고 있었다.

"아무 일도 없을 거야." 그가 운을 뗐다. "일주일 정도 멍이 가시지 않겠지만. 내가 왜 거미줄 밖으로 나가고 싶어하는지 이제 알겠나? 난 지난 수년간 무위도식하며 지냈네. 이 손가락으로 서명을 하거나 책장을 넘기기만 했지. 거미줄 안에서 조직원들을 모험의 길로 떠나보냈지. 이제 난 그들과 경쟁하면서 똑같이 움직일 거라네. 멋진 게임이 될 테지. 내 역할은 완벽한 기계를 만든 설계자였어. 암살국은 내 작품이야. 단 한 번도 표적을 죽이는 데 실패한 적 없어. 이제 내가 표적이야. 관건은 이 조직이 조직의 창조자인 나보다 더 우세할 것인가?가 되겠군. 조직이 창조자를 죽일 것인가, 아니면 창조자가 그보다 한 수 앞서나갈 것인가?"

그는 갑자기 말을 멈추고 시계를 보더니 벨을 눌렀다.

"차를 대기시키게." 그는 방으로 들어온 하인에게 지시했다. "내 침실에 있는 가방을 싣게."

하인이 나가자 그는 홀을 돌아보았다.

"이제 내 헤지라*가 시작됐네. 머지않아 곧 하스가 이곳으로 올 걸세."

"하스가 누굽니까?"

"명실상부 가장 유능한 우리 조직원이라네. 가장 까다롭고 위험한 의뢰가 들어오면 늘 그에게 맡겼지. 도덕광에다 단**

---

* 622년 예언자 마호메트가 메카의 보수적 특권 상인과 귀족의 박해를 피해 소수의 신도와 함께 메디나로 이주한 일. 이해를 이슬람교 기원 원년으로 삼는다.
** 모르몬교의 비밀결사대(Danite Band)를 말한다.

의 단원이라네. 멸하는 천사도 하스보다 낫지. 활활 타오르는 불꽃이야. 사람이 아니라 불꽃이야. 직접 보면 무슨 말인지 알 걸세. 이제 오는군."

잠시 후 그가 하인의 안내를 받아 방으로 들어왔다. 홀은 그의 첫인상에 큰 충격을 받았다. 수척하고 피폐한 얼굴이었다. 쑥 꺼진 볼에 함몰된 눈두덩이에서는 악몽에나 나올 법한 두 눈이 이글거리며 타올랐다. 마치 온 얼굴이 불길에 휩싸인 것처럼 보이게 하는 그런 눈이었다.

홀은 그와 악수를 하며 맞잡은 손이 너무 단단해서, 맹렬할 정도로 단단해서 다시 한번 놀랐다. 의자에 앉는 품도 범상치 않았다. 고양이 같은 몸놀림이었지만 홀은 그가 한 마리의 호랑이처럼 탄탄한 근육질이리라 확신했다. 여위고 병색이 짙은 얼굴 때문에 몸마저 쪼그라든 고둥껍데기처럼 보일지라도 말이다. 체격은 호리호리했지만 툭 불거진 이두박근과 어깨 근육을 감출 수는 없었다.

"일거리가 생겼네, 하스." 드라고밀로프가 입을 열었다. "자네가 맡은 일 중에서 아마 가장 위험하고 까다로운 일이 될 걸세."

이 말을 들은 남자의 두 눈이 더 강렬하게 타오르는 걸 홀은 똑똑히 목격했다.

"이 건은 내가 재가했네." 드라고밀로프가 이어서 말했다. "옳은 일일세. 본질적으로 옳은 일이야. 반드시 죽어야 하는 자라네. 그 대가로 5만 달러를 받았어. 조직의 관례에 따르면 이 돈의 삼 분의 일이 자네에게 갈 테지. 그러나 이번 일은 대단히 어려울 터라 자네 몫으로 절반을 주기로 결정했네. 먼저 여기 경비 5천 달러를 받게."

"금액이 이례적이군요." 하스가 타오르는 자신의 존재에 바싹 말라버리기라도 한 듯 입술을 핥으며 말했다.

"자네가 죽여야 하는 사람이 이례적이지." 드라고밀로프가 대꾸했다. "슈워츠와 해리슨에게 즉시 연락해 도움을 청하게. 만약 시간이 지나고 세 사람 모두가 실패하면……"

하스가 믿지 못하겠다는 듯 콧방귀를 뀌었고, 그를 태우던 불길은 야위고 갈망하는 얼굴에서 뿜어져나오는 열기에 점점 더 크게 타올랐다.

"만약 시간이 지나고 세 사람 모두가 실패하면 조직 전체에 도움을 요청하게."

"그자가 대체 누굽니까?" 으르렁거리듯 하스가 다그쳤다.

"잠깐." 드라고밀로프가 홀을 돌아보았다. "그루냐에겐 뭐라고 할 텐가?"

홀은 잠시 고민했다.

"절반만 사실대로 말하면 될 것 같습니다. 선생을 알기 전에 그루냐에게 조직에 대해 언급한 적이 있습니다. 선생이 위협을 당하고 있다고 말하겠습니다. 그걸로 충분해요. 결과가 어찌되든 전모를 알 필요는 없지 않겠습니까."

드라고밀로프가 동의한다는 뜻으로 고개를 끄덕였다.

"여기 홀 선생이 서기를 맡을 거야." 그가 하스에게 설명했다. "암호도 갖고 있다네. 경비를 포함해 다른 요구 사항이 있으면 모두 이 사람에게 요청하게. 중간중간 진행 상황도 알려주고."

"그자가 누군지 말씀해주십시오." 하스가 쉰 목소리로 재차 요구했다.

"잠깐만 기다리게, 하스. 그전에 자네가 명심할 게 한 가지 있으니까. 자네가 한 맹세를 기억할 걸세. 지목된 자가 누구든 반드시 임무를 수행해야 한다고 말이야. 어떤 식으로든 자네의 목숨이 위태로워지는 상황을 피해야 한다는 것도 알지. 자네가 실패하면 동지들이 자네를 죽이겠다고 다짐한 것도 잘 알 테고."

"다 알고 있습니다." 하스가 끼어들었다. "언급하실 필요 없습니다."

"자네가 전적으로 확실히 해줬으면 하네. 지목된 자가 누구라도……"

"내 아버지, 형제, 아내―예예, 악마든 신이든―다 알아
들었습니다. 누굽니까? 어디에 있습니까? 아시잖습니까. 할
일이 있으면 저는 그걸 해치우고자 하는 사람이라는 걸요."

드라고밀로프는 만족한 듯 미소 지으며 홀을 돌아보았다.

"내가 말하지 않았나. 조직원 중에서 최고의 실력자를 선
택했다고."

"귀한 시간을 낭비하고 계십니다." 하스가 조바심을 내며
내뱉었다.

"알았네." 드라고밀로프가 대답했다. "준비됐나?"

"그렇습니다."

"해도 되겠나?"

"네."

"날세. 이반 드라고밀로프."

하스는 예상치 못한 발언에 충격을 받았다.

"당신이라고요?" 큰 소리가 나오다 목안에서 타버리기라
도 한 듯 속삭이는 목소리였다.

"그렇다네." 드라고밀로프가 아무렇지도 않은 듯 말했다.

"그렇다면 지금이 가장 적기로군요." 하스가 재빨리 말하
면서 오른쪽 손을 주머니로 가져갔다.

그러나 그보다 빠르게 드라고밀로프가 그를 덮쳤다. 홀이 자리에서 미처 일어서기도 전에 일이 벌어지고 이미 돌이킬 수 없게 됐다. 홀은 드라고밀로프가 양 엄지 끝을 구부려 하스의 목 언저리 깊게 팬 골에 하나씩 대고 힘껏 누르는 걸 보았다. 거의 동시에, 눈 깜짝할 새에 일이 벌어졌고, 힘을 준 손가락이 목에 닿자마자 주머니 속 무기로 향하던 하스의 손이 방향을 틀었다. 하스는 양손을 들고 발작하듯 상대의 손을 거머쥐었다. 얼굴이 일그러지며 굉장하고 완전한 고통이 그대로 드러났다. 온몸을 비틀고 꿈틀거리기를 잠시, 곧 그의 눈이 감기고 팔이 툭 떨어지더니 동시에 온몸이 축 늘어졌다. 드라고밀로프가 그를 천천히 바닥에 뉘었고, 그의 불길은 무의식 속에서 사그라들었다.

드라고밀로프는 하스의 몸을 돌려 얼굴이 바닥을 향하게 한 뒤 손수건을 꺼내 등뒤로 손을 묶었다. 민첩한 움직임과 함께 그가 말했다.

"잘 봐두게, 홀. 외과 수술에서 제일 처음 사용된 마취법이야. 완전히 수동이지. 엄지로 경동맥을 눌러 뇌로 가는 혈류를 차단하는 방법이라네. 일본인들이 수백 년 동안 외과 수술에서 사용한 방법일세. 압력을 일 분 이상 지속했다간 죽고 말지. 이대로라면 잠시 후에 의식을 회복할 거야. 보게! 이제 움직이는군."

하스를 굴려 똑바로 눕히자 그가 곧 파르르 눈을 뜨더니 얼떨떨하다는 듯 드라고밀로프의 얼굴을 쳐다보았다.

"이번 일은 쉽지 않을 거라고 말하지 않았나, 하스." 드라고밀로프가 의기양양하게 말했다. "첫번째 시도는 실패라네. 앞으로도 실패를 거듭하겠지만."

"돈값을 제대로 하시려나봅니다." 하스가 대답했다. "왜 죽으려 하시는지는 모르겠지만요."

"죽으려는 게 아닐세."

"그렇다면 대체 왜 제게 그런 명령을 내리신 겁니까?"

"그건 자네가 알 바 아니네, 하스. 자네가 할 일은 최선을 다하는 걸세. 목은 좀 어떤가?"

하스가 누운 채로 고개를 앞뒤로 움직였다.

"얼얼합니다." 그가 대답했다.

"이 기술은 자네도 알아두면 좋을 거야."

"이제 압니다." 하스가 응수했다. "정확하게 어느 지점에 엄지를 눌러야 하는지 확실히 알았습니다. 이제 절 어쩌실 셈입니까?"

"함께 차를 타고 나가서 길에 버려두고 떠날 걸세. 오늘밤은 춥지 않아서 감기에 걸릴 일은 없을 거야. 여기 두고 갔다

간 내가 떠나기도 전에 홀이 자넬 풀어줄지도 모르거든. 자, 이제 자네 코트 주머니에 있는 무기를 보여주게."

드라고밀로프가 허리를 숙여 문제의 주머니에서 자동권총 한 자루를 꺼냈다.

"거사를 대비해 장전해뒀군. 공이치기도 젖혀져 있고." 그가 권총을 이리저리 살폈다. "엄지로 안전 레버를 내리고 방아쇠만 당기면 끝이야. 나와 함께 차까지 걸어갈 수 있겠나, 하스?"

하스가 고개를 세차게 저었다.

"길거리보다 여기가 편합니다."

드라고밀로프가 대답 대신 가까이 다가가더니 하스의 목에 끔찍했던 엄지 누르기를 가볍게 재연했다.

"걷겠습니다." 하스가 헐떡이며 말했다.

등뒤로 팔이 묶인 채 누워 있던 하스가 순식간에 그야말로 벌떡 일어섰다. 홀은 그가 호랑이 근육의 소유자라는 걸 짐작할 수 있었다.

"좋습니다." 하스가 투덜거렸다. "저항하지 않겠습니다. 순순히 따르겠어요. 그런데 하나만 말씀드리죠. 이번엔 얼떨결에 성공하셨지만 다시는 이런 수법은 물론, 다른 어떤 수법도 통하지 않을 겁니다."

드라고밀로프가 몸을 돌려 홀에게 말했다.

"일본인들에 따르면 인체에 급소가 일곱 군데 있다고 하더군. 내가 아는 건 네 군데야. 그런데도 이 친구는 몸싸움에서 날 이길 수 있다고 착각중이지. 이보게 하스, 명심하게. 내 손날이 보이나? 급소 누르기와 그 외 다른 모든 걸 제외하고 손의 날만 칼처럼 사용해도 자네의 뼈를 으스러뜨리고 관절을 탈구시키고 힘줄을 파열시킬 수 있어. 자네가 알던 기계치곤 나쁘지 않지? 자, 가세. 모험의 길을 향해. 잘 있게, 홀."

대문이 닫히고 윈터 홀은 얼이 빠진 채로 자신이 서 있는 현대식 방을 둘러보았다. 이 거짓말 같은 상황에 어안이 벙벙했다. 하지만 한쪽에 그랜드피아노가 자리하고 있고, 테이블 위에 놓인 건 분명 최신 잡지였다. 그래도 믿을 수 없어 익숙한 그 이름들을 힐끗 쳐다보기까지 했다. 몇 분 뒤 꿈에서 깰지도 모른다고 생각했다. 그는 겹겹이 쌓인 책들의 제목을 죽 훑었다. 틀림없는 드라고밀로프의 책이었다. 서로 결이 다른 책들이 뒤죽박죽 섞여 있었다. 머핸의 『아시아의 문제』, 뷔히너의 『힘과 물질』, 웰스의 『폴리 씨의 역사』, 니체의 『선과 악을 넘어서』, 제이컵의 『많은 화물』, 베블런의 『유한계급론』, 하이드의 『에피쿠로스부터 그리스도까지』부터 헨리 제임스의 최신 소설까지. 이 모든 게 기괴한 정신의 소유자로부터

버림받았다. 책과 함께한 삶의 페이지를 닫고 불가능하리만
치 무모한 모험을 향해 떠난 사람으로부터.

7

"당신 삼촌은 기다릴 필요 없어." 이튿날 아침 홀이 그루냐에게 말했다. "우린 아침식사 후에 뉴욕으로 돌아갈 거야."

"우리라고요?" 그루냐가 천진난만하게 물었다. "왜요?"

"결혼할 거니까. 당신 삼촌이 떠나기 전에 날 당신의 비공식 후견인으로 지정했어. 내가 보기에 그 자리를 공식화하는 게 최선일 것 같군. 물론 당신이 크게 반대하지 않는다면 말이야."

"반대해요. 분명하게요"라는 대답이 돌아왔다. "먼저, 무슨 일이든 누가 억지로 시키는 건 딱 질색이에요. 설령 당신과 결혼하는 기분좋은 일일지라도요. 그다음으로, 난 수수께

끼를 싫어해요. 삼촌은 어디 계세요? 무슨 일이 일어난 거죠? 어디로 가신 거예요? 아침 일찍 기차를 타고 뉴욕으로 가신 건가요? 일요일에 도시로 가야 할 이유가 대체 뭐죠?"

홀은 침울한 표정으로 그루냐를 바라보았다.

"그루냐, 당신에게 용감해지라든가 하는 그런 같잖은 소리는 하지 않겠어. 난 당신을 잘 알고, 그런 건 다 쓸데없는 짓이니까." 그녀의 얼굴에 불안한 기색이 점점 퍼지는 걸 보고 그가 서둘러 말을 이었다. "당신 삼촌이 언제 돌아올지 난 몰라. 영영 돌아오지 않을지, 당신과 재회할 날이 있을지도. 잘들어. 내가 지난번에 말한 암살국 기억나?"

그녀가 고개를 끄덕였다.

"거기서 당신 삼촌을 다음 희생양으로 골랐어. 그래서 그들에게서 달아나기 위해 떠나신 거야. 그게 다야."

"세상에! 말도 안 돼요!" 그녀가 소리를 높였다. "우리 세르기우스 삼촌이요? 지금은 20세기예요. 이제 그런 일은 일어나지 않는다고요. 당신과 삼촌이 작당하고 날 놀리는 게 틀림없어요."

그루냐가 삼촌에 관한 진실을 전부 안다면 어떻게 반응할지 생각하며 홀은 울적한 미소를 지었다.

"내 명예를 걸고 맹세하지. 전부 사실이야." 홀이 힘주며 말했다. "당신 삼촌이 다음 희생자로 지목되고 말았어. 어제 오후에 뭔가 잔뜩 쓰고 계시던 거 기억나지? 그들에게서 경고를 받은 후에 주변을 정리하고 내게 전달할 지시 사항을 준비하고 계셨던 거야."

"하지만 경찰이 있잖아요. 그런 극악무도한 무리로부터 보호해달라고 왜 경찰에 요청하지 않았나요?"

"당신 삼촌은 독특한 분이야. 경찰을 찾아가라는 충고는 절대 듣지 않으실 거야. 그뿐인 줄 알아? 내게 경찰을 개입시키지 말라는 약속을 받아내셨어."

"나한텐 아니에요." 그녀가 말을 끊고 문 쪽으로 향했다. "당장 경찰에 알리겠어요."

홀이 그녀의 손목을 잡자 그녀가 거칠게 몸을 돌렸다.

"내 말 좀 들어봐." 그가 그녀를 달랬다. "이 모든 게 미친 짓이라는 걸 나도 알아. 완전히 말도 안 되게 미친 짓이지. 그렇다고 해도 전부 사실이야. 하나도 빠짐없이. 당신 삼촌은 경찰이 개입되는 걸 원치 않으셔. 그게 그분의 바람이라고. 내게 내린 명령이기도 해. 당신이 그분의 바람을 저버린다면 그건 내가 당신에게 사실을 털어놓는 실수를 범했기 때문이 겠지. 난 실수하지 않았다고 확신해."

그가 팔을 놓자 그녀가 문턱에서 망설였다.

"이럴 순 없어!" 그녀가 소리쳤다. "정말 믿을 수 없어! 이건…… 이건…… 아, 날 놀리는 거죠?"

"믿을 수 없는 건 나도 마찬가지지만 전부 사실이야. 당신 삼촌은 어젯밤 짐 가방을 챙겨 떠나셨어. 가시는 걸 직접 봤지. 내게 작별인사를 고하셨어. 그리고 당신과 관련된 일을 포함해서 남은 일 처리를 내게 일임하셨어. 자, 이게 바로 내게 내린 지시야."

홀은 지갑을 꺼내 종이 몇 장을 보여줬다. 틀림없는 세르기우스 콘스탄틴의 글씨였다.

"당신에게 쪽지를 남기셨어. 너무 급하게 나가시느라 이것뿐이지만. 들어가서 아침 먹으면서 읽어보도록 해."

우울한 식사였다. 그루냐는 커피 외에는 입에 대지 않았고 홀은 기운 없이 달걀 요리를 뒤적이기만 했다. 그루냐도 홀 앞으로 온 전보를 보고 난 뒤에는 결국 그의 말을 믿지 않을 수 없었다. 전보의 내용이 암호화돼 있고, 그걸 푸는 열쇠가 그에게 있다는 사실을 그녀는 납득했지만, 수수께끼는 그대로였다.

"가끔 연락하겠네." 홀이 해독했다. "그루냐에게 사랑한다고 전해주게. 내가 결혼을 승낙한다고도. 나머지는 그애에게 달렸어."

"이렇게 전보를 통하면 행선지를 파악할 수 있을 거야." 홀이 말했다. "자, 가서 결혼식부터 올리자고."

"삼촌이 온 세상에서 동물처럼 쫓기고 있는 이 상황에서요? 절대 그럴 순 없어요! 대책을 세워야 해요. 뭐든 해야 한다고요. 당신이 이 살인마들의 본거지를 파괴할 거라고 했잖아요. 파괴해버려요. 그런 다음 삼촌을 구해줘요."

"당신한테 전부 설명하긴 힘들어." 홀이 부드럽게 달랬다. "하지만 이게 그 조직을 파괴하기 위한 계획의 일부라는 걸 알아줘. 처음부터 이럴 뜻은 아니었지만, 내가 감당할 수 없는 지경이 돼버렸어. 내가 말할 수 있는 건 여기까지야. 당신 삼촌이 일 년간 잡히지 않는다면 없던 일이 돼. 다시 위험에 처할 일은 없을 거야. 그동안 추적자들을 따돌리실 수 있을 거라고 믿어. 나도 힘닿는 한 도움을 드릴 생각이야. 그분의 지시 사항으로 인해 한계가 있겠지만. 어떤 상황에서도 경찰을 개입시켜서는 안 된다는 말씀처럼 말이야."

"그 일 년이 지나면 결혼하겠어요." 그루냐의 최종 결론이었다.

"좋아. 오늘은 뉴욕으로 돌아가겠어, 아니면 이곳에 남아 있겠어?"

"다음 기차에 오를 거예요."

"나 역시."

"그럼 함께 가도록 해요." 그날 처음으로 그루냐가 희미한 미소를 지었다.

홀은 바쁜 하루를 보냈다. 뉴욕에 도착해 그루냐와 헤어진 후 그는 드라고밀로프의 일을 처리하고 지시를 따르는 데 전념했다. S. 콘스탄틴사의 관리자는 고용주의 필체가 분명한 서한을 받고서도 홀에 대한 의심의 눈초리를 거두지 않았다. 홀이 그루냐에게 전화를 걸어 확인해줬지만, 관리자는 상대가 콘스탄틴의 조카라는 사실도 못 믿는 눈치였다. 그래서 하는 수 없이 그루냐가 회사에 직접 찾아와 홀의 진술을 뒷받침해야 했다.

그뒤 두 사람은 함께 점심을 먹었고, 식사가 끝난 뒤 홀은 혼자서 드라고밀로프의 처소를 차지하러 나섰다. 그는 농아 하인이 관리하는 그 집에 대해 그루냐가 아는 바가 없으리라 확신하며 슬쩍 떠보았고, 결국 자신이 옳았다는 결론에 도달했다.

하인과는 순조롭게 흘러갔다. 홀은 하인이 입술을 읽을 수 있게 그의 얼굴을 보며 말했다. 보통 사람과 하는 대화와 다르지 않다는 걸 알 수 있었다. 반면 하인은 홀에게 전하고 싶은 말을 글로 써야 했다. 홀이 드라고밀로프가 쓴 서한을 건네자 그는 즉시 그걸 코에 갖다대고 오랫동안 신중하게 킁킁거렸다. 이 방식으로 서한이 진짜임을 확신한 그는 홀을 그곳의 임시 주인으로 받아들였다.

그날 저녁 세 명의 방문객이 홀을 찾아왔다. 첫번째는 암살국 조직원인 퉁퉁하고 수염이 덥수룩한 온화한 사내로, 자신을 버드웰이라고 소개했다. 홀은 그의 이름이 아니라 조직원들의 특징이 적힌 목록을 보고 그를 알아보았다.

"당신은 버드웰이 아닙니다." 홀이 말했다.

"그건 나도 압니다"라는 대답이 돌아왔다. "내 이름을 아시겠군요."

"그렇습니다. 톰프슨입니다. 실베이니어스 톰프슨."

"귀에 익은 이름이군요." 사뭇 즐거운 반응이었다. "아는 걸 더 말해보십시오."

"오 년 전에 조직과 인연을 맺으셨군요. 출생지는 토론토. 나이는 마흔일곱. 전직 벌링턴대학교 사회학과 교수. 대학 설립자의 심기를 건드리는 실리적인 교수법 때문에 사임당하셨습니다. 그동안 총 열두 건의 의뢰를 처리하셨고요. 전부 나열할까요?"

실베이니어스 톰프슨은 손을 들어 제지했다.

"우리는 사건을 언급하지 않습니다."

"여기서는 언급합니다." 홀이 맞받아쳤다.

전직 사회학과 교수는 즉시 상대의 말이 옳다고 인정했다.

"전부 나열할 필요가 있겠습니까." 그가 말했다. "첫번째와 마지막 의뢰만 말하면 당신과 일 얘기를 나눌 수 있을 것 같군요."

홀은 다시 목록을 참조했다.

"첫번째는 시그 레뮤얼, 치안 판사입니다. 입회 테스트였군요. 마지막은 버트럼 페슬, 바포인트에서 요트를 타고 외유를 떠났다가 익사한 것으로 알려졌습니다."

"아주 좋아요." 실베이니어스 톰프슨이 말을 멈추고 시가에 불을 붙였다. "확실히 하려던 것뿐입니다. 여기서 보스가 아닌 다른 사람은 만난 적 없으니 모르는 사람과 거래하는 건 처음입니다. 이제 본론으로 넘어가죠. 한동안 의뢰를 받지 못해서 자금이 떨어져가고 있습니다."

홀은 드라고밀로프의 지시 사항을 타이핑한 종이를 꺼내 특정 단락을 신중하게 들여다보았다.

"당장은 아무 일도 없습니다." 그가 입을 열었다. "하지만 계속 일하실 수 있게 2천 달러를 지급하겠습니다. 차후 의뢰 건에 대한 선금이라고 보시면 됩니다. 어느 때고 도움이 필요할 수 있으니 자주 소식을 전해주십시오. 조직에 큰일이 생긴 관계로, 언제든 전체 조직원에게 협조를 요청드릴 수 있습니다. 사실 조직의 명운이 걸린 일이라고 할 수 있겠습니다. 지금 확인 부탁드립니다."

전직 교수는 영수증에 서명한 뒤 시가를 한 모금 피웠다. 자리를 뜰 생각이 전혀 없는 듯했다.

"사람을 죽이는 게 좋습니까?" 홀이 노골적으로 물었다.

"아, 개의치는 않습니다." 톰프슨이 답했다. "좋아한다곤 할 수 없지만 말입니다. 사람은 살아야 하지 않겠습니까. 제겐 건사해야 할 아내와 세 아이가 있습니다."

"교수님의 생계 수단이 옳다고 생각하십니까?" 홀의 다음 질문이었다.

"물론입니다. 아니면 이런 식으로 생계를 꾸리지 않겠죠. 게다가 난 처형자지 살인자가 아닙니다. 지금까지 조직에서 이유 없이—정당한 이유 없이—제거한 사람은 한 명도 없습니다. 전부 사회를 좀먹는 극악무도한 범죄자들이었어요. 이미 잘 아시겠지만."

"사실 잘 모릅니다, 교수님. 이 조직의 임시 수장으로서 엄격한 지침을 따르고 있지만요. 말씀해주십시오. 보스에 대한 잘못된 믿음을 갖고 있진 않습니까?"

"무슨 말인지 잘 모르겠습니다만."

"윤리적 믿음 말입니다. 보스가 잘못된 판단을 하진 않았을까요? 예를 들어, 보스가 죽이라고—용서하십시오—처형하라고 한 사람이 사회를 좀먹는 극악무도한 범죄자가 아닐 수도, 혹은 악행을 저질렀다고 오해받는, 전적으로 결백한 사람일 수도 있지 않겠습니까?"

"그럴 리 없습니다, 젊은 양반. 그런 일은 있을 수 없어요. 의뢰가 들어오면—아, 이건 다른 조직원들도 마찬가지일 겁니다—내가 가장 먼저 하는 일이 바로 증거를 수집하고 그걸 신중하게 검토하는 것입니다. 합리적인 의심으로 인해 의뢰를 거절한 적이 한 번 있습니다. 사실입니다. 물론, 그뒤 내 판단이 잘못된 것으로 판명났지만, 원칙이 존재한다는 얘기예요. 도덕에 굳건한 기반을 두지 않았다면 우리는 아마 일년도 버티지 못했을 겁니다. 나부터 아내를 똑바로 쳐다보지도, 죄 없는 우리 아이들을 품에 안지도 못했을 거라고요. 만일 조직과, 내가 조직을 위해 수행하는 임무가 옳지 않다고 생각했다면 말입니다."

전직 교수가 떠난 다음, 화나고 굶주린 듯한 하스가 상황을 보고하기 위해 찾아왔다.

"보스는 시카고로 가고 있습니다." 하스가 입을 열었다. "차를 타고 올버니까지 간 뒤 뉴욕센트럴철도회사 기차에 올랐습니다. 시카고행 침대차예요. 쫓아가기엔 너무 늦어서 여

기 뉴욕에 있는 슈워츠에게 전보를 쳐서 다음 기차에 오르게
했습니다. 시카고 지부장에게도 전보를 쳤습니다. 누군지 아
십니까?"

"네. 스타킹턴이죠."

"그에게 전보를 쳐서 상황을 알리고 조직원 두 명을 시켜
보스를 쫓으라고 했어요. 그런 다음 난 해리슨을 데리러 뉴욕
에 돌아왔습니다. 날이 밝는 즉시 우리는 시카고로 출발합니
다. 그사이 스타킹턴에게서 보스를 해치웠다는 연락이 오지
않는다면 말입니다."

"그런데 당신은 규정을 위반했어요." 홀이 항의했다. "드
라고…… 보스가 당신에게 슈워츠와 해리슨의 도움을 받으
라고 말하는 걸 똑똑히 들었어요. 그 외 조직원들로부터 받는
조력은 당신들 세 사람이 실패하고 나서, 오랜 시간이 걸려도
해결하지 못할 때뿐이라고 하지 않았습니까? 당신은 아직 실
패는커녕 제대로 시작도 하지 않았습니다."

"우리 시스템을 아직 잘 모르시는군요." 하스가 대답했다.
"추격이 다른 도시로 넘어가면 그 도시에 있는 조직원들에게
알리는 게 지금까지의 관례였습니다."

홀이 대꾸하기 전에 농아 하인이 드라고밀로프 앞으로 온
전보를 들고 들어왔다. 발신자는 스타킹턴이었다. 홀은 암호

를 해독한 뒤 하스에게 읽어줬다.

"하스는 미쳐버린 겁니까? 하스로부터 보스가 직접 보스 자신을 암살하라는 명을 내렸다는 전보를 받았습니다. 보스가 시카고로 향하고 있으니 암살자 둘을 붙이라고 하더군요. 하스는 거짓말한 적이 없으니 미친 게 분명합니다. 하스가 무슨 짓을 할지 모르니 조심하십시오."

"불과 한 시간 전에 해리슨에게서 같은 말을 들었습니다." 하스가 덤덤하게 말했다. "하지만 난 거짓말은 하지 않습니다. 미치지도 않았고요. 이 상황을 바로잡아주시오, 홀 선생."
하스의 도움을 받아 홀은 답신을 작성했다.

"하스는 미친 사람도 거짓말쟁이도 아닙니다. 그의 말이 옳습니다. 그의 요청을 따르십시오.

임시 사무장 윈터 홀."

"나가는 길에 부치리다." 하스가 자리에서 일어서며 말했다.
잠시 후 홀은 그루냐에게 전화를 걸어 그녀의 삼촌이 시카고로 향하고 있다고 알렸다. 전화를 끊자 해리슨이 찾아왔다.

하스가 한 말을 확인하기 위해 비밀리에 왔다가 납득하고 돌아갔다.

홀은 홀로 자리에 앉아 생각에 잠겼다. 책들이 어지럽게 늘어선 벽과 테이블이 눈에 들어오자 익숙한 비현실감이 되살아났다. 도덕광들로 이뤄진 암살국이 존재한다는 게 가당키나 한가? 게다가 그 암살국을 무너뜨리고자 했던 자신이 본부에서 조직을 운영한다는 게 말이 된단 말인가? 게다가 자신이 추격하고 암살하도록 지시한 대상은 다름 아닌 조직의 설립자이자 사랑하는 여인의 아버지이자, 그녀를 위해 필사적으로 구해내야 하는 사람이라는 것. 이게 어떻게 가능한가?

그리고 이 모든 게 사실이며 현실이라는 걸 증명하듯 시카고 지부에서 두번째 전보가 도착했다.

"당신은 누구요?"라고 전보가 홀을 다그쳤다.
"보스가 임명한 임시 사무장입니다"가 그의 답신이었다.

몇 시간 뒤 시카고에서 온 세번째 전보를 받고 홀은 잠에서 깼다.

"모든 게 완전히 비정상이오. 당신과는 더이상 소통하지 않겠소. 보스는 어딨소?

스타킹턴."

"보스는 시카고로 떠났습니다. 도착하는 기차를 감시하다 보스를 붙잡아서 하스에게 내린 지시를 확인해달라고 하세요. 저와 소통하지 않아도 상관없습니다."

홀은 재빨리 답신을 보냈다.
다음날 정오쯤 스타킹턴에게서 오는 전보가 길고 빨라지기 시작했다.

"보스를 만났소. 모든 정황을 확인해줬소. 사과하리다. 보스가 내 팔을 부러뜨리고 사라졌소. 시카고에 있는 조직원 네 명에게 그를 잡으라고 명했소."
"슈워츠가 방금 도착했소."
"보스는 서쪽으로 가는 것 같소. 세인트루이스, 덴버, 샌프란시스코에 연락해 주시하라고 하겠소. 비용이 많이 들 테니 만일의 사태를 대비해 자금을 부쳐주시오."
"뎀프시는 갈비뼈 세 대가 부러지고 오른쪽 팔이 마비됐소. 마비 증상은 일시적인 거요. 보스는 달아났소."

"보스는 아직 시카고에 머물고 있으나 정확한 위치를 알수 없음."

"세인트루이스, 덴버, 샌프란시스코에서 연락이 왔소. 다들 내가 미쳤다는군. 확인 좀 해주겠소?"

마지막 전보를 받기 전 세 도시에서 먼저 전보가 왔다. 모두 스타킹턴의 정신 상태를 의심하고 있었다. 홀은 맨 처음 스타킹턴에게 보낸 것과 마찬가지로 세 도시에 답신을 보냈다.

이 혼란이 잠시 소강 상태에 놓였을 때 불현듯 아이디어가 떠오른 홀이 스타킹턴에게 긴 전보를 부쳤고 그로 인해 혼란이 더욱 가중됐다.

"추적을 멈추세요. 시카고 조직원들을 불러모아 다음 제안을 고려해주시길 바랍니다. 보스를 처형한다는 결정은 이례적입니다. 보스가 스스로 내린 결정입니다. 그 이유가 무엇이겠습니까? 보스는 미친 게 틀림없어요. 아무 잘못 없는 사람을 죽이는 건 옳지 않습니다. 보스가 무슨 잘못을 했습니까? 명분이 어디 있습니까?"

곤란한 질문이었다. 시카고 지부에서 작업을 중단했다는

건 다음의 답신으로 증명됐다.

"의논했소. 당신 말이 맞소. 보스가 스스로 내린 결정은 무효하오. 그는 그 어떤 잘못도 저지르지 않았소. 추적을 당장 멈추겠소. 뎀프시의 팔도 호전됐소. 모두 보스가 제정 신이 아니라는 데 동의하오."

홀은 뛸듯이 기뻤다. 도덕광들을 상대로 완벽한 승리를 거 둔 것이다. 드라고밀로프는 안전했다. 그날 저녁, 홀은 그루냐 와 함께 연극을 관람하고 저녁을 먹은 뒤 그녀의 삼촌에 대해 낙관적인 희망을 전하며 기운을 북돋아줬다. 하지만 집으로 돌아오자 한 다발이나 되는 전보가 그를 기다리고 있었다.

"시카고로부터 보스를 더는 추격하지 말라는 전보를 받 았소. 당신이 마지막으로 보낸 전보와 상충하오. 어떻게 하 면 좋겠소?

세인트루이스."

"시카고가 보스를 암살하라는 임무를 중단시켰소. 규칙 에 따라 지금까지 임무가 중단되는 일은 없었소. 어떻게 된 거요?

　　　　　　　　　　　　　　　덴버."

"보스는 어딨소? 왜 우리에게 연락하지 않는 거요? 시카고가 마지막에 태도를 바꿨소. 다들 정신이 나갔소? 아니면 장난치는 거요?

　　　　　　　　　　　　　　샌프란시스코."

"보스는 아직 시카고에 있소. 스테이트 스트리트에서 만난 카시를 유인하려 했소. 그뒤 카시를 쫓아가 자초지종을 따졌소. 카시로부터 추격을 중단했다는 말을 듣고 몹시 화를 냈소. 암살 의뢰를 이행할 것을 강력히 요구했다는군.

　　　　　　　　　　　　　　　스타킹턴."

"보스가 다시 카시와 마주쳤소. 일방적으로 카시를 공격했소. 다행히 부상은 없소.

　　　　　　　　　　　　　　　스타킹턴."

"보스가 날 찾아왔소. 당신의 전보로 인해 우리 생각이 바뀌었다고 말했소. 몹시 화를 내더군. 보스는 정말 미친

게 아닌지?

스타킹턴."

"자네의 방해 공작으로 일이 틀어지고 있어. 무슨 권리
로 방해하는 건가? 상황을 바로잡게. 대체 무슨 꿍꿍이인
가? 답신하게.

드라고."

"옳은 일을 하려는 겁니다. 당신이 정한 규칙을 스스로
거스를 순 없어요. 조직원들은 임무를 수행할 명분이 없습
니다."

홀의 답신이었다.

"말 같지 않은 소리."

그날 밤 드라고밀로프에게서 온 마지막 전보였다.

8

다음날 오전 열한시가 돼서야 홀은 드라고밀로프의 다음 행보를 전해 들을 수 있었다. 그가 직접 보낸 전보였다.

"모든 지부에 이렇게 전달하게. 내가 시카고 지부를 찾아가 직접 전달했으니 진위를 확인해줄 걸세. 난 우리 조직이 잘못됐다고 믿네. 우리가 해온 일이 전부 잘못됐다고 믿어. 고의든 아니든 조직원들이 전부 잘못됐다고 생각하네. 이걸 명분으로 삼고 의무를 다하도록."

얼마 지나지 않아 홀에게 각 지부의 결정이 물밀듯 들어오기 시작했고, 홀은 그걸 드라고밀로프에게 전달하며 웃지 않을 수 없었다. 하나같이 보스를 죽일 이유가 없다고 말하고 있었다.

"믿음은 죄가 아니오." 뉴올리언스였다.

"잘못된 믿음은 죄가 아니지만 무성의한 믿음은 죄입니다." 토론회에 참여하는 보스턴의 입장이었다.

"보스의 솔직한 믿음은 아무 잘못이 없소." 세인트루이스가 결론지었다.

"어쨌든 윤리적인 합의 없이는 어떤 명분도 성립하지 않소." 덴버가 선언했다.

샌프란시스코는 다소 경솔한 반응을 보였다. "보스가 해야 할 일은 책임자 자리에서 물러나거나 모든 걸 없던 일로 하는 것."

드라고밀로프는 다시금 전체 메시지를 보냈다. 내용은 아래와 같았다.

"내 믿음은 이제 곧 행동의 양상으로 나타날 걸세. 조직이 잘못됐다고 믿기에 조직을 밟아 뭉개버리겠어. 내가 직접 조직원들을 무너뜨리고 필요시 경찰의 힘을 빌릴 거야. 시카고가 이 내용을 전체 지부에 확인시켜줄 걸세. 각 지부에서 날 상대로 조치를 취할 수밖에 없는 더 강력한 명분을 곧 만들어 보이겠네."

홀은 안절부절못하며 답신을 기다렸다. 이 공의로운 광신도 집단이 어떤 결론을 내릴지 예측할 수 없었다. 결국 의견은 둘로 나뉘었다. 샌프란시스코가 말하길,

"명분이 성립합니다. 지시를 기다리겠소."

덴버가 권고했다.

"시카고 지부에 보스의 정신 상태를 조사해보자고 건의했소. 이곳에 훌륭한 요양소가 있소."

뉴올리언스는 투덜거렸다.

"다들 미쳤소? 자료가 부족하오. 이 문제를 바로잡아줄 사람 없소?"

보스턴의 반응은 이랬다.

"이런 위기 상황에서 냉정을 잃어서는 안 됩니다. 보스
는 아픈 겁니다. 어떤 결론을 내리기 전에 먼저 이 사실을
확실히 해야 할 것입니다."

하스, 슈워츠, 해리슨에게 뉴욕으로 돌아가도록 권고하는
스타킹턴의 전보가 온 건 그다음이었다. 여기에 흘도 동의했
지만 전보를 보내기 전에 스타킹턴에게서 다시 전보가 왔고
그로 인해 복잡하던 상황이 바뀌었다.

"카시가 조금 전 살해당했소. 경찰이 범인을 찾고 있지
만 아무 단서도 찾지 못했소. 우리는 보스의 소행이라고 생
각하오. 전체 지부에 이 사실을 전달해주시오."

모든 지부의 소통 창구인 홀은 이제 쇄도하는 전보 속에서
정신을 차릴 수 없었다. 스물네 시간 뒤 시카고에서 더욱 충
격적인 소식이 전해졌다.

"슈워츠가 오후 세시에 교살당했소. 이번엔 의심의 여지 없이 보스의 소행이오. 경찰이 뒤를 쫓고 있소. 우리도 쫓고 있지만 종적이 묘연하오. 모든 지부는 경계를 강화하시오. 큰일이 벌어질 것 같소. 각 지부의 승인 없이 진행중이니 승인을 요청하오."

지체없이 승인이 물밀듯 들어오기 시작했다. 드라고밀로프가 원하는 대로 이뤄졌다. 결국 도덕광들이 봉기해 그의 뒤를 쫓기 시작한 것이다.

홀은 진퇴양난에 빠졌다. 그는 약속을 중히 여기는 자신의 윤리적인 천성을 저주했다. 이제 드라고밀로프가 정말 정신이 나갔다는 확신이 들었다. 책과 사업밖에 모르던 평온한 일상을 박차고 나가 살인광으로 돌변한 것이다. 그는 정신이상자에게 한 여러 가지 약속을 파기하는 게 윤리적으로 정당한가, 라는 질문과 마주했다. 그의 상식은 그게 정당하다고 말하고 있었다. 경찰에 알리는 것이 정당하며, 암살국 조직원을 전부 체포하는 게 정당하며, 눈앞에 닥친 광란의 살육판을 막는 시도는 무엇이든 정당하다고 말하고 있었다. 하지만 그의 상식 위에 윤리가 있었고, 그는 가끔 자신도 자신이 상대하는 미치광이들처럼 미쳤다는 생각이 들곤 했다.

설상가상으로 그루냐가 그에게서 받은 전화번호로 주소를 알아내 그를 찾아왔다.

"작별인사를 하러 왔어요." 그녀의 첫마디였다. "참으로 안락한 방이로군요. 하인도 참 유별나고요. 날 보고도 한 마디도 건네지 않더군요."

"작별인사라니?" 홀이 물었다. "에지무어로 돌아가려는 거야?"

그루냐는 고개를 흔들고 경쾌한 미소를 지었다.

"아뇨. 시카고로 가요. 삼촌을 찾아서 할 수만 있다면 삼촌을 도울 거예요. 삼촌에게서 온 마지막 전보의 내용이 뭐였어요? 아직 시카고에 계시나요?"

"마지막 전보에 따르면……" 홀이 머뭇거렸다. "그렇다는 군. 마지막 전보에 따르면 아직 그곳에 머물고 계셔. 하지만 당신은 아무 도움도 될 수 없어. 그러니 시카고에 가는 건 현명치 않아."

"뭐라고 하든 난 갈 거예요."

"내 말 들어, 그루냐."

"일 년이 지나기 전까진 그럴 생각 없어요. 물론 사업적인 문제는 제외하고요. 사실 여기 온 건 소소한 일들을 당신에게 위임하기 위해서예요. 오늘 오후에 트웬티스센추리사 기차를 타러 가요."

그루냐와의 논쟁은 무용했다. 홀은 언쟁을 벌일 정도로 분별력이 떨어지지 않았다. 그는 연인의 도리를 다해 그녀와 헤어진 뒤, 암살국 본부에 남아 터무니없는 일들을 처리했다.

다음 스물네 시간 동안 중요한 일은 일어나지 않았다. 그러다 갑자기 전보가 쇄도했다. 그 시작은 스타킹턴이었다.

"보스가 아직 이곳에 있소. 오늘 해리슨의 목을 부러뜨렸소. 경찰은 슈워츠 사건과 무관한 것으로 여기고 있소. 각 지부에 연락해 도움을 요청해주시오."

홀이 이 내용을 전체 지부에 송신했다. 한 시간 후 스타킹턴에게서 다음과 같은 전보가 도착했다.

"보스가 병원에 잠입해 뎀프시를 살해했소. 시카고를 떠난 게 확실하오. 하스가 뒤쫓고 있소. 세인트루이스에 주의를 당부하오."

"래스트나프와 필즈워시가 곧바로 출발했습니다." 보스턴이 홀을 통해 전달했다.

"루코빌을 시카고로 파견했소." 뉴올리언스였다.

"아무도 파견하지 않았소. 보스가 도착하길 기다리는 중." 세인트루이스가 답했다.

그뒤 시카고에서 온 그루냐의 통곡.
"새로운 소식 없어요?"

홀은 여기에 답장하지 않았고, 잠시 뒤 그녀에게서 두번째 전보가 왔다.

"들은 게 있으면 제발 알려줘요."

홀이 답신했다.

"시카고를 떠나셨어. 세인트루이스로 가시는 듯해. 거기서 만나."

이번에는 홀이 답장을 받지 못했고, 그사이 그는 암살국의 수장이 벌이는 도피 행각에 대해 곰곰이 생각해봤다. 그는 지금 자기 딸과 도시 네 곳에서 출동한 암살자들에 쫓기며, 또다른 암살자 무리가 기다리고 있는 세인트루이스로 향하는 중이었다.

하루, 또 하루가 지났다. 추적자들을 실은 기차가 세인트루이스에 도착했지만 드라고밀로프는 행방이 묘연했다. 하스도 사라졌다는 소식이 들려왔다. 그루냐는 삼촌의 흔적을 찾지 못했다. 보스턴에 홀로 남은 지부장이 홀에게 연락을 취해 일이 더 커지면 자신도 즉시 뒤를 따르겠다고 했다. 시카고에는 팔이 부러진 스타킹턴만 남아 있었다.

하지만 그다음 마흔여덟 시간이 끝나갈 무렵 드라고밀로프가 공격을 재개했다. 래스트나프와 필즈워시는 이른아침 세인트루이스에 도착했지만, 각각 소구경 권총에 맞아 몸에 구멍이 났다. 그들은 각각 검시관들에 의해 침대차에서 실려나갔다. 세인트루이스 조직원 둘도 비슷하게 세상을 떠났다. 유일한 생존자인 지부장이 소식을 알렸다. 하스가 다시 나타났지만, 사라진 나흘간의 행적에 대해 아무 설명도 없었다. 드라고밀로프는 다시 자취를 감췄다. 슬픔에 빠진 그루냐는 홀에게 전보를 퍼부어댔다. 보스턴 지부장이 출발 소식을 전했다. 스타킹턴도 부상을 무릅쓰고 출발했다. 샌프란시스코에서는 보스의 다음 목적지가 덴버일 거라는 의견과 함께 지원군 두 명을 보냈다. 이에 동의하며 덴버에서는 요원 두 명을 대기시켰다.

이 과정에서 조직의 비상 자금이 크게 빠져나갔다. 홀은 기뻐하며 지침대로 조직원들에게 차례로 돈을 보냈다. 이대로라면 암살국은 일 년이 지나기 전에 파산하게 될 터였다.

그런 다음 한동안은 잠잠했다. 모든 조직원이 서부로 떠났고, 그곳에서 서로 연락하는 통에 홀이 할 일이 사라졌다. 그는 하루 정도 긴장과 무료함을 견디다가 금전적인 문제를 정리하고, 하인에게 전보가 오면 부쳐달라고 부탁한 뒤 본부 문을 닫고 세인트루이스행 기차표를 끊었다.

9

세인트루이스에서도 상황은 그대로였다. 드라고밀로프는 다시 나타나지 않았고, 모두가 무슨 일이든 일어나기를 기다리고 있었다. 홀은 머그웨더의 집에서 열리는 회의에 참석했다. 세인트루이스 지부장인 머그웨더는 가족과 함께 외곽의 안락한 방갈로에 살았다. 홀이 도착했을 때 다른 사람들은 이미 모여 있었다. 그는 호리호리한 불꽃 남자 하스와 부목을 대고 팔걸이 붕대를 찬 스타킹턴을 한눈에 알아보았다.

"저 사람은 누구요?" 홀의 소개가 끝나기도 전에 뉴올리언스 지부의 루코빌이 따지듯 물었다.

"우리 조직의 임시 사무장입니다." 머그웨더가 설명하기 시작했다.

"이런 일은 좀처럼 없었습니다." 루코빌이 되받아쳤다. "저 사람은 우리의 일원이라고 할 수 없어요. 누굴 죽인 적도 없으며, 입회 테스트를 통과하지도 않았어요. 이렇게 누군가가 우리 앞에 나타난 건 전례 없는 일일뿐더러 우리처럼 이 위험한 일을 하는 사람들에겐 더욱이 득이 될 게 없습니다. 이와 관련해 두 가지 사항을 짚고 넘어가겠습니다. 첫째, 저 사람의 명성은 익히 잘 알려져 있습니다. 저 사람이 속세에서 하는 일을 비판할 생각은 없습니다. 저 사람의 저서를 흥미롭게 읽었고, 솔직히 얻은 것도 있습니다. 사회학 분야에서 분명하고 두드러진 공헌을 한 걸로 압니다. 하지만 말입니다, 저 사람은 사회주의자입니다. '백만장자 사회주의자'로 불리죠. 그게 무슨 뜻일까요? 그 말은 곧 우리 같은 사람들, 우리의 행동 규칙과 아무 접점이 없다는 뜻입니다. 법을 맹신하는 인간이라는 거죠. 법에 집착할 겁니다. 무지라는 진창에서 기어다니며 법을 받들어 모시죠. 저자에게 법 위에 있는 우리는 법을 위배하는 극악무도한 범죄자에 지나지 않을 겁니다. 따라서 저 사람의 존재가 우리에게 득이 되지 않습니다. 자신이 집착하는 걸 위해 우리를 망가뜨릴 게 분명합니다. 세상의 이치가 그렇습니다. 저자의 개인적이고 철학적인 기질이기 때문에 어쩔 수 없는 겁니다.

둘째, 저 사람이 개입하기로 한 시점이 하필 우리 조직이 위기를 겪는 지금이라는 걸 주목해야 합니다. 누가 저 사람을 보증했습니까? 누가 저 사람에게 우리의 비밀을 공개했습니까? 단 한 사람, 바로 보스입니다. 우리를 무너뜨리기로 작정하고 조직원을 이미 여섯이나 죽이고 우리의 정체를 경찰에 노출시키겠다고 한 장본인이죠. 이건 저 사람과 우리, 양쪽에 좋을 게 없습니다. 저자는 내부의 적이에요. 따라서 제 생각에는 저 사람을 없애버리……"

"잠시 멈추시오, 루코빌." 머그웨더가 끼어들었다. "이 논의는 잘못됐소. 홀 선생은 내 손님이오."

"우리의 목이 걸린 문제입니다." 뉴올리언스 지부의 루코빌이 쏘아붙였다. "손님이든 말든 내 알 바 아닙니다. 이 자리가 친목을 다지는 자리입니까? 저자는 스파이예요. 우릴 무너뜨리는 게 목적이라는 말입니다. 이 자리에서 죄를 묻겠습니다. 저자가 뭐라고 답할까요?"

홀은 빙 둘러앉은 의심에 찬 얼굴들을 살펴본 뒤 루코빌을 제외하면 화가 난 사람이 없다는 걸 알아차렸다. 진정 그들은 미친 철학자였던 것이다.

머그웨더가 끼어드는 시늉을 했지만 곧 그만뒀다.

"할말이 있으면 해보십시오, 홀 선생." 보스턴 지부장 하노버가 채근했다.

"먼저 자리에 앉게 해주시면 얼마든지 답해드리죠." 홀이 대답했다.

곳곳에서 양해를 구하는 소리가 들리는가 싶더니 이윽고 홀은 큰 안락의자에 앉았고 원의 일부가 됐다.

"제게 제기된 혐의와 마찬가지로 저도 두 가지 항목으로 답해드리죠." 홀이 시작했다. "먼저 저는 여러분의 조직을 무너뜨릴 작정입니다."

이런 홀의 선언에도 정중한 침묵이 이어지자 홀은 철학자이자 미치광이인 그들이 참 한결같다고 생각했다. 그들의 얼굴에는 어떤 감정도 드러나지 않았다. 학자적인 관심으로 남은 얘기를 기다리고 있을 뿐이었다. 루코빌의 번뜩이던 분노마저도 일시적이었으며 그도 이제 다른 사람들과 마찬가지로 차분하게 앉아 있었다.

"내가 왜 여러분의 조직을 무너뜨리고자 하는지는 너무 방대한 주제라 지금 다 밝힐 수 없습니다." 홀이 말을 이었다. "하지만 보스의 행동 변화가 온전히 제 책임이라는 말씀만 드리고 넘어가겠습니다. 보스와 여러분 모두가 얼마나 극단적인 윤리주의자인지 깨달은 저는 5만 달러를 건네며 보스본인을 없애달라고 의뢰했습니다. 명분도 제공했고요. 아, 물론 윤리적인 명분이었습니다. 그리고 보스는 제가 있는 자리에서 하스 선생에게 임무를 넘겼습니다. 제 말이 맞죠, 하스 선생?"

"그렇소."

"그리고 그 자리에서 보스가 제게 사무장직을 위임한다는 얘기를 들었죠? 안 그렇습니까?"

"그렇소."

"자, 이제 두번째 항목에 대해 말씀드리겠습니다. 보스가 왜 절 믿고 본부의 운영을 맡겼을까요? 답은 간단명료합니다. 제가 적어도 여러분의 절반 수준에 달하는 윤리광이라는 사실을 파악했기 때문입니다. 제가 약속을 절대 깨지 않으리라는 걸 안 것입니다. 이건 제가 그뒤에 한 행동으로 증명됐습니다. 저는 사무장 역할을 수행하기 위해 최선을 다했습니다. 모든 전보와 전체 공지, 명령을 전달했고 자금 요청에 응했습니다. 약속한 대로 앞으로도 그렇게 해나갈 작정입니다. 여러분이 옹호하는 모든 게 윤리적으로 혐오스럽고 끔찍하다고 생각하지만 말입니다. 저는 옳다고 믿는 걸 행하고 있습니다. 안 그렇습니까?"

짧은 정적이 흘렀다. 루코빌이 자리에서 일어서 홀에게 다가가더니 엄숙하게 손을 내밀었다. 남은 이들도 똑같이 했다. 그다음 스타킹턴이 조직의 자금으로 홀로 남은 뎀프시의 아내와 해리슨의 아내, 아이들에게 충분한 보상금을 전하자는 의견을 냈다. 그에 대한 논의가 잠시 이뤄졌고 보상 금액이 정해지자 홀이 수표를 써서 머그웨더에 건네며 전달을 부탁했다.

그다음 안건은 이 위기 상황과 더불어 변절한 보스에 대한 대처 방안이었다. 홀은 이 문제에 대한 논의에서 빠졌고, 그 덕에 느긋하게 등받이에 기댄 채 이 이상한 미치광이들을 관찰하고 연구할 수 있었다. 그들은 총 일곱 명이었는데 하스와 루코빌을 제외하면 모두 중년에 접어든, 점잖은 중산층 학자의 모습이었다. 그들이 냉혹한 살인마, 청부살인업자라는 사실을 믿기 힘들었다. 같은 맥락에서 이토록 차분한 이들이 그들을 상대로 한 죽음의 전쟁의 생존자라는 사실 또한 놀라웠다. 이미 조직원들 중 절반이 목숨을 잃었다. 보스턴에서는 하노버가 유일한 생존자였다. 뉴욕에서는 하스, 시카고에서는 스타킹턴, 세인트루이스에서는 덥수룩한 수염의 친절한 집주인 머그웨더가 유일한 생존자였다.

"최근 저서를 감명 깊게 읽었습니다." 잠시 쉬는 시간을 틈타 홀을 초대한 이가 가까이 다가와 속삭였다. "기술에 의한 조직을 반대하며 산업에 의한 조직을 옹호하신 건 참 기발했습니다. 그런데 제 생각에 수확 체감의 법칙에 대한 설명은 좀 아쉬웠습니다. 그것에 대해서 좀 드릴 말씀이 있습니다."

이 남자가 암살자라니! 여기 있는 사람들이 전부 암살자라니! 그들이 미쳤다고 생각하지 않으면 믿기 힘든 사실이었다. 회의가 끝나고 전차를 타고 시내로 돌아가며 그는 하스와 나란히 앉아 얘기를 나눴고, 그가 한때 그리스어와 히브리어를 가르치던 교수라는 사실을 알고 경악했다. 루코빌은 동양학의 대가였다. 하노버는 한때 뉴잉글랜드의 유수한 사립학교 교장이었으며, 스타킹턴은 명성이 자자하던 신문사 편집국장이었음이 드러났다.

"그런데 선생은 어떻게 이와 같은 삶의 방식을 택하신 겁니까?" 홀이 물었다.

그들이 야외 좌석을 차지하고 있던 전차가 호텔 밀집 지역에 이르렀다. 때마침 극장에서 사람들이 쏟아지는 통에 보도가 북적였다.

"옳은 길이기 때문입니다." 하스가 대답했다. "게다가 그리스어나 히브리어를 가르치는 것보다 수입이 낫죠. 인생을 처음부터 다시 시작할 수 있다면……"

하지만 홀은 끝내 뒷말을 들을 수 없었다. 전차가 건널목에서 정차한 순간 하스가 갑자기 뭔가를 보고 흥분한 것이다. 간다는 인사말이나 기척도 없이 눈 깜짝할 새 튀어나가 움직이는 군중 사이로 홀연히 사라졌다.

다음날 아침이 되어서야 흩은 그 이유를 알 수 있었다. 신문에 기이한 살인미수 사건이 대서특필된 것이다. 하스는 폐에 총상을 입고 병상에 누워 있었다. 검사 결과에 따르면 그는 선천적으로 틀어진 기형 심장 덕에 목숨을 건질 수 있었다. 심장이 본래 있어야 할 자리에 있었더라면, 총탄 혹은 탄환이 심장을 관통했을 것이라고 했다. 하지만 진짜 기이한 점은 따로 있었다. 총성을 들은 사람이 아무도 없었다. 수많은 사람들 틈에서 하스가 갑자기 픽 쓰러졌다. 사람들에게 떠밀려 하스와 밀착하고 있던 한 여성이 그가 쓰러지기 전 희미하지만 찰칵하는 날카로운 쇳소리가 들렸다고 증언했다. 하스 앞에 있던 남성은 그 소리를 들은 것 같기도 하고 아닌 것 같기도 하다고 했다.

"경찰은 미궁에 빠졌다." 기사는 이렇게 말했다. "이곳을 처음 찾은 사건의 피해자 역시 의아하기는 매한가지다. 자신의 목숨을 앗으려는 개인이나 집단에 대해 전혀 아는 바가 없다고 주장한다. 찰칵 소리도 들은 기억이 없다고 한다. 괴이한 탄환이 몸속을 파고든 극심한 충격만 기억하고 있다. 오코

널 경사는 범죄에 사용된 무기가 공기소총일 거라고 했지만 공기소총에 대해 잘 아는 랜덜 경위는 빽빽한 군중 틈에서 눈에 띄지 않고 그런 무기를 사용하는 건 있을 수 없는 일이라고 말했다."

"의심할 여지 없이 보스의 소행입니다." 몇 분 뒤 머그웨더가 확인해줬다. "아직 이곳에 있는 겁니다. 덴버, 샌프란시스코, 뉴올리언스에 이번 일을 전달해주시겠습니까? 그 무기는 보스가 직접 발명한 겁니다. 해리슨이 몇 번 빌린 적 있어요. 물론 사용 후엔 언제나 되돌려줬죠. 팔 아래 같은 가장 편리한 곳에 압축 공기실을 묶어놓는 겁니다. 발사장치는 장난감 권총만한데 얼마든지 손에 감출 수 있어요. 이제부터는 대단히 조심해야 합니다."

"전 위험하지 않습니다." 홀이 대답했다. "전 임시 사무장일 뿐 조직원이 아니니까요."

"하스가 부상에 그쳐서 정말 다행입니다." 머그웨더가 말했다. "하스는 인품이 매우 훌륭한 학자입니다. 난 그 친구의 지성을 높이 삽니다. 가끔 너무 진지한 경향이 있고, 이런 말을 하긴 좀 그렇지만, 사람 목숨을 앗는 데서 어떤 쾌락을 느끼기도 하지만 말입니다."

"선생은 그렇지 않습니까?" 이때다 싶어 홀이 질문했다.

"네. 하스를 제외하고 우리 중에 그런 사람은 없습니다. 하스만 그런 기질이 있죠. 믿어주십시오, 홀 선생. 난 조직을 위해 해야 할 일을 충실히 이행했고, 그 행위가 옳다는 것에 윤리적 신념이 흔들린 적 없습니다. 하지만 처형을 하면 매번 육체적 번민을 느꼈습니다. 어리석은 일이라는 걸 알지만 어쩔 수 없습니다. 첫번째 임무를 수행하며 심한 메스꺼움을 느꼈습니다. 그걸 주제로 쓴 논문이 있어요. 물론 발표할 계획은 없습니다만, 매우 흥미로운 주제예요. 괜찮으시다면 언제고 저녁 때 집에 와 한번 봐주시면 좋겠군요."

"감사합니다. 그렇게 하죠."

"참 재미있는 문제입니다." 머그웨더가 말을 이었다. "인간의 목숨을 신성시하는 건 사회적 개념입니다. 원시사회의 자연인은 다른 인간을 죽이는 데 거리낌이 없었죠. 이론적으로 나도 그래야 하지만 그렇지 않습니다. 문제는, 그런 가책이 어떻게 일어나느냐는 것입니다. 문명까지 기나긴 진화를 거치면서 이와 같은 개념이 인간의 뇌세포에 박힌 걸까요? 아니면 해방된 사상가가 되기 전 유년기와 청소년기에 받은 교육 탓일까요? 아니면 그 둘 다일까요? 참 흥미롭지 않습니까?"

"그런 것 같군요." 홀이 무미건조하게 대답했다. "보스 문제는 이제 어찌할 셈입니까?"

"죽여야죠. 우리가 할 수 있는 건 그뿐입니다. 우리의 생존권을 지켜야 하기도 하고요. 이런 상황은 우리에게도 처음 있는 일입니다. 지금까지 우리가 제거한 사람들은 자신에게 닥친 위험을 알지 못했어요. 우리를 잡으려고 한 적도 없죠. 하지만 보스는 우리의 목적을 아는데다 우릴 죽이려 해요. 우린 단 한 번 쫓겨본 적도 없는데 말입니다. 지금까지는 확실히 우리보다 보스의 운이 좀더 좋았습니다. 이제 가봐야겠습니다. 십오 분 뒤 하노버를 만나기로 했습니다."

"두렵지 않습니까?" 홀이 물었다.

"뭐가 말입니까?"

"보스가 당신을 죽일까봐요."

"아뇨. 그건 별로 중요하지 않습니다. 보험은 든든히 들어뒀고, 경험을 통해 널리 받아들여지는 생각을 물리쳤습니다. 사람을 많이 죽인 사람일수록 자신이 저지른 행위 때문에 죽는 걸 더 두려워한다는 생각 말입니다. 그건 사실이 아닙니다. 내가 바로 그 증거입니다. 내가 다른 사람을 처형하면 할수록—내 계산에 의하면 열여덟 번일 겁니다—죽음이 더 만만해 보입니다. 내가 말한 번민은 살아서 느끼는 번민을 뜻합니다. 죽지 않고 살기에 느끼는 번민이죠. 이 주제를 가지고 떠오른 이런저런 생각들을 기록해뒀습니다. 괜찮으시다면 그걸 한번 보시고……"

"좋습니다." 홀이 그를 안심시켰다.

"그럼 오늘밤으로 하죠. 열한시로요. 만일 내가 이 일 때문에 늦는다면, 서재로 안내해달라고 하십시오. 보실 수 있게 독서용 테이블에 원고와 논문을 올려두겠습니다. 소리내 읽으며 선생과 토론하고 싶습니다만, 혹시 내가 돌아오지 않는다면 어떤 비판도 좋으니 메모로 남겨주시길 바라겠습니다."

10

"당신이 내게 숨기는 게 많다는 거 알아요. 그러는 이유는 모르겠지만요. 설마 세르기우스 삼촌을 구하는 걸 도와줄 생각이 없는 건 아니죠?"

그루냐의 마지막 말은 애원하는 듯했고 눈동자는 따스한 금빛 광채를 띠었지만, 이번만은 홀의 마음에 닿지 못했다.

"세르기우스 삼촌은 딱히 구해줄 필요가 없을 텐데." 그가 굳은 표정으로 중얼거렸다.

"지금 그게 무슨 말이에요?" 그녀가 금세 미심쩍어하며 목소리를 높였다.

"아니, 아무것도 아니야. 그저 아직까지는 무사하시다는 말이었어."

"삼촌이 무사한지 당신이 어떻게 알아요?" 그녀가 채근했다. "돌아가신 건 아닐까요? 시카고를 떠나신 뒤로 아무 소식이 없잖아요. 그 짐승 같은 자들이 삼촌을 죽이지 않았다는 걸 당신이 어떻게 알아요?"

"세인트루이스에서 봤다는 사람이 있어……"

"거봐요!" 그루냐가 흥분해서 끼어들었다. "나한테 숨기는 게 있잖아요! 자, 솔직히 말해봐요. 내 말이 맞죠?"

"그래." 홀이 인정했다. "하지만 당신 삼촌의 뜻이었어. 당신은 지금 삼촌에게 일말의 도움도 줄 수 없어, 정말이야. 어디 계신지도 못 찾을걸. 뉴욕으로 돌아가는 게 현명한 일이야."

그로부터 한 시간 동안 그녀는 그에게 질문을 퍼부었고, 그는 조언을 건넸지만 아무 소용이 없었다. 두 사람은 서로에게 감정이 상한 채로 헤어졌다.

열한시 정각에 홀은 머그웨더의 방갈로 초인종을 눌렀다. 열네댓 살쯤 되어 보이는, 자그마한 체구에 졸린 눈을 한 하녀가 나왔다. 자다 일어난 게 분명해 보였다. 그녀가 그를 머그웨더의 서재로 안내했다.

"안에 계세요." 하녀는 문을 열어준 뒤 돌아갔다.

환한 독서등 아래 반쯤 어둠에 묻혀 저멀리 테이블에 머그웨더가 앉아 있었다. 팔짱을 낀 채 그 위로 고개를 숙이고 있었다. 가까이 다가가며 홀은 그가 잠들었다고 확신했다. 그에게 말을 걸며 어깨를 어루만졌지만 반응이 없었다. 친절한 암살범의 손을 만져보니 차갑게 식어 있었다. 바닥에 남은 얼룩과 어깻죽지 아래에 난 구멍이 모든 걸 말해주었다. 머그웨더의 심장은 본디 있어야 할 자리에 있었던 것이다. 바로 뒤에 있는 창문이 열린 걸 보니 사건의 경위를 짐작할 수 있었다.

홀은 죽은 남자의 팔 아래서 원고 뭉치를 꺼냈다. 자기가 쓴 글에 몰입한 사이 살해당하고 만 것이다. '죽음에 관한 가벼운 통찰'이라는 제목이었다. 좀더 뒤져보니 논문이 나왔다. 제목은 '특정 심리적 특성에 관한 가설'이었다.

시신과 함께 이런 명백한 증거가 발견되면 머그웨더 가족에게 좋을 게 없다는 게 홀의 결론이었다. 그는 그것들을 벽난로에 태운 뒤 등을 끄고 살그머니 집을 빠져나갔다.

다음날 아침 일찍 방에 있던 홀에게 스타킹턴이 그 소식을 전했다. 하지만 사건이 신문에 보도된 건 오후가 되어서였다. 홀은 소스라치게 놀랐다. 자그마한 체구의 하녀가 취재에 응했고, 졸린 눈도 쓸모 있었다는 사실이 전날 밤 열한시에 그녀가 집안으로 들인 방문객에 대한 정확한 묘사로 증명됐다. 사진을 찍은 것처럼 세세한 묘사였다. 홀은 벌떡 일어서서 거울에 모습을 비춰 보았다. 틀림없이 그였다. 거울에 비친 사람은 경찰이 찾고 있는 바로 그 남자였다. 심지어 스카프 핀까지 그가 그 남자라는 걸 말해주고 있었다.

그는 황급히 짐을 뒤져 최대한 다른 모습으로 분장했다. 그다음 호텔 옆문으로 빠져나가 택시 안으로 몸을 숨긴 뒤 가게들을 돌아다니며 머리부터 발끝까지 새로 단장했다.

호텔로 돌아오니 아슬아슬하게 서부행 기차를 타러 갈 시간이 남아 있었다. 다행히 그루냐와 전화 연결이 됐고, 그는 자신이 떠난다는 소식을 알렸다. 또한 드라고밀로프의 다음 행선지는 덴버일 것 같다고 말하며 그루냐에게 자신을 따라올 것을 권유했다.

기차가 도시를 벗어나서야 그는 자유롭게 숨쉬며 차분하게 상황을 곱씹어볼 수 있었다. 그 역시 모험 길에 올랐음을 깨달았다. 그것도 엉망진창으로 얽힌 길. 암살국의 실체를 찾아 무너뜨리려는 의도에서 출발했지만 설립자의 딸과 사랑에 빠졌고, 조직의 임시 사무장이 됐으며, 이제는 조직의 수장이 살해한 조직원을 죽였다는 누명을 쓰고 경찰에 쫓기는 신세가 된 것이다. "실용사회학은 여기까지." 그는 혼잣말을 중얼거렸다. "여기서 벗어나면 오직 이론에만 집중하겠어. 이제부터는 밀실사회학이야."

덴버역에서 지부장 하킨스가 슬픈 얼굴로 그를 맞았다. 차를 타고 도심을 벗어나서야 하킨스가 슬픔에 잠긴 이유가 밝혀졌다.

"왜 미리 경고하지 않았소?" 원망이 담긴 목소리였다. "도망치게 내버려뒀잖소? 우리는 세인트루이스에서 해결되리라 확신했기에 아무 준비가 되어 있지 않았단 말이오."

"보스가 이곳에 도착했다는 얘깁니까?"

"도착이라고 했소? 나참! 그 사실을 알자마자 조직원 두 명이 제거됐소. 내 친형제나 다름없던 보스트윅과 샌프란시스코에서 온 켈킨스였소. 이번엔 하딩이오. 샌프란시스코에서 온 또다른 조직원인데 연락이 끊기고 말았소. 끔찍하기 이를 데 없소." 그가 잠시 말을 멈추고 부르르 몸을 떨었다. "보스트윅은 나랑 헤어지고 십오 분이 채 지나지 않아 변을 당하고 말았소. 참 밝고 쾌활한 사람이었는데…… 화목하기 그지없던 그의 가정은 또 어떻고! 그의 사랑스러운 아내는 큰 슬픔에 빠졌다오."

하킨스의 볼을 타고 눈물이 흘러내렸고, 시야가 가려지는 바람에 속도를 줄여야 했다. 홀은 흥미로웠다. 여기 새로운 형태의 광인이 있었다. 이름하여 감상적인 암살자.

"그게 왜 끔찍합니까?" 홀이 물었다. "선생은 다른 사람들을 죽이셨잖습니까? 다른 사례와 다를 바 없는데 말입니다."

"이번엔 다릅니다. 그는 내 벗이자 동지였단 말이오."

"선생께서 죽인 다른 사람들도 누군가의 벗이자 동지였을 텐데요."

"보스트윅이 꾸린 아기자기한 가정을 보았다면 그런 말 못할 거요." 하킨스가 주절주절 늘어놨다. "그는 모범적인 남편이자 아버지였다오. 사람도 좋았지. 인품이 훌륭했소. 성인聖人이 따로 없었소. 동정심이 지극해서 파리 한 마리도 죽이지 못했소."

"하지만 그에게 벌어진 일은 결국 그가 다른 사람에게 저지른 일 아닙니까?" 홀이 반기를 들었다.

"아니, 그건 아닙니다. 그와는 별개요!" 하킨스가 열정적으로 목소리를 높였다. "보스트윅을 안다면 생각이 달라질 거요. 일단 알면 좋아할 수밖에 없는 사람이었소. 모두가 그를 좋아했소."

"물론 그의 피해자들도 그렇게 생각하겠죠?"

"그렇다마다! 그를 알아갈 기회만 있었다면 좋아하지 않고는 못 배겼을 거요." 하킨스가 격렬하게 선언했다. "그가 지금까지 해온, 그리고 계속 이어가던 선행에 관해 안다면 선생도 내 말에 동의할 거요. 네 발 달린 짐승도 그를 좋아했다오.

꽃마저도 그를 좋아했지. 그는 휴메인소사이어티의 회장이었소. 생체해부 반대론자 중에서도 가장 적극적이었지. 온몸을 바쳐 동물학대 예방운동에 헌신한 사람이었소."

"보스트윅…… 찰스 N. 보스트윅." 홀이 중얼거렸다. "기억납니다. 잡지에 기고하신 글을 인상 깊게 읽은 기억이 있습니다."

"그를 모르는 사람이 어디 있겠소?" 하킨스가 흥분해서 끼어들다가 말을 멈추고 길게 코를 풀었다. "그는 선한 영향력이었소. 선한 영향력. 이 세상에 다시 돌아오게 할 수만 있다면 얼마든지 그와 자리를 바꿀 의향이 있소."

보스트윅을 향한 애끓는 사랑을 차치하고, 홀은 그가 예리하고 영리한 사람이라는 걸 알아챘다. 하킨스가 전신국 앞에 차를 세웠다.

"오늘 아침 내게 오는 전보를 전부 보관해달라고 부탁해뒀소." 그는 차에서 내리며 설명했다.

잠시 후 그가 돌아왔다. 그리고 두 사람은 머리를 맞대고 암호화된 전보를 해독했다. 발신인은 하딩이었고 발신지는 오그던이었다.

"서부행이오"라고 적혀 있었다. "보스가 탑승했소. 기회를 엿보는 중. 성공하리다."

"성공하기 힘들 겁니다." 홀이 말했다. "보스가 하딩을 해치울 겁니다."

"하딩은 힘이 세고 기민한 사람이오." 하킨스는 확신에 차 있었다.

"단언컨대 여러분은 상대가 어떤 사람인지 아직 잘 모르고 있습니다."

"우리가 아는 건 조직의 명운이 위태롭다는 것이고, 변절한 보스를 처단해야 한다는 것이오."

"이 상황을 제대로 이해하셨다면 키 큰 나무를 찾아서 올라간 뒤 조직이 박살나는 걸 지켜보시는 게 맞습니다."

"하지만 그건 잘못된 일이잖소." 하킨스가 엄숙하게 항변했다.

홀은 기가 막혀 양손을 쳐들었다.

"확실히 해둬야겠군." 하킨스가 말을 이었다. "당장 세인트루이스에 있는 동지들에게 이쪽으로 오라고 해야겠소. 만일 하딩이 실패하면……"

"실패할 겁니다."

"우리는 샌프란시스코로 갈 겁니다. 그사이……"

"그사이 절 기차역으로 다시 좀 데려다주십시오." 홀이 시계를 보며 끼어들었다. "곧 서부행 기차가 떠납니다. 샌프란시스코에 있는 세인트프랜시스호텔에서 뵙기로 하죠. 보스를 먼저 만나지 않는다면 말입니다. 만일 먼저 만나신다면……뭐, 지금 하는 작별인사가 마지막이 되겠군요."

기차가 떠나기 전 홀은 그루냐에게 서신을 남겼고, 하킨스가 기차에서 그녀를 만나 전달해주기로 했다. 서신에는 그녀의 삼촌이 계속해서 서쪽을 향해 가고 있으며, 샌프란시스코에 도착하면 페어몬트호텔에 투숙하라고 적혀 있었다.

11

네바다주 리노에서 홀에게 급보가 전달됐다. 발신자는 덴버의 감상적인 암살자였다.

"위너머카에서 산산조각난 시신 발견. 보스로 추정. 곧장 돌아오시오. 전 조직원이 덴버로 집결중. 재조직이 시급하오."

홀은 싱긋 웃은 뒤 서부행 기차에 그대로 남아 있었다. 그는 이렇게 답신을 보냈다.

"먼저 신원을 확인하십시오. 숙녀분께 서신을 전달했습니까?"

삼 일 뒤 덴버 지부장에게서 세인트프랜시스호텔로 다시 연락이 왔다. 발신지는 네바다주 위너머카였다.

"내가 실수했군. 하딩이었소. 보스는 샌프란시스코로 가고 있을 거요. 현지 지부에 알리시오. 나도 그쪽으로 가고 있소. 서신은 전달했소. 숙녀분은 기차에 남았소."

하지만 샌프란시스코 어디에도 그루냐의 흔적은 보이지 않았다. 현지 소속인 브린과 올스워시도 아무 도움이 되지 못했다. 홀은 오클랜드까지 가서 그녀가 타고 온 침대차를 샅샅이 뒤지고 흑인 짐꾼을 탐문했다. 그녀는 샌프란시스코에 도착하자마자 사라진 것이었다.

암살자들이 차례로 도착했다. 보스턴 지부의 하노버, 틀어진 심장을 가진 굶주린 하스, 시카고 지부의 스타킹턴, 뉴올리언스 지부의 루코빌, 역시 뉴올리언스 지부의 존 그레이, 마지막으로 덴버 지부의 하킨스였다. 샌프란시스코에 있던 조직원 두 명을 더해 총 여덟 명이었다. 미국에서 살아남은 건 이들이 전부였다. 그들도 알다시피 홀은 총합에서 제외됐다. 조직의 임시 사무장직을 수행하며 자금을 분배하고 전보를 전송하고 있지만, 그는 그들의 일부가 아니었고 광기에 사로잡힌 보스로부터 목숨이 위태롭지도 않았다.

다들 제정신이 아니라고 홀이 확신한 이유는 그들이 베푸는 한결같은 친절과 그를 향한 군건한 믿음 때문이었다. 그들은 그가 이 사태의 원흉이라는 사실을 잘 알았다. 그가 암살국을 와해하려는 것도, 보스를 죽이는 대가로 5만 달러를 제공한 사실도 다 알았다. 그런데도 그들은 홀이 스스로 옳다고 믿는 행동과 그의 천성 어딘가에서 끓어올라 그들과 정당한 승부를 겨루게 만드는 그만의 독특한 윤리적 광기를 인정했다. 그는 그들을 배신하지 않았다. 정직하게 자금을 처리했고 임시 사무장의 임무를 전부 만족스럽게 수행했다.

사실 홀도 그리스어와 히브리어에 남긴 업적과 별개로 호랑이 같은 살해 욕망에 사로잡힌 하스를 제외하면 이상할 정도로 윤리에 집착하는 이 박식한 광신도들을 좋아하지 않을 수 없었다. 아무리 그들이 수학 문제를 풀 때처럼, 상형문자를 해독할 때처럼, 혹은 실험실에 틀어박혀 시험관으로 화학 분석을 할 때처럼 냉정하게 목적의식을 품고서 동류인 인간의 목숨을 앗아간다고 해도 말이다. 그는 그들 중에서 존 그레이를 가장 좋아했다. 과묵한 영국인인 그는 외모와 풍채가 시골의 대지주 같았고 연극의 기능에 대해 급진적인 사상을 갖고 있었다. 몇 주간 기다림의 시간이 이어지고, 드라고밀로 프나 그루냐의 행적이 묘연해지자 그레이와 홀은 함께 극장을 드나들었다. 두 사람의 우정은 홀에게 인문학 강의 같았다. 이 시기에 루코빌은 바구니 세공에 몰두했는데, 그중에서도 유키아족의 바구니에서 흔히 보이는 세 마리 물고기 패턴에 폭 빠졌다. 하킨스는 일본식 화풍을 흉내내 나뭇잎, 이끼, 잔디, 양치식물 수채화를 그렸다. 세균학자인 브린은 수년간 해온 왕담배나방의 기생충 탐색을 이어갔다. 올스워시의 취미는 무선 전신이었다. 올스워시와 브린은 다락방 실험실을 나눠 썼다. 시립도서관의 단골손님인 하노버는 과학책에 파묻혀 '색채 미학의 물리적 강박'이라는 제목의 육중한 저서의 열네번째 장_章을 집필했다. 어느 따스한 오후 홀을 불러 1장과 13장을 읽어주며 잠에 빠뜨리기도 했다.

드라고밀로프가 매주 메시지를 전달하며 이들을 잡아두지 않았더라면 암살자들은 모두 아무것도 하지 않으며 두 달을 보내는 일 없이 자신들의 본거지로 돌아갔을 것이다. 매주 토요일 밤 올스워시에게 전화가 걸려왔는데, 수화기 너머로 들리는 단조롭고 감정이 실리지 않은 목소리는 분명 보스의 것이었다. 그는 항상 같은 제안을 했다. 살아 있는 암살국 조직원들이 조직을 해산할 것, 그게 전부였다. 어느 날 조직원들의 협의회에 참석하게 된 홀 또한 같은 제안을 재청했지만, 그들은 그저 예의상 그의 말을 들어줄 뿐이었다. 홀은 그들의 일원이 아니었기 때문이다. 그의 의견에 동조하는 사람은 아무도 없었다.

그들의 입장은, 어떤 식으로든 그들이 맺은 서약을 깨뜨릴 수 없다는 것이었다. 지금까지 규칙을 어긴 사람은 단 한 명도 없었다. 심지어 드라고밀로프도 마찬가지였다. 그도 엄격한 규칙에 따라 홀에게 5만 달러의 대금을 받았고, 자기와 자신의 행동이 사회적으로 해악이 된다고 결론내린 뒤 스스로에게 선고를 내리고 하스에게 집행을 명한 것이었다. 그들은 자신들이 감히 어떻게 보스보다 덜 옳은 행동을 할 수 있겠느냐고 반문했다. 자신들이 사회적으로 정당하다고 믿는 조직을 붕괴하는 건 엄청난 잘못이었다. 루코빌이 말했다. "그건 모든 도덕을 우롱하는 것이며 우리는 짐승과 동급이 되는 겁니다. 우리가 짐승입니까?"

"아닙니다! 아닙니다! 아닙니다!" 조직원들이 열정적으로 목소리를 높였다.

"전부 미쳐버렸군요." 홀이 말했다. "보스랑 똑같이 미쳤다고요."

"모든 도덕주의자는 미친 사람 취급을 받았소." 브린이 응수했다. "좀더 정확히 말하면 그 시대의 일반 대중에게 그런 취급을 받은 거요. 도덕주의자들은 경멸당할 이유가 없으며 자신의 믿음을 거스르지 않는다오. 진정한 도덕주의자들은 어떤 시련과 고통이라도 달게 받아들였지. 그게 자신들의 가르침에 힘을 싣는 유일한 방법이기 때문이라오. 신념! 바로 그거요! 그들은 약속을 지킨 거요. 그들은 자신들이 옳다고 생각하는 일에 대한 신념이 있었단 얘기요. 사상의 살아 있는 진실과 비교하면 한낱 목숨 따위가 뭐가 중요하겠소? 실천이 존재하지 않는 교훈은 헛된 것에 지나지 않소. 우리가 실천하는 걸 두려워하는 교훈자란 말입니까?"

"아닙니다! 아닙니다! 아닙니다!" 조직원들이 합창하듯 한목소리로 외쳤다.

"진정한 사상가들과 옳은 방식을 고수하는 사람들이 그러하듯, 행동보다 생각만 앞세워 우리가 주창하는 숭고한 원칙이 무색해지는 일이 있어서는 안 됩니다." 하킨스가 말했다.

"그랬다가는 광명을 향해 올라갈 수 없습니다." 하노버가 거들었다.

"우리는 미치광이가 아닙니다." 올스워시가 소리쳤다. "또

렷하게 보는 사람들입니다. 옳은 행동이라는 제단의 대사제들입니다. 여기 우리의 친구 윈터 홀도 미치광이라고 불러야 합니다. 진실이 미친 것이고, 우리가 거기에 감화됐다면 윈터 홀 또한 감화된 것 아닙니까? 이 사람은 우리더러 윤리광이라고 했습니다. 지금까지의 그의 행동 또한 과도하게 윤리적인 게 아니라면 무엇이란 말입니까? 왜 우리를 경찰에 고발하지 않았을까요? 우리의 관점이 끔찍하다면서 왜 사무장 노릇을 계속하는 걸까요? 우리처럼 엄격한 계약에 묶인 것도 아닌데 말입니다. 그저 고개를 숙이고 우리의 변절한 보스가 요구한 몇 가지 일을 처리해주기로 했을 뿐입니다. 이 논쟁에서 홀은 양쪽 모두에 속합니다. 보스와 우리 모두 그를 신뢰합니다. 홀은 어느 쪽도 배신하지 않습니다. 우리는 그를 알고, 또 좋아합니다. 개인적으로 딱 두 가지만 마음에 차지 않을 뿐입니다. 첫째는 그가 사회주의자라는 것, 둘째는 우리 조직을 와해하고자 한다는 것입니다. 하지만 윤리에 관해서라면 꼬투리 속에 나란히 들어 있는 완두콩처럼 우리와 똑 닮았다고 할 수 있습니다."

"나도 감화됐습니다." 홀이 슬프게 중얼거렸다. "인정하겠습니다. 솔직히 말씀드리죠. 여러분은 정말이지 호감 가는 미치광이들입니다. 난 너무 나약해서, 아니면 강해서, 아니면 멍청해서, 아니면 현명해서―나도 잘 모르겠습니다―내가 한 약속을 저버릴 수 없습니다. 그래도 여러분을 내 쪽으로 이끌 수 있으면 좋겠습니다. 보스처럼요."

"정말 그리했습니까?" 루코빌이 물었다. "그럼 왜 보스는 조직에서 은퇴하지 않았습니까?"

"내가 지불한 자신의 목숨값을 받았기 때문입니다." 홀이 대답했다.

"정확히 같은 이유로 우리는 그의 목숨을 앗아갈 수밖에 없습니다." 루코빌이 논쟁을 원점으로 되돌렸다. "우리가 보스보다 도덕적이지 않습니까? 보스가 계약에 따라 대금을 받았을 때 우리에게도 보스와 당신의 약속을 이행해야 할 의무가 생긴 겁니다. 어떤 약속인지는 중요하지 않아요. 그게 하필 보스를 살해하는 일일 뿐입니다." 그가 어깨를 으쓱했다. "별다른 도리가 없지 않습니까? 보스는 죽어야 합니다. 아니면 우리는 옳다고 믿는 걸 실천하는 사람이 아닌 거죠."

"또 시작이군요. 다시 도덕 타령이니 말입니다." 홀이 투덜거렸다.

"그게 뭐가 잘못됐습니까?" 루코빌이 호기롭게 마무리했다. "세상의 근본이 도덕입니다. 도덕이 없으면 세상은 소멸될 겁니다. 모든 물질에는 공의로움이 존재합니다. 도덕을 파

암살주식회사 155

괴하면 만유인력을 파괴하는 것입니다. 바위가 공중에 날아 다니고, 전체 항성 체계가 상상도 할 수 없는 혼란 속으로 증 발해버릴 겁니다."

12

　어느 날 저녁, 홀은 푸들독카페에서 함께 저녁을 먹기로 한 존 그레이를 기다리고 있었다. 식사를 마치고 여느 때처럼 극장에 갈 참이었다. 하지만 존 그레이는 오지 않았고, 시계가 여덟시 반을 가리키자 홀은 세인트프랜시스호텔로 돌아갔다. 겨드랑이에 최신 잡지 몇 권을 끼고 있었다. 일찍 잠자리에 들 요량이었다. 그는 승강기를 향해 앞서가는 여성의 걸음걸이가 어쩐지 익숙하다고 생각하다 헉하고 숨을 들이켜고서 재빨리 뒤를 좇았다.

　"그루냐." 엘리베이터가 움직이기 시작했을 때 그가 다정하게 불렀다.

그 순간 근심에 찬 두 눈이 놀라서 커지더니 곧바로 쓰러지기라도 할 듯 그녀의 양손이 그의 팔을 붙들었다.

"아, 윈터." 그녀가 애원했다. "정말 당신이에요? 이래서 내가 세인트프랜시스호텔에 온 거예요. 여기라면 당신을 찾을 수 있을 것 같았어요. 당신이 필요해요. 세르기우스 삼촌이 미쳐도 단단히 미쳐버렸어요. 긴 여행을 떠날 테니 짐을 싸래요. 우리는 내일 배로 떠나요. 나더러 집에서 나가 시내 호텔에서 지내라고 하셨어요. 나중에 이곳으로 오든, 내일 아침 배에서 합류하든 하시겠대요. 삼촌 방도 잡아두긴 했어요. 근데 곧 무슨 일이 벌어질 거예요. 끔찍한 계획을 세우셨어요. 삼촌이……"

"몇 층으로 가십니까?" 승강기 운전원이 끼어들었다.

"다시 내려가주시오." 다행히 다른 사람은 아무도 없었다.

"잠깐 기다려." 그가 주의를 줬다. "연회장에서 얘기하도록 하지."

"아니, 그건 싫어요." 그녀가 외쳤다. "밖으로 가요. 좀 걷고 싶어요. 바람을 좀 쐬어야겠어요. 머리를 식혀야 해요. 내가 미친 것 같나요, 윈터? 날 좀 봐요. 정말 그렇게 보이나요?"

"쉿." 그가 그녀의 팔을 누르며 주의를 줬다. "기다려. 좀 이따 다 얘기해줄 테니 기다려."

누가 봐도 그녀는 몹시 흥분한 상태였고, 승강기가 내려가는 동안 간신히 감정을 억누르는 모습이 측은함을 자아냈다.

"왜 연락하지 않았어?" 파월 스트리트 모퉁이로 발걸음을 옮기며 홀이 물었다. 그곳에서 유니언광장을 가로지를 계획이었다. "샌프란시스코에 도착한 뒤로 어떻게 된 거야? 덴버에서 내가 보낸 서신을 받았잖아. 왜 세인트프랜시스호텔로 오지 않았어?"

"설명할 시간이 없어요." 그녀가 서둘러 말을 이었다. "머리가 터질 것 같아요. 뭘 믿어야 할지 모르겠어요. 모든 게 꿈같아요. 그런 일은 불가능하잖아요. 삼촌은 정신이 이상해진 게 틀림없어요. 어느 때는 암살국 같은 건 절대 없다는 확신이 들어요. 다 세르기우스 삼촌의 머릿속에서 나온 거예요. 당신도 그저 공상에 빠져 있을 뿐이고요. 지금은 20세기잖아요. 그런 끔찍한 곳이 있을 리 없어요. 나, 난 가끔 내가 장티푸스에 걸린 게 아닌가 하는 의심이 들어요. 열병에 걸려 섬망을 보는 게 아닐까, 의사와 간호사가 날 에워싼 가운데 나혼자 이 악몽을 헛소리처럼 지껄이고 있는 게 아닌가 하고요. 말해줘요. 어서요. 당신도 공상 속의 정령인가요? 병에 걸린 뇌가 만들어낸 환영인가요?"

"아니야." 그가 엄숙하게 또박또박 말했다. "당신은 깨어 있고 건강해. 제정신이라고. 당신은 지금 나랑 파월 스트리트를 건너고 있어. 바닥이 미끄럽군. 당신도 느껴져? 저 차 바퀴에 채워놓은 체인 보이지? 당신은 내 팔짱을 끼고 있어. 이건 태평양에서 떠내려온 진짜 안개야. 저기 벤치에 앉은 사람들도 다 진짜야. 지금 우리 앞에서 걸인이 구걸을 해. 이 사람도 진짜야. 자, 방금 내가 진짜 50센트를 줬어. 그 돈으로 진짜 위스키를 마실 테지. 입에서 술냄새가 났어. 당신도 맡았어? 그 냄새는 지독하리만치 진짜였는데 말이야. 그리고 우리 두 사람도 진짜야. 그걸 꽉 붙들어. 자, 이제 당신의 문제가 뭐지? 하나도 빼놓지 말고 얘기해봐."

"암살자 조직이 정말로 존재하나요?"

"그래." 홀이 대답했다.

"당신이 어떻게 알아요? 단지 추측에 불과한 거 아닌가요? 삼촌의 광기가 당신에게 주입된 거 아니에요?"

홀이 애석해하며 고개를 저었다. "그런 거면 좋겠어. 하지만 안타깝게도 그렇지 않아."

"당신이 어떻게 알아요?" 그녀는 자유로운 손으로 관자놀이를 세게 누르며 목소리를 높였다.

"내가 암살국의 임시 사무장이기 때문이야."

그루냐가 팔을 반쯤 빼며 그에게서 떨어지려 했다. 하지만

160

홀이 그녀를 안심시킬 요량으로 팔에 힘을 주어 그녀를 붙들었다.

"당신이 세르기우스 삼촌을 죽이려는 살인자 무리 중 한 사람이군요!"

"아니야. 난 그 무리의 일원이 아니야. 자금을 관리하고 있을 뿐이야. 그러니까…… 음…… 당신 삼촌이 그…… 무리에 관해서 아무 말씀도 안 하셨어?"

"끝도 없이 늘어놓으셨죠! 정신이 이상해져서 본인이 그 조직을 만들었다고 믿고 계세요."

"그 말이 맞아." 홀이 힘주어 말했다. "정신이 나가신 것도 맞아. 그건 확실해. 그렇더라도 암살국을 만들고 지휘한 건 그분이야."

그루냐가 다시 그에게서 떨어져 팔을 빼려고 애썼다.

"그다음엔 삼촌을 죽여달라고 그곳에 5만 달러를 선금으로 지불한 사람이 당신이라고 말할 참이에요?" 그녀가 따져 물었다.

"그것도 맞아. 인정할게."

"당신이 어떻게?" 그루냐가 신음했다.

"내 말을 들어봐, 그루냐, 제발." 홀이 간청했다. "당신이 들은 얘기가 전부가 아니야. 당신은 몰라. 그 돈을 냈을 때 난 그분이 당신 아버지인줄……"

홀이 자신의 말실수를 깨닫고 놀라 말을 멈췄다.

"그래요." 그루냐는 점점 평정을 되찾고 있었다. "내 아버지라고 하더군요. 말도 안 되는 소리라고 생각했지만요. 계속 해봐요."

"좋아. 그땐 그분이 당신 아버지란 걸 몰랐어. 제정신이 아니신 줄도 몰랐고. 그뒤 모든 걸 다 알게 됐을 때 내가 애원했어. 하지만 말이 안 통하는 걸 어쩌겠어. 다들 마찬가지야. 전부 제정신이 아니야. 게다가 지금 당신 삼촌은 새로운 미친 짓을 꾸미고 있어. 무슨 일이 일어날까봐 겁에 질려 있었잖아. 당신이 의심하는 걸 내게 말해줘. 우리가 그걸 막을 수 있을지 몰라."

"잘 들어요!" 그녀가 그에게 바짝 붙어서 침착하고 낮은 목소리로 재빨리 말했다. "우리는 서로에게 설명해야 할 일들이 많이 남아 있어요. 하지만 위험한 일부터 처리하기로 해요. 샌프란시스코에 도착했을 때, 알 수 없는 예감에 제일 먼저 시신 안치소를 찾았고 그다음엔 병원을 돌아다녔어요. 그러다 삼촌을 찾았죠. 독일인 병원에서요. 두 군데에 심각한 자상을 입으셨어요. 암살자 중 한 명이 그렇게 했다고 하시더군요……"

"하딩이라는 자야." 홀이 추측했다. "기차를 타고 네바다주 위너머카 인근 사막을 지날 때 벌어진 거야."

"네, 맞아요. 그 이름이었어요. 그렇게 말씀하셨고요."

"모든 게 딱 맞아떨어지는군." 홀이 설득에 나섰다. "정말 말도 안 된다는 생각이 들겠지만 실제로 벌어지고 있는 일이야. 어쨌든 당신과 난 제정신이야."

"알았어요. 할 얘기가 더 남았어요." 그녀는 자신감을 되찾고 그에게 바짝 붙었다. "아, 서로에게 할 얘기가 너무 많군요. 삼촌은 당신을 굳게 믿고 있어요. 하지만 내가 하고 싶은 얘기는 그게 아니에요. 린컨힐 꼭대기에 있는 가구 딸린 집을 빌렸고, 의사의 허가가 떨어지자마자 세르기우스 삼촌을 그리로 모시고 갔어요. 지난 몇 주간 함께 그 집에서 지냈어요. 삼촌은 이제 완전히 회복하셨어요. 아니, 이제 아버지라고 해야겠죠. 내 아버지니까요. 이제 믿어요. 이젠 다 믿는 수밖에 없으니까요. 믿을 거예요. 이 모든 게 한순간에 깨어날 수 있는 악몽이 아닌 이상…… 그건 그렇고 삼…… 아니, 아버지가 지난 며칠간 집을 손보셨어요. 오늘 호놀룰루에 가기 위해 싸놓은 짐을 모두 증기선으로 부치고 나더러 호텔에 묵으라고 하셨어요. 폭탄에 대해서라면 난 아무것도 몰라요. 책을 통해 불빛이 번쩍이고 번뜩번뜩한다는 것만 알죠. 그래도 아버지가 집에 지뢰를 묻은 건 확실해요. 지하 저장고를 파고, 응접실 벽을 뜯어냈다가 도로 붙였어요. 칸막이 뒤에 전선을 설치했고요. 그리고 오늘은 집 앞 관목 수풀까지 전선을 연결할 준비를 하고 계셨어요. 무슨 계획인지 짐작하겠죠."

그때 홀의 머릿속에 존 그레이가 연극을 보기로 한 약속을 지키지 못했다는 사실이 떠올랐다.

"오늘밤 거기서 무슨 일이 벌어질 거예요." 그루냐가 말을 이었다. "삼촌이 오늘 밤늦게 세인트프랜시스호텔로 오거나, 내일 아침 증기선에서 저와 합류할 거라고 하셨어요. 그동안……"

하지만 홀은 이미 어떻게 할지 판단을 내리고 그녀의 팔을 붙잡은 채 공원을 벗어나 택시가 줄지어 기다리는 길모퉁이로 향했다.

"그동안 우리는 린컨힐로 가야 해. 당신 아버지가 다 죽이고 말거야. 가서 막아야 해."

"아버지가 죽을지도 모르죠." 그녀가 중얼거렸다. "겁쟁이들! 겁쟁이들 같으니!"

"용서해줘, 그루냐. 그들은 겁쟁이가 아니야. 용감무쌍한 자들이지. 좀 별난 구석이 있지만 매력이 넘쳐. 일단 알면 좋아할 수밖에 없는 사람들이야. 이미 너무 많이 죽었어."

"아버지를 죽이려는 자들이라고요."

"그건 당신 아버지도 마찬가지야." 홀이 내뱉었다. "그걸 잊어선 안 돼. 그리고 암살 명령을 내린 건 당신 아버지라고. 당신 아버지는 제대로 정신이 나갔어. 그들도 딱 그만큼 정신이 나갔고. 이쪽으로 와! 어서! 지금 다들 지뢰가 설치된 집으로 가고 있어. 그 사람들, 혹은 당신 아버지를 구할 수 있을지 몰라. 누가 알겠어?"

"린컨힐로 가주시오. 시간이 곧 돈이오. 알아들으셨소?" 그루냐가 차에 타는 걸 도우며 홀이 택시 기사에게 말했다. "갑시다, 어서요! 세게 밟아요! 아스팔트가 찢겨나가도 좋으니 어서 갑시다!"

한때 샌프란시스코 부유층의 거주지였던 린컨힐은 마켓 스트리트에서 남쪽으로 퍼져나가는 거대한 노동자 밀집 지역의 오물과 빈민들 위에서 고개를 쳐들고 쇠퇴한 고상함을 풍기고 있었다. 언덕 아래서 홀이 택시비를 지불했고, 곧이어 두 사람은 야트막한 언덕을 오르기 시작했다. 아직 아홉시 삼십 분쯤밖에 되지 않은 이른 밤이었는데도 거리에는 사람이 거의 없었다. 우연히 뒤를 돌아본 홀은 익숙한 형체가 동그란 가로등 불빛을 가로지르는 걸 목격했다. 그는 그루냐를 데리고 골목으로 들어가 집 그림자에 몸을 숨기고 기다렸다. 그리고 몇 분 뒤 특유의 고양이 걸음으로 유유히 지나가는 하스를 발견하는 수확을 거뒀다. 두 사람은 반 블록쯤 떨어져 그의 뒤를 따랐다. 언덕 꼭대기에 이르러 둘은 인근 가로등 불빛을 통해 하스가 나지막한 옛날식 쇠울타리를 넘는 모습을 지켜보았다. 그루냐가 홀의 팔을 쿡 찔렀다.

"저 집이에요." 그녀가 속삭였다. "저 사람 좀 봐요. 자기가 죽으리라는 건 꿈에도 모르는 것 같군요."

"나 역시 그리되리라 꿈꾸지 않아." 홀이 의심스러운 투로 말했다. "하스 선생은 그리 쉽게 죽일 수 있는 사람이 아니야."

"세르기우스 삼촌이 얼마나 신중하신데요. 실수하시는 걸 단 한 번도 본 적 없어요. 모든 걸 계획해놓으셨다고요. 당신의 하스 선생이 대문을 지나면……"

그녀가 말을 멈췄다. 홀이 거칠게 그녀의 팔을 붙잡았기 때문이었다.

"하스는 대문을 지나지 않을 거야, 그루냐. 잘 봐. 뒤쪽으로 가고 있어."

"뒤쪽엔 아무것도 없어요." 그녀가 말했다. "곧장 12미터 아래의 다른 집 뒷마당으로 떨어져요. 다시 앞으로 돌아올 거예요. 정원이 아담하거든요."

"뭔가 꿍꿍이가 있어." 어두운 형체가 다시 시야에 들어오자 홀이 중얼거렸다. "아하! 역시 하스로군! 정말 약삭빠르다니까! 잘 봐, 그루냐. 하스가 집 앞 관목 사이로 기어들어갔어. 전선이 있는 곳이 저기인가?"

"맞아요. 들어가서 몸을 숨길 수 있을 만큼 관목이 무성하게 자란 곳은 저기뿐이에요. 또 누가 와요. 다른 암살자일지도 모르겠네요."

홀과 그루냐는 지체 없이 집을 지나쳐 다음 모퉁이까지 갔다. 반대쪽에서 오던 남자는 드라고밀로프의 마당으로 들어가 집 계단을 올랐다. 잠시 뒤 문이 열리고 닫히는 소리가 들렸다.

그루냐는 홀과 동행하겠다고 고집을 부렸다. 자신의 집이며 집안 구석구석을 안다고 했다. 게다가 아직 열쇠를 가지고 있어서 초인종을 누를 필요도 없었다.

집 앞에는 번지수가 보이게 불이 들어와 있었고, 두 사람은 대담하게 하스가 몸을 숨긴 관목을 지나 열쇠로 대문을 열고 집안으로 들어갔다. 홀은 고리에 모자를 걸고 장갑을 벗었다. 오른쪽 방에서 웅성거리는 소리가 들렸다. 두 사람은 잠시 숨을 죽이고 귀를 기울였다.

"아름다움은 강박입니다." 한 사람의 목소리가 대화를 주도하고 있었다.

"하노버야. 보스턴 지부장." 홀이 속삭였다.

"아름다움은 완전무결입니다." 목소리가 이어졌다. "인간의 생명, 모든 생명은 지금까지 아름다움을 따랐습니다. 역설적 순응이 아닙니다. 아름다움은 생명을 따르지 않았습니다. 인간이 존재하지 않을 때도 아름다움은 우주에 존재했습니다. 인간이 사라지고 우주에 다시 존재하지 않더라도 아름다움은 남아서 존재할 겁니다. 아름다움이란…… 글쎄요, 그저 아름다움입니다. 그뿐이에요. 첫번째이자 마지막 말이며, 점액질에서 기어다니는 하찮은 구더기 같은 인간에게 의존하지 않는 것입니다."

"형이상학입니다." 루코빌이 비웃는 소리가 들렸다. "순전히 환상에 불과한 형이상학입니다, 친애하는 하노버. 덧없는 진화의 일시적인 현상을 완전무결이라고 칭하기 시작하면……"

"형이상학자는 당신입니다." 하노버가 말을 가로챘다. "당신은 모든 게 의식 안에서만 존재한다고 주장하겠죠. 의식이 파괴되면 아름다움도, 자라는 생명이 따르는 필수 원칙 자체가 파괴될 거라고요. 오직 그 원칙만이 존속한다는 사실을 우리가, 우리 모두가 알고, 당신도 반드시 알아야 하는데 말입니다. 힘과 물질의 유동에 관해 스펜서*가 말했듯 진화와 소멸이 교대하는 리듬 속에서 '원칙은 언제나 불변하고 명확한 결과는 언제나 변화하는' 것입니다."

"새로운 원칙, 새로운 원칙." 루코빌이 불쑥 내뱉었다. "연속적이고 각기 다른 진화 안에서 새로운 원칙이 쉼없이 나타납니다."

"바로 그 원칙!" 하노버가 의기양양하게 소리쳤다. "그걸 고려해봤습니까? 지금 당신 입으로 원칙은 존속한다고 했습니다. 그러면 대체 원칙이란 무엇입니까? 영원한 것, 완전무결한 것, 의식 밖에서 존재하는 것. 의식의 부모입니다."

"잠깐." 루코빌이 흥분해서 소리쳤다.

"아직 안 끝났습니다!" 하노버가 진정한 학자적 독단주의를 드러내며 말했다. "당신은 지금 오래전에 타파된 버클리식 이상주의를 부활시키려 하고 있습니다. 형이상학이라니, 시대에 몹시 뒤떨어진 얘깁니다. 명심하십시오, 신식 학풍에서 사물은 그 자체로 존재한다고 말합니다. 의식은, 사물을 보고 지각한다는 건, 우연에 지나지 않습니다. 형이상학자는 바로 친애하는 루코빌, 바로 당신입니다."

박수 소리와 함께 동의한다는 듯한 웅성거림이 들렸다.

"자기 꾀에 자기가 넘어갔군." 또렷한 영국식 억양이 깃든

* 허버트 스펜서(1820~1903). 영국 출신의 사회학자, 철학자, 교육학자.

부드러운 목소리였다.

"존 그레이야." 홀이 나지막하게 말했다. "극장이 끔찍할 정도로 상업화되지 않았더라면 저자가 판을 완전히 바꿔놨을 텐데."

"말꼬리 잡지 마십시오." 루코빌이 반격을 시작했다. "입씨름, 말장난, 말과 관념 뒤섞기에 불과합니다. 제게 십 분만 주시면 제 입장을 자세히 설명해드리겠습니다."

"내가 말했지?" 홀이 속삭였다. "참 정감 가는 암살자들, 매력적인 철학자들이라고. 자, 이제 저들이 잔인하고 악랄한 살인자가 아니라 광신도라는 걸 믿겠어?"

그루냐가 어깨를 으쓱했다. "마음껏 아름다움을 찬양하라고 해요. 그래도 난 저들이 세르기우스 삼촌, 아니, 내 아버지를 죽이려 한다는 사실을 잊을 수 없어요."

"모르겠어? 저들은 관념에 사로잡힌 거야. 고작 인간의 목숨 따위는 안중에도 없어. 심지어 자기 목숨도. 저들은 사상의 노예야. 관념의 세상에서 살고 있는 거라고."

"인당 5만 달러짜리 관념이요." 그녀가 날카롭게 대답했다.

이번에는 홀이 어깨를 으쓱했다.

"가자." 그가 말했다. "들어가자. 아니, 내가 먼저 갈게."

홀이 문고리를 돌려 안으로 들어가고 그루냐가 뒤를 따랐다. 일순간 대화가 끊기고 편안히 앉아 있던 일곱 명의 시선이 일제히 불청객들에게 향했다.

"이보시오, 홀." 하킨스의 목소리에는 짜증이 섞여 있었다. "이곳에 오시면 안 됩니다. 일부러 못 오게 했는데 결국 오셨군요. 거기다—용서해주십시오—외부인까지 대동하고 말입니다."

"여러분 계획대로라면 제가 이곳에 있어서는 안 되는 게 맞습니다." 홀이 대답했다. "왜 이렇게까지 비밀에 부치는 겁니까?"

"보스의 명령이오. 보스가 우리를 여기로 초대했소. 우리는 그의 명령에 따라 선생을 따돌렸으니, 당신을 이곳으로 부른 사람은 보스라는 결론이 나오는군요."

"아니, 그렇지 않습니다." 홀이 웃었다. "먼저 자리에 앉게 해주시겠습니까? 여러분, 이쪽은 그루냐입니다. 그루냐, 그레이 선생이야. 이쪽은 하킨스 선생, 루코빌 선생, 브린 선생, 올스워시 선생, 스타킹턴 선생, 그리고 하노버 선생이야. 하스 선생을 제외하고, 이분들이 남아 있는 암살국 조직원이야."

"이건 신뢰를 무너뜨리는 짓이오!" 루코빌이 화가 나서 소리쳤다. "홀 선생, 실망했습니다!"

"모르셔서 하는 말씀입니다, 친애하는 루코빌. 이곳은 그루냐의 집입니다. 아버지가 부재중이시니 여러분은 따님의 손님입니다. 여기 계시는 분들 전부 말입니다."

"우리는 드라고밀로프의 집으로 알고 있소만." 스타킹턴이었다. "직접 그리 말씀하셨소. 각자 이곳을 찾았지만 다 같이 도착했으니 주소가 잘못됐을 리 없소."

"그게 그겁니다." 홀이 웃음을 머금고 말했다. "그루냐는 드라고밀로프 씨의 딸이니까요."

말이 떨어지기 무섭게 그들이 두 사람 주위를 에워싸고 앞다퉈 그루냐에게 손을 내밀었다. 하지만 그루냐는 손을 뒤로 감추며 한 걸음 뒤로 물러났다.

"아버지를 죽이려고 하시잖아요." 그녀가 루코빌에게 말했다. "절대 당신과 악수할 수 없어요."

"자, 여기 의자가 있습니다. 앉으시죠, 아가씨." 스타킹턴과 그레이가 의자를 가지고 오자 루코빌이 말했다. "보스의 따님이라니…… 정말 영광입니다. 보스에게 따님이 있는 줄 몰랐습니다. 환영합니다. 보스의 따님이라면 누구든 환영합니다……"

"그런데 아버지를 죽이려고 하시잖아요." 그녀가 계속 이의를 제기했다. "당신들은 살인마예요."

"우리는 친구입니다. 정말입니다. 삶과 죽음보다 더 고결

172

하고 심오한 우정의 상징이에요. 아가씨, 인간의 생명은 아무것도 아닙니다. 미물보다 하찮은 겁니다. 생명! 우리의 생명은 사회진화라는 게임 속 볼모에 지나지 않아요. 우리는 당신의 아버지를 우러러봅니다. 존경하죠. 위대한 분입니다. 그 사람이 우리 보스입니다, 아니 보스였다고 해야겠죠."

"그래도 아버질 죽이실 거잖아요." 그녀가 물고 늘어졌다.

"그분의 명령에 따르는 겁니다. 부디 자리에 앉으시죠." 그루냐가 의자에 앉았으므로 루코빌은 그녀의 관심을 얻는 데 성공한 셈이었다. "여기, 홀 선생 말입니다." 그가 말을 이었다. "이자를 친구로 받아들이지 않으셨습니까? 살인자라고 부르지도 않죠. 아버지의 목숨값으로 5만 달러를 낸 장본인인데도 말입니다. 그리고 아가씨, 홀 선생이 이미 조직을 반쯤 무너뜨렸습니다. 그런데도 우리는 원망하기는커녕 그를 친구로 여깁니다. 그가 정직한 사람, 약속을 지키는 사람, 훌륭한 자질을 갖춘 윤리주의자인 걸 알기 때문에 존중하는 겁니다."

"멋지지 않습니까, 아가씨!" 하노버가 감상에 젖은 목소리로 끼어들었다. "죽음마저 아무것도 아닌 것으로 만드는 우정! 도덕 규칙! 도덕 숭배! 어찌 희망이 생기지 않을 수 있겠습니까? 생각해보십시오! 미래는 우리 것입니다. 올바르게

사고하고 올바르게 행동하는 남녀에게 미래가 있습니다. 야
수 같은 육신에서 비롯되는 격렬하고 무력한 감정적 동요와
동물적 갈망, 자기 자신과 피붙이에 대한 사랑, 이 모든 게 고
결한 옳음이라는 태양 앞에서 새벽이슬처럼 사라지는 겁니
다! 이치—기억하십시오, 옳은 이치—가 승리할 겁니다! 언
젠가 인간세계가 육신, 깊은 수렁이 아닌 고결하고 옳은 이
치에 따라 움직일 날이 올 겁니다!"

그루냐는 황망한 절망감에 사로잡혀 고개를 숙이고 손을
치켜들었다.

"참 못 말리는 사람들이지?" 홀이 가까이 다가가 의기양양
하게 말했다.

"지나친 생각들이 뒤엉킨 혼돈의 장이에요." 그녀가 난색
을 표했다. "윤리가 극한으로 치달았네요."

"내가 그랬잖아." 홀이 대답했다. "저들은 모두 제정신이
아니야. 당신 아버지도, 저들의 사상에 감화된 우리도 마찬가
지지만. 이 매력 넘치는 암살자들을 보니 어때?"

"네, 어떻습니까?" 안경 위로 웃음을 머금고 하노버가 물
었다.

"할말은 이것뿐이에요." 그루냐가 답했다. "여러분이 그렇
게 보이지 않는다는 것. 그러니까 암살자처럼 보이지 않는다

는 말이에요. 그리고 루코빌 씨, 당신과 악수하겠어요, 아니, 여기 있는 모든 분들과 악수하겠어요. 아버지를 죽이지 않겠다는 약속만 한다면요."

"아가씨, 빛이 있는 곳까지 올라가기엔 아직 갈 길이 멀군요." 하노버가 애석하다는 듯 꾸짖었다.

"죽인다? 죽이는 것 말입니까?" 루코빌이 들뜬 목소리로 물었다. "그게 뭐가 그리 무섭습니까? 죽는 건 아무것도 아닙니다. 오직 짐승들, 수렁 속 미물만이 죽음을 두려워합니다. 아가씨, 우리는 죽음을 초월했습니다. 우리는 선과 악을 아는 고상한 지성인들이기 때문입니다. 죽이는 거나 죽임을 당하는 거나 우리에겐 매한가지입니다. 이 땅의 모든 도축장과 고기 통조림 업체에서 벌어지는 게 도륙입니다. 비속할 정도로 흔한 일입니다."

"여기 모기를 한 번도 때려잡은 적 없는 사람 있습니까?" 스타킹턴이 소리쳤다. "식육과 죽음으로 살찌운 손으로 그 경이롭고 지각력 있고 눈부시게 아름다운 비행체를 내려쳐 파멸에 이르게 하지 않은 사람 있습니까? 죽음에 비극이 있다면…… 모기, 납작하게 찌부러진 모기, 방해를 받고 추락한 비현실적이고 기적 같은 비행을 생각하십시오. 여지껏 어떤 비행사도—심지어 1만 5천 피트 상공에서 추락한 맥도널

드도—그런 식으로 방해를 받고 추락한 적은 없습니다. 모기를 자세히 살펴본 적 있습니까, 그루냐? 그럴 가치가 충분합니다. 생물의 현상 안에서 모기는 사람만큼이나 경이로운 존재입니다."

"하지만 차이점이 있습니다." 그레이가 거들었다.

"그 얘기를 하려던 참이었소. 그 차이점이란 게 무엇이냐? 모기를 내려쳤다고 칩시다." 그는 강조하기 위해 잠시 뜸을 들였다. "모기는 찌부러졌을 겁니다. 안 그렇습니까? 그게 끝입니다. 모기는 끝났어요. 기억은 남겠지만 말입니다. 그런데 인간을 내려친다면—전 세대의 인간을 내려친다면—남는 게 있습니다. 그게 무엇일까요? 움직이는 유기체도, 굶주린 위도, 벗겨진 머리도, 쑤시는 이도 아닙니다. 바로 사유입니다. 고귀하고 위엄 있는 사유 말입니다. 그게 바로 차이점입니다. 사유! 고결한 사유! 옳은 사유! 이치에 맞는 공의!"

"잠깐!" 흥분한 하노버가 벌떡 일어서더니 팔을 흔들었다. "내려치라니, 노골적이지만 의미심장한 표현이니 넘어가겠습니다. 내려치십시오. 하지만 경고하겠습니다, 스타킹턴. 막 알에서 깬 모기의 투명한 날개막에 존재하는 미세한 색소세포만큼 내려치십시오. 그러면 태양을 기점으로 별 너머의 별까지 온 우주가 진동할 겁니다. 색소세포와 그걸 구성하는 수

십억 개의 원자 중 마지막 원자, 그리고 그 수십억 개의 원자 중 하나를 구성하는 셀 수 없을 만큼 많은 미립자 하나하나에 우주적 공의가 있다는 사실을 잊지 마십시오."

"잠깐만요." 그루냐가 말했다. "여러분은 왜 이곳에 있는 거죠? 우주가 아니라 이 집에 말이에요. 모기 날개의 색소세포에 관한 하노버 씨의 감동적인 연설은 잘 들었어요. 모기를…… 때려잡는 건 옳은 일이 아니군요. 그런데 지금까지 강조한 윤리대로라면, 잘못을 저지른 살인자인 여러분이 어떻게 지금 이 자리에 있을 수 있나요?"

그 자리에 있는 모든 사람이 답변을 하는 바람에 소동이 벌어졌다.

"자! 모두 조용히 하세요!" 홀이 고함친 뒤 그루냐를 향해 위압적으로 명령했다. "그루냐, 그만해. 당신도 지금 물들고 있어. 오 분 안에 당신도 저들처럼 될 거야. 휴전입니다, 여러분. 이제 그만하세요. 그만. 본론으로 들어갑시다. 그루냐의 아버지, 보스는 어디 있습니까? 이곳으로 오라는 얘기를 들었다고 하지 않으셨습니까? 여기 온 이유가 무엇입니까? 보스를 살해하기 위해서인가요?"

열정적인 사유의 여파로 쓰러진 하노버가 이마를 훔친 뒤 고개를 끄덕였다.

"그게 합리적인 목적이오." 그가 차분히 말했다. "물론 보스의 따님이 이 자리에 있는 게 당황스럽소. 나가주시기를 정중히 부탁드리오."

"야만적인 분이시군요." 그녀가 온화한 학자에게 엄숙하게 선언했다. "난 여기서 꼼짝하지 않겠어요. 그리고 절대 아버지를 죽일 수 없을 거예요. 두고 보세요, 절대 그런 일은 없을 거예요."

"그런데 왜 보스는 나타나지 않는 겁니까?" 홀이 물었다.

"아직 시간이 되지 않았으니까요. 보스가 직접 전화해서 열시 정각에 여기로 오겠다고 하셨소. 이제 곧 열시요."

"오지 않을지도 모릅니다." 홀이 말했다.

"오겠다고 약속했소." 짧막하지만 그럴듯한 답변이 돌아왔다.

홀이 차고 있던 시계를 보니 열시까지 단 몇 초가 남아 있었다. 그 짧은 순간이 지나자마자 문이 열리더니 드라고밀로프가 성큼 방안에 들어섰다. 금발에 창백한 피부, 회색 여행용 정장 차림이었다. 창백한 푸른색 눈동자가 부드럽게 무리를 훑었다.

"오랜만일세, 친애하는 벗과 형제들이여." 특유의 단조로울 만큼 고른 목소리였다. "하스를 제외하고 다들 모였군. 하스는 어디에 있나?"

거짓말을 못하는 암살자들이 당혹스러워하며 서로를 쳐다
보았다.

"하스는 어디 있나?" 드라고밀로프가 다시 물었다.

"저희…… 음…… 저희도 정확히 모릅니다. 정확히는 모
른다는 말입니다." 하킨스가 머뭇거리며 입을 열었다.

"그런데 난 어디에 있는지 정확히 안다네." 드라고밀로프
가 그의 말을 끊었다. "위층 창문을 통해 자네들이 도착하는
걸 지켜봤네. 한 명도 빼놓지 않고 전부. 하스도 도착했다네.
그 친구는 지금 진입로 오른편에 있는 관목 속에 누워 있어.
정문 맨 아래 경첩에서 정확히 130센티미터 떨어진 지점이
지. 며칠 전에 내가 직접 측정해봤네. 내가 그걸 의도했다고
보는가?"

"보스의 의중을 파악하는 데는 관심이 없었습니다." 하노
버가 상냥하게, 하지만 논리를 강조하면서 말했다. "우리는
다 같이 보스의 초대와 지시 사항을 면밀하게 검토한 뒤, 하
스를 집밖에 배치하는 게 어떤 약속이나 신뢰도 저버리지 않
는다는 결론에 도달했습니다. 만장일치로요. 우리에게 내린
지시 사항을 기억하십니까?"

"정확하게 기억한다네." 드라고밀로프가 수긍했다. "잠시

검토할 시간을 주게." 약 삼십 초간 그는 침묵하며 자신이 내린 지시를 복기했다. 잠시 뒤 굳어 있던 표정이 서서히 풀리더니 얼굴에 만족스러운 미소가 번졌다. "자네들 말이 맞네." 그가 선언했다. "자네들은 도덕 수칙을 위반하지 않았어. 자, 친애하는 동지들, 우리의 계획은 내 딸과 자네들의 임시 사무장이자 언젠가 내 사위가 되어줬으면 하는 친구의 등장으로 전부 어긋나고 말았네."

"보스의 계획은 목적이 무엇이었습니까?" 스타킹턴이 재빨리 물었다.

"그야 자네들을 없애버리는 거지." 드라고밀로프가 웃었다. "자네들 계획의 목적은?"

"보스를 없애버리는 것입니다." 스타킹턴이 인정했다. "그리고 반드시 그렇게 할 겁니다. 보스의 따님과 홀 선생이 이 자리에 있어서 애석하군요. 초대하지 않은 손님이었습니다. 물론 지금이라도 나가셔도 됩니다."

"그럴 일 없어요!" 그루냐가 소리쳤다. "피도 눈물도 없고, 잔혹하고, 철저한 괴물들 같으니! 이분은 내 아버지고, 난 여기가 깊은 수렁이든 그 외 여러분이 생각하는 그 어디일지라도, 절대 떠나지 않아요. 여러분은 아버지를 해치지 않을 거고요."

"이 문제는 서로 한 발짝씩 양보하는 게 좋겠네." 드라고밀
로프가 다그쳤다. "이번만은 서로 실패한 걸로 하세. 휴전을
제안하네."

"좋습니다." 스타킹턴이 동의했다. "오 분간 휴전하겠습니
다. 그사이 어떤 공공연한 행동을 해서도, 이 방을 나가서도
안 되는 겁니다. 우리는 저쪽 피아노 옆에서 상의를 좀 하겠
습니다. 동의하십니까?"

"물론이네. 그전에 내가 서 있는 곳을 눈여겨봐주게. 내 손
은 지금 이 책장 위의 책에 놓여 있다네. 자네들이 방법을 정
하기 전까지는 움직이지 않을 거야."

암살자들이 먼 구석에서 목소리를 낮추고 얘기를 시작했다.

"어서 가요." 그루냐가 아버지의 귀에 대고 속삭였다. "저
문으로 탈출해야 해요."

드라고밀로프가 인자한 미소를 지었다. "넌 이해 못할 거
다." 다정한 목소리였다.

그루냐가 울면서 주먹을 움켜쥐었다. "저들처럼 광기가 그
득하시군요."

"얘야, 그루냐." 드라고밀로프가 애원했다. "아름다운 광
기가 아니더냐? 꼭 광기라는 단어를 고집한다면 말이다. 여
기에서는 사유와 도덕이 지배한단다. 내 눈에는 그게 가장 고

결한 합리이자 통제로 보이는구나. 사람이 하등동물과 다른 점은 통제력이야. 지금 이 상황만 해도 그렇잖니. 저기 날 죽이려고 하는 일곱 명의 사내들이 있어. 여기엔 저들을 죽이려는 내가 있고. 하지만 대화라는 기적을 통해 우리는 휴전에 합의했다. 신뢰하는 거지. 고결한 도덕적 통제를 아름답게 보여주는 예시가 아니겠니?"

"기둥 꼭대기에 있거나 낭떠러지 동굴에서 뱀과 기거하는 은둔자들도 그런 통제를 아름답게 보여줘요." 그녀가 성마르게 응수했다. "정신병원에서 일어나는 통제도 놀라울 때가 많고요."

하지만 드라고밀로프는 물러서지 않았고 암살자들이 돌아올 때까지 웃으며 농담을 이어나갔다. 이번에도 스타킹턴이 대변인이었다.

"결론을 내렸습니다." 그가 말했다. "보스를 죽이는 게 우리의 의무입니다. 아직 도망칠 시간이 일 분 남았습니다. 일 분이 지나면 우리도 할일을 하겠습니다. 그사이 초대받지 않은 손님 두 분께서는 나가주시길 다시 한번 요청드리는 바입니다."

그루냐가 세차게 고개를 저었다. "전 무장했어요." 그녀가 위협하며 소형 자동권총을 꺼내들었다. 안전장치를 내리지 않은 탓에 그녀가 그것을 한 번도 사용해본 적이 없다는 걸 알 수 있었다.

"그것 참 안타깝군요." 스타킹턴이 유감을 표했다. "그래도 우리는 할일을 할 수밖에 없습니다."

"돌발 상황이 생기지 않을 경우에?" 드라고밀로프가 말했다.

스타킹턴은 동료들이 고개를 끄덕이는 걸 확인한 뒤 대답했다. "물론입니다, 돌발 상황이 생기지 않을 경우에……"

"자, 여기 돌발 상황이 있네." 드라고밀로프가 조용히 말문을 막았다. "내 손이 보이는가, 친애하는 스타킹턴. 무기가 들려 있지 않네. 일 분만 참게. 내 왼손 아래에 있는 책이 보일 거야. 책장 뒤편에 버튼이 있어. 책을 세게 누르면 버튼을 누를 수 있다네. 이 방은 다이너마이트 화약고야. 설명이 더 필요한가? 자네가 깔고 서 있는 양탄자를 치워보게. 그렇지, 그렇게. 이제 조심해서 그 헐거운 판자를 들어올려보게나. 나란히 놓인 막대가 보이나? 전부 연결돼 있다네."

"정말 흥미롭습니다." 안경알 너머로 다이너마이트를 내려다보던 하노버가 중얼거렸다. "이리도 간단히 죽일 수 있다니! 격렬한 화학반응이 일어나겠죠. 언젠가 시간이 나면 폭발물 연구를 해볼 생각입니다."

그 순간 홀과 그루냐는 철학자이자 암살자인 이들이 진정
으로 죽음을 두려워하지 않는다는 사실을 깨달았다. 그들이
주장한 대로 그들은 육신에 미련이 없었다. 그들의 정신 작용
은 삶의 찬미를 부르짖지 않았다. 그들이 아는 거라곤 오직
사유의 찬미였다.

"이건 예상하지 못했습니다." 그레이가 드라고밀로프에게
확언했다. "하지만 예상하지 못한 게 있으리라 생각했기에
하스를 밖에 배치한 겁니다. 우리에게서 벗어나더라도 하스
를 피하실 순 없을 겁니다."

"덕분에 생각이 나는군, 동지들." 드라고밀로프가 말했다.
"지금 하스가 숨어 있는 곳에도 전선을 설치해놨다는 사실
말일세. 그 친구가 거기 숨겨진 버튼을 실수로 건드리지 않길
바라네. 그랬다가는 우리는 이론과 함께 다 같이 폭발해버릴
테니. 아무나 나가서 하스를 데리고 들어오게. 그사이 한번
더 휴전을 하자고. 지금 상황에서 자네들한테는 다른 수가 없
을 걸세."

"한 사람에게 일곱 사람의 목숨이 걸려 있습니다." 하킨스
가 말했다. "산술적으로 말이 되지 않습니다."

"손해보는 장사죠." 브린이 동의했다.

"이렇게 하지." 드라고밀로프가 말을 이었다. "한시 정각

까지 휴전하고 나와 함께 나가서 저녁식사를 하세."

"먼저 하스가 동의해야 합니다." 올스워시였다. "지금 데리고 오겠습니다."

하스는 동의했고, 그들은 여느 친구들과 다름없이 함께 집에서 나와 업타운행 전차에 올랐다.

13

푸들독카페 독실에 마련된 테이블에 암살자 여덟 명과 드라고밀로프, 홀, 그루냐가 앉았다. 떠들썩하고 화기애애하기까지 한 저녁식사였다. 다만 하킨스와 하노버는 채식주의자였고, 루코빌은 조리한 음식을 삼가며 큰 접시에 놓인 상추와 익히지 않은 순무와 당근을 천천히 우적우적 씹었고, 올스워시는 식사 내내 견과류, 건포도, 바나나만 먹었다. 반면 소화불량을 앓는 듯한 브린은 굽지 않은 두꺼운 스테이크를 진탕 먹고, 와인을 권하자 전율했다. 드라고밀로프와 하스가 묽은 보르도산 와인을 마시는 동안 홀, 그레이, 그루냐는 부드러운 라인산 와인 1파인트를 나눠 마셨다. 마티니 두 잔으로 시작한 스타킹턴은 식사가 끝날 때까지 커다란 맥주잔에 담긴 뷔르츠부르크에 얼굴을 파묻었다.

오가는 대화는 거침이 없었지만 동지애와 애정이 묻어났다.

"틀림없이 우리에게 잡혔을 겁니다." 스타킹턴이 드라고밀로프에게 말했다. "공교롭게 따님이 도착하지만 않았더라면 말입니다."

"친애하는 스타킹턴." 드라고밀로프가 대꾸했다. "딸애가 구해준 건 바로 자네일세. 아니면 일곱 명 전부 내 손에 죽고 말았을 걸세."

"그건 아닐 겁니다." 브린이 합류했다. "제가 알기로 전선이 하스가 숨어 있던 수풀로 연결돼 있었으니까요."

"하스가 거기 있었던 건 우연이었어, 단순한 우연." 드라고밀로프는 아무렇지도 않은 듯 대답했지만 다소 풀죽은 표정을 감추지 못했다.

"언제부터 우연이 진화鎭火 요인에서 제외된 겁니까?" 하노버가 학자처럼 시작했다.

"절대 터뜨리지 못하셨을 겁니다. 보스." 하스가 말을 하는데 동시에 루코빌이 하노버를 다그쳤다. "우연이 진화 요인으로 인정된 적이 있었습니까?"

"두 분은 그저 정의定義에 이견이 있을 뿐입니다." 홀이 달래듯 말했다. "통조림 아스파라거스군요, 하노버. 알고 계셨습니까?"

하노버는 언쟁을 잊고 기겁하며 테이블에서 떨어졌다. "난 통조림 음식은 입에도 안 댑니다! 확실합니까, 홀? 확실해요?"

"종업원에게 물어보세요. 같은 답을 해줄 겁니다."

"걱정 말게, 하스." 드라고밀로프가 말했다. "다음번엔 필히 터뜨릴 테니. 그때는 자네가 훼방 놓지 못할 거야. 자네는 전선 반대쪽 끝에 있을 테니."

"세상에, 이해가 안 돼요. 말이 안 된다고요." 그루냐가 소리쳤다. "장난치는 것 같아요. 이게 진짜일 리 없어요. 다 같이 먹고 마시며 이렇게 잘 지내면서 서로 어떻게 죽일지 살갑게 얘기하다뇨." 그녀가 홀을 돌아보았다. "날 좀 깨워줘요, 윈터. 이건 꿈이에요."

"그러면 얼마나 좋겠어."

그녀가 드라고밀로프 쪽으로 몸을 돌렸다. "아, 세르기우스 삼촌, 날 깨워주세요."

"넌 지금 깨어 있단다, 그루냐."

"깨어 있다면," 그녀가 화난 듯 힘주어 말했다. "몽유병자는 내가 아니군요. 일어나세요. 제발! 지진이든 뭐든 일어나서 눈이 떠지면 얼마나 좋을까요. 아버지, 하실 수 있어요. 부디 아버지를 죽이라고 스스로 내린 명령을 거둬주세요."

"아직 모르시겠습니까? 그럴 수 없다는 걸." 맞은편 모서리에 앉아 있던 스타킹턴이 말했다.

드라고밀로프가 반대편 끝에서 고개를 저었다. "내가 한 약속을 깨뜨리면 좋겠니, 그루냐?"

"저는 무엇이 됐든 깨뜨릴 수 있습니다!" 홀이 끼어들었다. "다 제게서 비롯된 일입니다. 제가 의뢰를 철회하겠습니다. 5만 달러를 돌려주세요. 자선단체에 기부하시든지요. 아무 상관 없습니다. 전 드라고밀로프 씨가 죽는 걸 원치 않습니다."

"잊어버리셨나보군요." 하스가 그의 기억을 상기시켰다. "선생은 고객일 뿐입니다. 우리와 용역 계약을 맺으면 일정한 조건에 동의한다는 뜻입니다. 우리도 마찬가지로 일정한 조건에 동의하고요. 계약을 파기하고 싶더라도 그건 이제 선생 손에서 벗어난 일입니다. 이제 전적으로 우리에게 달려 있죠. 그리고 우리는 계약을 파기하지 않습니다. 한 번도 파기한 적 없고 앞으로도 마찬가지입니다. 누군가가 한 말을 절대적으로 신뢰하지 않는다면, 그 말이 세상을 지탱하는 뼈대처럼 단단하지 않다면, 삶에는 아무 희망이 없을 것이며, 본질이니 거짓이니 만물이 혼돈으로 곤두박질칠 겁니다. 우리는 이런 거짓을 부정합니다. 우리는 내뱉은 말은 주워담을 수 없다는 걸 관철시키기 위해 행동으로 증명합니다. 안 그렇습니까, 동지들?"

모두가 한마음으로 동의했고, 드라고밀로프가 의자에서 반쯤 일어서더니 테이블 위로 팔을 뻗어 하스의 손을 맞잡았다. 처음으로 드라고밀로프의 일관되게 단조롭던 목소리에 한껏 감정이 실리며 당당하게 다음과 같이 선언했다.

"세상의 희망이여! 고결한 집단이여! 진화의 정점이여! 옳은 통치자들과 대사상가들이여! 모든 꿈과 열망, 빛을 향해 기어올라가는 지렁이, 신의 은총과 약속이 실현되리니!"

하노버가 자리에서 일어서 지적 찬미와 유대감의 황홀경에 빠져 보스를 향해 양팔을 쳐들었다. 그루냐와 홀은 절망하며 서로를 마주보았다.

"대사상가들이라……" 홀이 무력하게 중얼거렸다.

"정신병원에 가면 대사상가들이 득실거려요." 그루냐가 매몰차게 내뱉었다.

"논리라!" 그가 코웃음쳤다.

"나도 책을 쓸 수 있겠어요." 그루냐가 거들었다. "제목은 '광기의 논리' 혹은 '왜 사상가들은 미치는가'로 짓고요."

"우리의 논리가 이토록 소명된 적은 처음입니다." 대사상가의 흥분이 사그라든 스타킹턴이 말했다.

"그 논리로 폭력을 행하시잖아요." 그루냐가 쏘아붙였다. "내가 증명하겠어요⋯⋯"

"논리로 말입니까?" 그레이가 재빨리 끼어들었다. 주위에서 와, 하고 웃음이 터지자 그루냐도 그만 웃고 말았다.

홀이 엄숙하게 손을 들고 발언할 기회를 요청했다.

"우리는 아직 바늘 끝에서 얼마나 많은 천사가 춤출 수 있는지* 논의하지 않았습니다."

"너무한 거 아닙니까!" 루코빌이 소리쳤다. "그건 구시대적 사상이에요. 우리는 학자지, 스콜라철학자가 아닙니다."

"그럼 수월하게 증명하실 수 있겠네요." 맞은편에 있던 그루냐가 쏘아붙였다. "천사건, 바늘이건, 무엇이건 말이에요."

"언제고 이 혼란스러운 상황에서 빠져나간다면," 홀이 선언했다. "논리를 포기할 겁니다. 다시는 거들떠보지도 않을 겁니다!"

"지적인 피로에서 나온 말입니다." 루코빌이 주장했다.

"진심이 아닐 겁니다." 하킨스가 거들었다. "홀 선생도 논리적이지 않고는 못 배기는 사람입니다. 그건 유산이에요. 인

---

* 비실용적인 주제로 토론을 벌이는 것을 비유할 때 쓰는 표현.

간의 유산. 논리로 인해 인간이 하등동물보다……"

"잠깐!" 하노버가 끼어들었다. "우주가 논리에 기반한다는 사실을 잊으셨습니까? 논리가 없으면 우주도 존재할 수 없습니다. 우주를 구성하는 모든 물질 하나하나에 논리가 있습니다. 분자, 원소, 전자에 논리가 있어요. 주머니 안에 내가 쓴 논문이 있는데 읽어드리겠습니다. 제목은 '전자의 논리'입니다. 여기에……"

"종업원이 왔습니다." 홀이 짓궂게 말을 잘랐다. "당연히 통조림 아스파라거스라고 하는군요."

하노버가 주머니를 뒤지다 말고 푸들독의 종업원과 관리자에 대한 비난을 늘어놨다.

"그건 논리와 거리가 멀군요." 종업원이 자리를 뜨자 홀이 빙그레 웃으며 말했다.

"뭐가 그렇다는 겁니까?" 못마땅함이 묻어나는 목소리였다.

"지금은 아스파라거스가 제철이 아니지 않습니까."

하노버가 할말을 찾는 사이 브린이 먼저 그에게 말을 걸었다.

"하노버, 아까 폭발물에 관심이 있다고 하셨죠. 제가 보편적 논리의 정수를 보여드리겠습니다. 반박의 여지가 없는 원소의 논리, 화학의 논리, 역학의 논리, 시간의 논리가 불가분적으로 결합해 인간의 지성이 존재한 이래 가장 멋진 장치로 탄생했습니다. 나도 당신의 의견에 전적으로 동의하므로 우주의 물질에 존재하는 불합리한 논리를 보여드리겠습니다."

"왜 불합리합니까?" 하노버가 남은 아스파라거스를 보고 몸서리치며 힘없이 물었다. "전자가 합리적일 수 없다고 생각하십니까?"

"나도 잘 모릅니다. 전자를 직접 본 적 없으니까요. 하지만 그게 중요한 게 아니니, 합리적이라고 칩시다. 어쨌든 이게 아마 지금까지 본 것 중에서 가장 심오한 논리이자, 가장 절대적이며 확고한 논리라는 데 동의하실 겁니다. 자, 보십시오." 브린이 벽에 걸린 외투에서 직사각형 모양의 상자를 꺼내 보였다. 상자를 열자 중간 크기의 접이식 포켓 카메라처럼 생긴 물건이 나왔다. 그 물건을 치켜든 브린의 눈동자가 감탄으로 반짝거렸다. "어떻습니까, 하노버!" 흥분한 목소리였다. "당신 말이 다 옳아요. 이걸 좀 보십시오! 이 유창한 목소리의 소유자, 함부로 놀리는 혀와 충돌하는 신념의 진압자, 최후의 심판자를 말입니다. 이것이 최후의 한마디를 남기려 입을 열면 왕과 황제, 사기꾼과 위조자, 서기와 바리새인, 모든 부정한 사상가들이 입을 다뭅니다. 영원히 침묵합니다."

"그럼 입을 열게 하십시오." 하스가 활짝 웃었다. "하노버도 침묵시킬지 누가 압니까."

웃음소리가 잦아들면서 사람들의 시선이 그 물건을 손에 올려놓고 골똘히 생각에 잠긴 척하는 브린에게 향했다. 주위가 조용해지자 비로소 그들은 그의 의도를 알아차렸다.

"좋습니다." 그가 운을 뗐다. "이제 입을 열게 하죠." 그러더니 조끼 주머니에서 평범해 보이는 포금砲金 시계를 꺼냈다. "이건 알람시계입니다. 십칠 석石 구동장치를 갖춘, 스위스 엘진사 제품이죠. 봅시다. 자정이군요. 휴전은……"―그가 드라고밀로프를 향해 고개를 끄덕였다―"한시 정각에 만료됩니다. 자, 정확히 한시 일분으로 맞추겠습니다." 그는 카메라처럼 생긴 그 물건에 난 구멍을 가리켰다. "여기를 잘 보십시오. 이 시계가 들어갈 수 있게 특별히 고안한 자리입니다. 들으셨습니까? 특별히 고안했다고 했습니다. 그럼 이제 시계를 집어넣겠습니다. 딸각하는 금속음을 들으셨나요? 자동 잠금장치입니다. 이제 어떤 힘으로도 이 시계를 꺼낼 수 없습니다. 나도 못 꺼냅니다. 자, 법령이 포고됐습니다. 이제 돌이킬 수 없어요. 목소리만 빼고 전부 내가 만들었습니다. 목소리는 지난해 사망한 위대한 일본인 나카토다카의 목소리입니다."

"녹음기로군." 하노버가 투덜거렸다. "폭발물인 줄 알았습니다."

"나카토다카의 목소리가 폭발물입니다." 브린이 설명했다. "기억하실지 모르겠지만, 나카토다카는 실험실에서 자신의 목소리 때문에 사망했습니다."

"포르모스!" 하스가 고개를 끄덕였다. "이제 기억납니다."

"나도 기억나." 홀이 그루냐에게 말했다. "나카토다카는 훌륭한 화학자였어."

"죽으면서 비밀도 함께 묻혔다고 들었는데." 스타킹턴이 말했다.

"세상엔 그렇게 알려져 있죠." 브린이 대답했다. "하지만 일본 정부가 찾아낸 제조법을 한 혁명론자가 전쟁부에서 훔쳐 왔습니다." 그의 목소리가 자부심으로 부풀었다. "이게 바로 미국 땅에서 처음으로 만들어진 포르모스입니다. 제가 만들었습니다."

"세상에나!" 그루냐가 소리쳤다. "그게 터지면 우리도 다 죽겠군요!"

브린이 흐뭇하게 고개를 끄덕였다.

"여기 남아 있으면 그렇게 되겠죠." 그가 말했다. "이 동네 사람들은 지진이 일어났거나 또 무정부주의자들이 난동을 피웠다고 생각할 겁니다."

"그만두세요!" 그녀가 명령했다.

"그럴 순 없습니다. 그게 이 장치의 묘미입니다. 하노버에게 얘기한대로 이 장치에는 화학의 논리, 역학의 논리, 시간의 논리가 불가분적으로 결합돼 있습니다. 이제 그 결합을 해체할 수 있는 힘은 우주 어디에도 존재하지 않습니다. 어떤 시도도 폭발을 촉진할 뿐입니다."

그루냐는 홀의 팔을 잡고 난감한 눈빛으로 그를 바라보았지만, 하노버는 안경 긴 눈으로 그 극악무도한 장치 주위를 서성대며 또다시 황홀경에 빠졌다.

"대단하군요! 정말 대단합니다! 브린, 축하합니다. 이제 국제 문제가 해결되고, 세상이 좀더 고결하고 품위 있는 기반을 마련할 수 있게 됐군요. 히브리어는 오락거리에 불과합니다. 이게 효율적입니다. 앞으로 폭발물 연구에 전념할 생각입니다…… 루코빌, 할말이 없으시겠습니다. 원소에도, 합리와 논리에도 도덕이 존재하는군요."

"잊으신 게 있습니다. 친애하는 하노버." 루코빌이 화답했다. "이 원리와 화학, 시간이라는 관념 뒤엔 인간의 정신이 고안하고 통제하고 활용하는……"

말이 미처 끝나기도 전에 홀이 자리를 박차고 일어섰다.

"다들 제대로 미쳤군요! 마치 조개처럼 자리에서 꼼짝도

하지 않고요! 저 빌어먹을 물건이 곧 터지리라는 걸 모르시는 건가요?"

"한시 일분까지는 괜찮습니다." 하노버가 부드럽게 일깨웠다. "게다가 브린이 이걸로 무엇을 할지 아직 모르고요."

"의식 없는 물질과 눈먼 힘을 작동시키는 게 인간의 정신이니까요." 루코빌이 이죽거렸다.

스타킹턴이 맞은편에서 홀 쪽으로 몸을 기울인 채 목소리를 깔고 말했다. "이 장면을 무대에 올려서 월스트리트의 사람들에게 보여주면 한바탕 난리가 날 겁니다."

홀은 그 말을 못 들은 척했다.

"브린 선생, 어쩔 셈입니까? 나와 그루냐는 지금 당장 여기서 벗어날 겁니다."

"시간은 충분합니다." 나카토다카 목소리의 수호자가 답했다. "제 계획을 말씀드리죠. 휴전은 한시에 만료됩니다. 난 지금 친애하는 보스와 문 사이에 있습니다. 보스는 벽을 통과할 수 없고 난 문을 지킬 겁니다. 다 나가셔도 되지만 난 보스와 여기 남겠습니다. 시한폭탄이 이미 돌아가고 있고, 그걸 막을 수 있는 건 아무것도 없습니다. 휴전이 끝나고 일 분이 지나면 우리가 수락한 마지막 의뢰가 마무리될 겁니다. 실례합니다만, 친애하는 보스, 드릴 말씀이 있습니다. 나조차도

이 장치의 작동을 멈출 수 없다고 말씀드렸습니다. 하지만 더 가속화할 순 있어요. 제가 이 오목한 곳에 엄지를 대고 있는 게 보이십니까? 버튼 위에 살짝 올리고 있습니다. 힘을 주면 그 즉시 폭발할 겁니다. 자, 고결하고 논리적인 우리의 동지 보스께서 이 문을 나가려는 어떤 시도라도 하신다면 우리뿐 아니라 따님과 임시 사무장도 다 같이 죽게 될 겁니다. 그러니 자리에 가만히 계십시오. 하노버, 제조법은 안전한 곳에 뒀습니다. 난 이곳에 남아 한시 일분에 보스와 함께 가겠습니다. 내 침실에 있는 서류 보관함 첫번째 서랍에 제조법이 있습니다."

"어떻게 좀 해봐요!" 그루냐가 홀에게 간청했다. "어떻게든 막아야 해요."

홀은 와인잔을 한쪽으로 치운 뒤 테이블을 짚고 다시 한번 자리에서 일어섰다.

"드릴 말씀이 있습니다." 나지막한 목소리였지만 그 즉시 사람들이 예의바르게 그를 주목했다. "난 살인을 혐오했지만, 지금까지 여러분을 행동하게 만든 이상을 존중할 수밖에 없었습니다. 하지만 이젠 여러분의 동기가 의심스럽습니다."

그는 자신을 주시하던 브린을 돌아보았다.

"말씀해보십시오." 홀이 채근했다. "정말 자신이 죽어 마땅하다고 생각하십니까? 보스를 암살하는 일에 당신의 목숨을 바치면, 그건 '내 손으로 행하는 살인은 피해자의 범죄에 의해 정당화돼야 한다'는 신조를 굽히는 게 아닙니까? 무슨 죄를 저질렀기에—스스로 내리는—이 형벌이 정당하다는 겁니까?"

이 노련한 주장에 브린이 빙긋 웃었다. 다른 이들은 얌전히 귀를 기울였다.

"그런데 말입니다." 세균학자가 기쁘다는 듯 설명을 시작했다. "암살국에 소속된 사람들은 임무를 수행하면서 자기 목숨을 잃을 수 있다는 사실을 인지하고 있습니다. 우리가 하는 일에 으레 따르는 위험이죠."

"네, 돌발 상황으로 인한 사고사일 경우엔 그렇겠죠." 홀이 조용히 응수했다. "그런데 우리는 지금 계획된 죽음, 그것도 무고한 사람의 계획된 죽음에 대해 얘기하고 있지 않습니까. 선생 얘기입니다. 이건 선생이 세운 원칙을 스스로 어기는 셈이 됩니다."

잠시 다들 말없이 생각에 잠겼다.

"틀린 말은 아닙니다, 브린." 그레이가 마침내 운을 뗐다. 그는 지금까지 이마를 찡그린 채 두 사람의 입씨름을 듣고 있었다. "안됐지만 당신이 제시한 해법을 용인하기 힘들 것 같습니다."

"그렇다고 해도 말입니다." 루코빌도 한마디했다. "이렇게 생각해볼 수도 있지 않을까요? 무고한 사람을 죽게 하는 것이 곧 원칙을 포기하는 것이니 그것으로 브린의 죽음이 정당화될 수 있는 거죠."

"연역추리입니다." 하스가 성마르게 내뱉었다. "말치레라고요. 다 쳇바퀴식 논쟁입니다. 브린은 죽기 전까지 무죄이고, 무죄라면 죽음을 정당화할 수 없습니다."

"미쳤어!" 그루나가 속삭였다. "다들 단단히 미쳤어요!"

그녀는 풍성한 테이블을 빙 둘러싼 생기 넘치는 얼굴들을 경외에 찬 눈빛으로 바라보았다. 그들은 마치 학회에 참석한 학자들처럼 결연한 눈빛이었다. 째깍거리는 치명적인 시한폭탄의 존재는 조금도 신경쓰지 않는 것 같았다. 브린이 버튼에서 엄지를 뗐다. 그는 차례차례 자신의 주장을 반박하는 사람들을 흥미롭게 주시했다.

"한 가지 대안이 있습니다." 하킨스가 등받이에서 몸을 떼고 논쟁에 합류했다. "휴전중에 폭탄을 작동시킴으로써 브린은 약속을 어긴 셈이 됩니다. 그것으로 브린이 생각하는 만큼 큰 처벌을 받아야 한다고 말하려는 건 아니지만 그가 우리 조직의 엄격한 도덕 규칙을 넘어서는 잘못된 행동을 한 건 명백한 사실입니다……"

"맞소!" 소리치는 브린의 눈이 반짝반짝 빛났다. "그 말이 맞습니다. 바로 그겁니다! 휴전중에 폭탄을 작동시키는 죄를 지은 것입니다. 따라서 저는 유죄이며 죽어 마땅합니다." 그가 벽시계를 힐끗 쳐다보았다. "정확히 삼십 분 뒤에……"

하지만 드라고밀로프에게서 잠시 눈을 뗀 게 치명적인 결과로 이어졌다. 마치 코브라가 공격하듯 조직 옛 수장의 힘센 손이 재빠르게 브린의 목덜미에서 급소를 찾아냈다. 일본식 급소 공격은 그 자리에서 효과를 나타냈다. 눈 깜짝할 사이에 브린의 손이 작은 폭탄 위에서 힘없이 축 늘어지더니 곧이어 온몸이 맥없이 바닥으로 미끄러지듯 내려왔다. 그와 거의 동시에 벽에서 외투를 낚아챈 드라고밀로프가 어느덧 문가에 서 있었다.

"배에서 보자꾸나, 그루냐." 그 말을 남기고 드라고밀로프는 다른 사람들이 미처 움직이기도 전에 사라졌다.

"잡아야 합니다!" 하킨스가 벌떡 일어서서 소리쳤다. 하지만 그는 곧 존 그레이의 큰 키에 가로막혔다.

"아직 휴전중입니다!" 그레이가 엄한 목소리로 상기시켰다. "브린은 그걸 무시하는 바람에 큰 대가를 치렀습니다. 약속은 아직 이십 분 남았습니다."

긴 테이블의 한쪽 끝에서 냉정한 눈으로 전부 지켜보고 있던 스타킹턴이 마침내 고개를 들고 입을 열었다.

"폭탄 문제가 남았습니다." 조용한 음성이었다. "아쉽게도 우리의 격론은 다음으로 미뤄야 할 것 같군요. 이제 정확히……" 그가 벽시계를 바라보았다. "십팔 분이 지나면 폭탄이 터질 겁니다."

하스가 허리를 굽혀 느슨해진 브린의 손에서 작은 상자를 집어들었다.

"방법이 있을 겁니다……"

"브린이 분명히 없다고 말했습니다." 스타킹턴이 메마른 목소리로 대꾸했다. "난 그 말을 믿습니다. 브린은 과학과 관련된 얘기를 할 때 결코 모호하게 말하지 않습니다." 그가 자리에서 일어섰다. "시카고 지부장으로서 대폭 감소한 우리 병력을 총지휘하겠습니다. 하킨스, 올스워시와 함께 폭탄을 가지고 최대한 빨리 만안灣岸으로 가주세요. 이곳에 계속 둬서 무고한 사람들의 목숨을 앗을 순 없습니다."

그는 두 사람이 외투를 챙겨서 죽음의 포르모스 시한폭탄을 가지고 나갈 때까지 기다렸다.

"우리의 훌륭한 전직 보스께서 배를 언급하셨습니다." 그가 차분히 말을 이었다. "예전부터 그게 샌프란시스코에 온 이유일 거라고 생각했는데, 아까 한 말을 들으니 틀림없습니다. 아름다운 따님께 배 이름을 실토하게 할 수 없으니 다른 방법을 강구해야 합니다. 하스……?"

"물때에 맞춰 오전에 출항하는 증기선은 딱 세 척입니다." 하스가 거의 기계적으로 답했다. 그루냐는 그의 불룩 솟은 이마 뒤에 저장된 풍부한 정보에 감탄하지 않을 수 없었다. "남은 인원으로 얼마든지 샅샅이 뒤질 수 있을 겁니다."

"좋습니다." 스타킹턴이 동의했다. "배 이름이……?"

"오클랜드에 아거시호, 젠슨 부두에 이스턴클리퍼호, 상업 부두에 타쿠마루호가 정박해 있습니다."

"그렇군요. 그렇다면 루코빌, 아거시호를 맡아주시오. 하스는 타쿠마루호가 좋을 것 같군요. 그레이, 이스턴클리퍼호입니다."

세 사람이 기민하게 일어섰지만 스타킹턴이 자리에 앉으라고 손짓했다.

"조수가 들어오려면 아직 멀었습니다, 여러분." 느긋한 목소리였다. "게다가 휴전이 끝나려면 아직 십이 분이 남았습니다." 그의 시선이 바닥에 아무렇게나 널브러진 브런의 시신을 향했다. "여기 있는 소중한 친구도 처리해야 합니다. 운 나쁘게 심장마비에 걸린 걸로 하죠. 하노버, 전화를 좀 걸어

주면…… 고맙습니다."

그가 손을 뻗어 테이블 위에 있는 와인 목록을 집어들었다.

"그게 끝나면 브랜디를 마십시다. 묵직한 놈으로 말입니다. 스페인산이면 좋겠군요. 식후에 마시기 딱 좋습니다. 마시면서 가장 힘든 임무를 무사히 마칠 수 있길 기원합시다. 그리고 그 임무를 가능하게 만든 사람을 위해 건배합시다."

홀은 이 자조 섞인 끔찍한 농담에 제동을 걸려고 했지만 미처 입을 떼기도 전에 스타킹턴의 차분한 음성이 다시 들렸다.

"건배합시다, 여러분. 이반 드라고밀로프를 위해!"

14

윈터 홀은 뒤늦게 도착했지만 두둑한 지갑 덕에 어렵지 않게 사무장을 설득해 이스턴클리퍼호에 탑승할 수 있었다. 그는 그전에 잠시 호텔에 들러 가방을 챙겼고, 날이 밝는 대로 짧은 서신이 전달될 수 있도록 조치를 취했으며, 트랩에서 안절부절못하는 그루냐와 만났다. 그가 뱃삯을 지불하는 동안 그루냐는 선실로 내려가 아버지에게 홀의 탑승을 알렸다. 드라고밀로프의 얼굴에 장난기 넘치는 미소가 번졌다.

"내가 화라도 낼 줄 알았니, 딸아?" 그가 물었다. "못마땅해하거나 놀랄 줄 알았니? 내 품에 돌아온 딸과 오롯이 여행하는 것도 즐겁겠지만, 행복해하는 딸과 여행하면 더더욱 즐거울 것 같구나."

"늘 저를 행복하게 해주셨잖아요, 삼촌—아니, 아버지."
그녀가 뾰로통하게 말했다. 하지만 그녀의 두 눈은 반짝반짝
빛나고 있었다.

드라고밀로프가 웃었다.

"얘야, 아버지가 더이상 행복을 줄 수 없을 때가 찾아온단
다. 자, 난 이제 눈을 좀 붙여야겠다. 참 고단한 하루였어."

그루냐가 그에게 다정하게 입맞춤한 뒤 돌아서 나가려는
찰나 잊고 있던 기억이 되살아났다.

"아버지." 그녀가 소리쳤다. "암살국이요! 아침에 출항하
는 선박을 전부 조사할 거라고 했어요."

"그야 당연하지." 그가 부드럽게 말했다. "제일 먼저 그렇게
할 거다." 그는 다시 그녀의 볼에 입맞춤한 뒤 방문을 닫았다.

그루냐는 갑판으로 올라가 홀을 찾았다. 두 사람은 난간 앞
에서 나란히 손을 잡고서, 잠든 도시의 불빛을 응시했다. 홀
의 손에 힘이 들어갔다.

"정말로 일 년이어야 해?" 침울한 목소리였다.

"이제 겨우 석 달 남은 걸요." 그녀가 웃었다. "조급해하지
말아요." 그녀의 얼굴에서 미소가 사라졌다. "사실 이건 내게
더 잘 어울리는 조언이지만요."

"그루냐!"

"사실이에요." 그녀가 인정했다. "아, 윈터, 정말이지 당신과 너무나 결혼하고 싶어요!"

"내 사랑! 내일 당장 선장 앞에서 결혼할 수도 있어!"

"그건 안 돼요. 나도 똑같이 미친 건지도 몰라요. 내가 한 약속을 번복하지 않겠어요." 그녀가 진지하게 그를 바라보았다. "일 년이 지나기 전에는 당신과 결혼하지 않겠어요. 그리고 만일 그전에 아버지에게 무슨 일이라도 생기면……"

"아무 일 없을 거야." 홀이 단언했다.

그녀가 가만히 그를 응시했다.

"끝까지 아무 일도 일어나지 않게 하겠다는 약속은 하지 않는군요."

"내 사랑, 그럴 수 없어." 홀의 시선은 난간 너머의 어두워진 바다를 향했다. "그 광신도들은—이 범주에 당신 아버지를 포함시키지 않을 수 없군—자신들의 위험한 게임에 누군가가 끼어들게 내버려두지 않을 거야. 그 사람들에게 이건 바로 그런 거야. 하나의 게임."

"승자가 없는 게임이요." 그녀가 슬픔에 찬 목소리로 수긍하며 자신의 손목시계를 내려다보았다. "너무 늦었어요. 이제 자러 가겠어요. 아침에 볼 수 있는 거죠?"

"이렇게 작은 증기선에서 날 피할 순 없을 걸." 그는 웃음을 터뜨린 뒤 고개를 숙여 열정적으로 그녀의 손에 입술을 맞췄다.

무더운 선실로 들어온 드라고밀로프는 걸쇠를 풀고 창문을 활짝 열었다. 그의 선실은 부둣가와 다닥다닥 붙어 있는 정체를 알 수 없는 창고들에 면해 있었다. 빛이라곤 밤바람에 간당대는 작은 전구들에서 새어나오는 불빛이 전부였다. 문을 열어도 나아지지 않았다. 후텁지근하고 고요한 밤이었다.

그는 어둠 속에서 황동 창틀에 기대 크게 심호흡했다. 지난 아홉 달 동안 겪은 일들과 아슬아슬하게 살아남은 순간들이 머릿속을 스쳤다. 그는 정신적으로, 육체적으로 고단했다. 나이는 어쩔 수 없다는 생각이 들었다. 삶의 등식에서 두뇌의 힘만으로 통제와 평가가 불가능한 변수가 있다면 바로 나이였다. 그래도 앞으로 열흘 간은 스트레스를 받지 않을 수 있었다. 열흘간 쾌적하게 항해하며 기력을 회복하면 된다. 그런데 갑자기 아래쪽 그림자에서 익숙한 목소리가 들렸다.

"확실합니까? 드라고밀로프입니다. 이 배에 타고 있을 가능성이 매우 큽니다."

"확실합니다." 사무장이 답했다. "승객 중에 그런 이름은 없습니다. 우리가 연방정부에 최대한 협조한다는 사실을 잘 아시지 않습니까."

어두운 방안에서 안전하게 몸을 숨긴 드라고밀로프가 빙긋 웃었다. 모든 감각이 명료해지면서 피곤함이 사라졌다. 그는 아래쪽에서 들려오는 소리에 귀를 쫑긋 세웠다. 그레이가 연방 관리로 위장한 건 탁월한 선택이었다. 생각해보면 그레이는 조직 내에서 언제나 자신의 역할을 지나치리만치 충실하게 해냈다.

"그자가 본명을 쓰지 않았을 수도 있습니다." 그레이가 밀어붙였다. "체구가 작고, 자칫 허약해 보일 수 있는 외모에 ─ 하지만 단언컨대, 절대 허약하지 않습니다 ─ 딸과 함께 여행중입니다. 그루냐라는 아가씨인데 꽤 미인입니다."

"딸과 여행중인 신사분이 한 분 계시기는 한데……"

드라고밀로프의 미소가 깊어졌다. 그는 어둠 속에서 자신의 작지만 힘센 손가락을 쥐었다 펴며 풀었다.

밑에서 잠시 정적이 흘렀다. 고심 끝에 그레이가 운을 뗐다.

"괜찮으시다면 좀더 살펴보고 싶군요. 그분의 선실 번호를 알려주시겠습니까?"

"물론입니다. 잠시만 기다리십시오. 여기 ─ 31호 ─ 입니다. 아래층입니다." 사무장이 머뭇거렸다. "만약 찾으시는 분이 아니라면……"

"정중히 사과하겠습니다." 차가운 목소리였다. "연방정부
는 무고한 사람을 곤란하게 만드는 일에 관심이 없습니다. 하
지만 할일을 하는 수밖에 없군요."

트랩 아래 있던 그림자 두 개가 떨어지더니 키 큰 그림자가
또다른 그림자를 지나쳐 성큼성큼 계단을 올랐다.

"고맙지만 제가 직접 찾겠습니다. 굳이 자리를 비우실 필
요 없습니다."

"그러죠. 부디……"

그레이는 이미 그의 말이 들리지 않는 곳에 있었다. 순식간
에 갑판에 다다른 그는 재빨리 내부 통로로 연결되는 문 쪽으
로 갔다. 안에 들어서자마자 그는 곧장 눈앞의 선실 번호를
확인했다. 108호라는 걸 보곤 지체 없이 한 층 아래로 내려갔
다. 그곳에서 번호가 두 자리 숫자인 걸 본 그는 싱긋 웃고 나
서 방문을 일일이 확인하며 조용한 복도를 따라 걸었다.

모퉁이를 돌자 좁직한 벽감에 31이라고 적힌 문이 나타났
다. 그는 벽에 몸을 바싹 붙이고 다음 행동을 계획했다. 그는
드라고밀로프를 과소평가하지 않았다. 그에게서 논리, 윤리,
도덕의 아름다움뿐 아니라 재빠르게 상대를 강타해 한번에
목을 부러뜨리는 방법까지 전수받았기 때문이다. 갑자기 배

에서 강한 진동이 느껴지자 그의 몸이 꼿꼿해졌다. 하지만 그 진동은 아래의 거대한 엔진이 출항을 앞두고 시동 운전을 시작한 탓이었다.

아무도 없는 조용한 복도에서 그레이는 권총을 사용할까 생각하다가 이내 그 생각을 접었다. 사방이 막힌 만큼 요란한 소리가 날 테고, 그만큼 도망치기도 힘들 터였다. 대신 팔뚝에 찬 권총집에서 날카롭고 얇은 칼을 빼냈다. 그러고는 확인차 엄지로 칼날을 슥 훑었다. 이상이 없는 걸 확인한 뒤에는 날이 위를 향하게 꽉 쥔 다음 마스터키를 쥔 다른 손을 살며시 잠금장치로 가까이 가져갔다.

그는 마지막으로 복도에 아무도 없는지 재빨리 확인했다. 승객들은 모두 잠들었다. 그는 최대한 소리를 내지 않으며 구멍에 열쇠를 집어넣고 천천히 돌렸다.

생각지도 못하게 갑자기 문이 안쪽으로 벌컥 열렸다. 몸의 균형을 바로잡을 새도 없이 그는 방안으로 끌려들어갔다. 곧이어 강력한 손가락이 칼을 쥐고 있던 그의 손을 옥죄었다. 하지만 그레이는 언제나 신속하게 반응했다. 상대를 자기 쪽으로 당기는 대신 체중을 실어 상대의 공격에 맞서 온 힘을 다해 앞으로 밀고 나갔다. 두 사람은 결국 선창 아래의 침대로 굴러떨어졌다. 그레이가 벌떡 일어서 한쪽으로 몸을 틀면서 손아귀에 칼을 다시 세게 쥐었다. 드라고밀로프도 일어서서는 팔을 앞으로 쭉 뻗고 힘이 들어간 손가락은 상대의 급소를 노렸다.

한동안 그들은 거리를 유지한 채 가쁜 숨을 몰아쉬었다. 부둣가에 매달린 작은 전구들이 방안에 괴기스러운 그림자를 만들어냈다. 바로 그때 그레이가 번개처럼 빠르게 팔을 앞으로 휘둘렀다. 어둠 속에서 칼날이 스치며 휘익 소리가 들렸다. 하지만 칼날은 허공을 갈랐다. 그사이 드라고밀로프가 몸을 낮추고 상대가 머리 위로 휘두르는 팔을 잡고 비틀었다. 그레이는 억누른 비명을 지르며 칼을 떨어뜨리고 작은 체구의 남자 위로 쓰러지면서도 남은 한 팔로 상대의 목을 잡으려고 안간힘을 썼다.

격렬하고도 소리 없는 싸움이 이어졌다. 훈련된 두 명의 암살자는 서로의 능력을 잘 알 뿐 아니라, 똑같이 상대를 죽이는 게 필요한 동시에 옳은 일이라고 굳게 믿었다. 잡고 잡히는 일이 반복됐다. 두 사람의 일본식 살인기술 실력이 막상막하인데다 파괴적이었기 때문이었다. 바닥 아래서 거대한 피스톤들이 천천히 돌아가며 내는 덜커덩 소리가 점점 커졌다. 선실에서의 격전은 좀처럼 끝나지 않았다. 엎치락뒤치락하는 사이 그들의 헐떡이는 숨소리는 이제 증기선의 엔진 소리에

묻히고 말았다.

요동치는 발에 부딪혀 열려 있던 선실 문이 쾅 닫혔다. 몸을 굴려 공격을 피하려는 순간, 그레이는 자신이 놓친 칼이 견갑골을 파고드는 걸 느꼈다. 그는 등을 활처럼 구부린 채 바닥을 구르면서 한 손으로는 드라고밀로프의 공격을 피하고 다른 한 손으로는 칼을 찾아 이리저리 헤맸다. 마침내 그의 손가락 끝에 무기가 닿자 그는 온몸을 비틀어 칼을 뽑아낸 뒤 휘두르다가 있는 힘껏 앞으로 쭉 뻗었다. 그러자 부드러운 뭔가가 칼에 박히는 걸 느끼고 순간 긴장을 풀었다. 때를 놓치지 않고 드라고밀로프의 손가락이 기다렸다는 듯 급소를 눌렀다. 그레이는 마지막 남은 힘을 쥐어짜 침대 매트리스에 박힌 칼을 빼내려고 애쓰다 뒤로 고꾸라졌다.

드라고밀로프는 비틀거리며 일어서서 좁은 침대 아래쪽에 나부라진 옛 친구의 어두운 형체를 침울하게 내려다보았다. 그는 닫힌 창문에 기대 숨을 가다듬으며 세월과 함께 현저히 꺾여버린 자신의 전투력을 자각했다. 그는 녹초가 된 채로 얼굴을 쓸었다. 어찌됐든 그 자신은 그레이의 공격에 굴복하지 않았으며, 그레이는 다른 조직원들과 똑같이 죽어 있었다.

갑자기 누군가가 문을 두드리는 소리에 그는 퍼뜩 정신이 들었다. 얼른 몸을 굽혀 시신을 굴려 침대 밑에 숨긴 뒤 문 앞에 섰다.

"무슨 일이오?"

"콘스탄틴 씨? 잠시 얘기 좀 나눌 수 있을까요?"

"잠시 기다리시오."

그는 선실 불을 켰다. 재빨리 방을 훑었지만 수상한 점은
딱히 보이지 않았다. 의자를 똑바로 세우고, 담요로 찢어진
매트리스를 가린 뒤 가운을 걸쳤다. 마지막으로 한번 더 방안
을 둘러보고 아무 이상 없음을 확인한 뒤 그는 문을 빼꼼 열
고 사무장 앞에서 크게 하품했다.

"무슨 일입니까?"

사무장은 당황한 듯 보였다.

"그레이 씨 말입니다. 혹시 이곳에 왔습니까?"

"아, 그분 말이군. 그렇소, 왔었소. 근데 솔직히 그런 일로
귀찮게 하다니 좀 그렇더군. 드라고모비치였나, 하여튼 그런
사람을 찾고 있던데. 사과하고 돌아갔소. 근데 무슨 일이오?"

"배가 곧 출항하거든요. 그전에 내렸겠죠? 제가 이곳으로
내려오는 사이에 말입니다."

드라고밀로프는 한번 더 하품하고 차가운 눈길로 사무장을
바라보았다.

"난 모르겠소. 자, 그럼 이만. 좀 쉬어야겠소."

"알겠습니다. 죄송합니다. 가보겠습니다."

드리고밀로프는 문을 잠근 뒤 다시 불을 껐다. 그는 선실에 마련된 작은 의자에 앉아 잠긴 창을 바라보며 생각에 잠겼다. 내일이면 너무 늦을 것이다. 승무원들이 선실을 청소하러 올 것이다. 아침도 늦다. 일찍 일어나 갑판 위를 산책하는 사람들이 있기 때문이다. 모든 위험을 무릅쓰고라도 지금이어야만 했다. 그는 끈기 있게 배가 출발하기를 기다렸다.

홋줄이 풀리고 배가 출항할 준비를 하며 갑판에서 사람들의 목소리가 들렸다. 엔진이 우렁차게 돌아가며 미세한 움직임이 선실까지 전달됐다. 머리 위로 희미하게 쿵쿵대는 소리가 들렸다. 선원들이 뛰어다니며 권양기를 감고 함께 대양을 횡단할 강철 괴물의 요구에 순응하고 있었다.

갑판에서 외치는 소리가 잦아들었다. 드라고밀로프는 조심스럽게 창문의 걸쇠를 풀고 고개를 내밀었다. 배와 부두 사이의 물길이 점점 늘어나고 있었다. 창고를 따라 줄지어 선 불빛들이 점점 희미해졌다. 위에서 들리는 발소리에 귀를 기울였지만 아무 소리도 나지 않았다. 그는 하던 일로 돌아가 숨겨둔 시신을 꺼내 가볍게 들어서 침대에 올렸다. 마지막으로 한번 더 해안에 아무도 없는 걸 확인한 뒤, 축 늘어진 팔부터 시작해 몸통을 창문 사이에 밀어넣었다. 희미한 첨벙 소리와 함께 시신이 바다로 떨어졌다. 혹시 위에서 소리가 나는지 기다렸지만 아무 소리도 들리지 않았다. 그는 굳은 표정으로 창문을 잠근 뒤 가림막을 단단히 여미고 다시 불을 켰다.

잠자리에 들기 전 마지막 점검을 해야 했다. 그만큼 드라고밀로프는 빈틈이 없었다. 칼을 여행가방에 넣은 뒤 잠갔다. 매트리스를 뒤집어서 시트를 바싹 밀어넣어 찢어진 부분을 감췄다. 러그도 정돈했다. 선실 안이 전과 같은 모습으로 돌아오자 드라고밀로프는 긴장을 풀고 천천히 옷을 벗었다.

분주한 밤이었다. 하지만 그의 거침없는 여정은 한 발짝 더 앞으로 나아갔다.

15

루코빌이 스타킹턴이 묵는 호텔방 문을 세차게 두드렸다. 문이 열리자 그는 안으로 들어가 말없이 테이블에 신문을 내려놨다. 스타킹턴의 시선이 곧장 암울한 헤드라인으로 향했고, 그는 섬뜩한 소식을 재빠르게 읽어내려갔다.

원인불명 폭발로 두 명 사망

8월 15일: 오늘 새벽 만안 지역 인근 워스 스트리트에서 원인을 알 수 없는 폭발 사고가 일어나 신원미상의 남성 두 명이 안타깝게 사망했다. 인접한 건물 유리창이 깨지고, 그 시각 거리를 지나가던 것으로 추정되는 남성 두 명이 목숨을 잃을 만큼 과격한 폭발이었지만 경찰은 이렇다 할 단서를 찾지 못하고 있다.

폭발력이 엄청났던 탓에 희생자들의 신원을 밝히기 힘들어졌다. 현장에서 특이하다고 할 만한 작은 철제 상자 파편이 발견됐는데, 경찰은 그 크기로 보아 해당 물체가 폭발과 연관됐을 가능성은 없다고 주장했다. 현재까지도 당국은 곤혹스러워하고 있다.

"하킨스, 올스워시!" 스타킹턴이 이를 꽉 물었다. "어서 다른 사람들을 불러모으십시오!"

"하스와 하노버에게 전화했습니다." 루코빌이 대답했다. "곧 이리로 올 겁니다."

"그레이는 어떻게 됐습니까?"

"호텔방에 전화했는데 받지 않았습니다. 오늘 아침에 지난밤 조사한 배에 대해 보고하기로 했는데 좀 이상합니다."

"아거시호는 수상한 점 없었습니까?"

"전혀요. 하스도 타쿠마루호에서 별다른 점을 찾지 못했습니다."

두 사람은 말없이 서로를 바라보며 같은 생각을 했다.

"그렇다면……?" 스타킹턴이 먼저 입을 뗐다. 그때 다급하게 문을 두드리는 소리가 들렸다. 둘 중 한 명이 대답하기도 전에 벌컥 문이 열리더니 하노버와 하스가 나타났다.

하스가 부리나케 달려와 테이블에 다른 신문을 내려놨다.

"보셨습니까?" 그가 소리쳤다. "그레이가 죽었습니다!"

"죽었다고요?"

"이스턴클리퍼호가 정박해 있던 젠슨 부두에서 둥둥 뜬 채로 발견됐어요! 드라고밀로프가 그 배에 있습니다. 이미 출항했어요!"

잠시 충격으로 인한 정적이 찾아왔다. 스타킹턴이 의자로 걸어가 천천히 앉았다. 그는 딱딱하게 굳은 동료들의 표정을 살핀 뒤 이윽고 입을 열었다.

"자, 여러분." 달래는 듯한 목소리였다. "우리는 지금 말살되고 있습니다. 이제 암살국에서 남은 조직원은 이 방에 있는 사람이 전부입니다. 지난 열두 시간 동안 조직원 세 명이 죽었습니다. 지금껏 우리가 기울여온 모든 노력을 마무리해준 성공은 어디로 갔습니까? 그 모든 게 한번에 사라질 수 있는 겁니까?"

"인간의 무류無謬에도 한계가 있지 않겠습니까?" 하스가 제동을 걸었다. "하킨스와 올스워시의 죽음은 사고로 인한 것이었습니다."

"사고라고요? 설마 정말로 그렇게 생각하는 건 아니겠죠, 하스. 그건 아닐 겁니다. 사고라는 건 없습니다. 삶을 통제할 수 없다면 아무것도 통제할 수 없습니다."

"적어도 그렇게 믿어야 합니다. 그렇지 않으면 우리에겐 어떤 믿음도 없을 테니까요." 루코빌이 무미건조하게 말했다.

"벽시계가 잘못된 게 틀림없습니다!" 하스가 굽히지 않았다.

"그렇긴 합니다만," 스타킹턴이 인정했다. "기계장치에 의존해서 실패한 걸 사고라고 할 수 있습니까? 발명은 말입니다, 친애하는 하스. 사상가가 아닌 행동가가 하는 일입니다."

"말도 안 되는 소리." 하스가 코웃음을 쳤다.

"전혀 그렇지 않습니다. 기계에서 해결책을 찾는 것으로 문제를 합리화하는 건 정신적 무능입니다. 예컨대 벽시계를 보십시오. 정확한 시간을 알아서 시간의 문제가 해결됐습니까? 지금이 열시 팔분이라는 걸 알아서 아름다움이나 도덕성 측면에서 어떤 이득이 있습니까?"

"지나친 단순화입니다." 하스가 대꾸했다. "언젠가 시계가 설욕할 날이 있을 겁니다."

하노버가 몸을 앞으로 내밀었다.

"행동가들을 비웃으셨는데, 그럼 우리가 행동가는 아니고 사상가일 뿐이라는 말씀입니까?"

스타킹턴이 미소 지었다.

"솔직히 말하면, 최근엔 그 어느 쪽도 아니었습니다. 그리고 이젠 둘 다 되어야 합니다."

창가에서 밖을 응시하던 루코빌이 몸을 돌렸다.

"사실을 직시해봅시다." 단호한 목소리였다. "드라고밀로프는 떠났습니다. 아예 이 나라를 떠나버렸습니다. 돌아오지 않을 겁니다. 이 무의미한 추적을 포기하는 게 어떻겠습니까? 우리끼리 조직을 재건하면 됩니다. 드라고밀로프도 한 명—자기 자신—으로 시작하지 않았습니까. 우리는 넷입니다."

"추적을 포기하자고요?" 하스가 경악했다. "무의미하다고요? 제일 먼저 포기하는 게 추적이 아니라 우리의 원칙인데 어떻게 조직을 재건할 수 있겠습니까?"

루코빌이 고개를 숙였다.

"옳은 말씀입니다. 제 생각이 짧았습니다. 자, 그럼 이제 어떻게 해야 합니까?"

이번에도 하스가 답했다. 왜소하지만 불꽃같은 그가 일어서서 테이블 위로 몸을 숙였다. 넓은 이마에 잔주름이 잡혔다.

"오후 네시에 디어본슬립에서 출발하는 배—오리엔탈스타호—가 있습니다. 태평양을 가장 빠르게 가로지르는 배죠.

무리 없이 이스턴클리퍼호보다 하루 일찍 하와이 항구에 도착할 겁니다. 드라고밀로프가 호놀룰루에 도착할 때 기다리고 있는 겁니다. 이번에 맞닥뜨리면 먼저 간 사람들보다 더욱 주의를 기울여야 할 겁니다."

"좋은 생각입니다." 하노버가 기분좋게 맞장구쳤다. "안심하고 있을 거예요."

"보스는 절대 안심하지 않습니다." 스타킹턴이 말했다. "불안전하다는 감정에 동요하지 않을 뿐입니다. 자, 여러분. 하스의 제안에 동의하십니까?"

잠시 침묵이 흘렀다. 루코빌이 고개를 저었다.

"우리가 전부 갈 필요는 없습니다. 하스는 완전히 회복하지도 않았고요. 게다가, 한 번에 모든 걸 걸어서는 안 된다고 생각합니다. 하스는 남는 게 좋을 것 같습니다. 본토에서 해야 할 일이 생길 수도 있습니다."

남은 세 사람이 골똘히 생각에 잠겼다. 이윽고 스타킹턴이 고개를 끄덕였다.

"동의합니다. 하스?"

작지만 강한 남자 하스가 아쉬운 미소를 지었다.

"나도 그를 죽일 때 그 자리에 있고 싶지만 루코빌의 논리에 따르겠습니다. 동의합니다."

하노버도 동의한다는 의미로 고개를 끄덕였다.

"자금은 충분합니까?"

스타킹턴이 팔을 뻗어 책상에서 봉투 하나를 집어들었다.

"오늘 아침 도착했습니다. 홀이 서명한, 자금 출금 권한을 내게 맡긴다는 서류입니다."

하노버가 눈썹을 치켜올렸다.

"그럼 드라고밀로프와 함께 떠났다는 얘기로군요."

"그의 딸과 함께겠죠." 하스가 미소를 지으며 정정했다. "불쌍한 홀! 사랑 때문에 자기가 살인을 청탁한 사람을 장인으로 맞다니!"

"홀은 감정 때문에 논리를 잃어버렸습니다." 스타킹턴이 말했다. "감정에 치우친 자들의 운명은 예측 가능할 뿐 아니라 응당한 대가를 치르게 되어 있습니다." 그가 자리에서 일어섰다. "자, 난 이제 승선권을 알아봐야겠습니다." 그러다 갑자기 루코빌을 걱정스럽게 쳐다보았다. "왜 그렇게 찌푸리고 있습니까?"

"배에서 나오는 음식 말입니다." 루코빌이 침울하게 한숨을 내뱉었다. "과연 도착할 때까지 계속 생채소가 나올까요?"

동쪽 수평선을 따라 태양빛이 골고루 퍼지기 시작했다. 따스한 산들바람을 맞으며 태평양에서의 아침을 만끽하던 홀의 팔꿈치에 인기척이 느껴졌다. 돌아보니 드라고밀로프가 먼 곳을 응시하고 있었다.

"좋은 아침입니다!" 홀이 미소 지었다. "편안히 주무셨습니까?"

드라고밀로프도 하는 수 없이 따라 미소 지었다.

"잘 만큼 잤네." 무뚝뚝한 대답이었다.

"잠을 설칠 때면 말입니다." 홀이 말을 이었다. "전 보통 산책을 합니다. 운동을 하면 잠이 잘 오거든요."

"운동부족일 리가 만무하지." 드라고밀로프가 갑자기 시선을 돌려 옆에 있는 키 크고 잘생긴 청년을 똑바로 쳐다보았다. "지난밤 출항하기 전에 손님이 찾아왔다네."

홀은 잊고 있던 생각이 번뜩 떠올랐다.

"그레이가 찾아왔었군요! 이 배를 조사하기로 되어 있었습니다."

"그렇다네. 그레이가 날 찾아왔다네."

"여기 있습니까?" 홀이 눈으로 이리저리 살폈다. 쾌활했던 미소는 어느덧 사라지고 없었다.

"아니. 이 배엔 없어. 육지에 남았네."

옅은 갈색 머리를 한 작은 체구의 남자를 뚫어지게 쳐다보던 홀이 마침내 깨달았다.

"그를 죽이셨군요!"

"그래. 내가 그레이를 죽였어. 그럴 수밖에 없었네."

홀은 다시 일출을 보며 깊은 생각에 빠졌다. 그의 강직한 얼굴이 딱딱하게 굳었다.

"그럴 수밖에 없다고 하셨습니다. 그 말씀은 곧 믿음에 변화가 생겼다는 뜻입니까?"

"그건 아니야." 드라고밀로프가 고개를 저었다. "사리 판단 능력이 있는 식자라면 모든 믿음은 바뀔 수 있다는 사실을 수용해야 하네만. 내가 '그럴 수밖에 없었다'고 한 건 그레이가 내 벗이었기 때문이야. 애제자이기도 했고. 날 죽이려고 한 것도 내 가르침을 따랐기 때문이야. 그의 동기의 순수성을 알기에 나도 그렇게 한 걸세."

홀이 지친 한숨을 내쉬었다.

"네, 선생께선 변하지 않으셨습니다. 말씀해주십시오. 이 광기는 언제 끝나는 겁니까?"

"광기?" 드라고밀로프가 어깨를 으쓱했다. "광기를 어떻게 정의하지? 온전한 정신이란 또 무엇이고? 무고한 생명을 앗아가는, 때로는 수천 명에 이르는 무고한 생명을 앗아가는 결과로 이어지고 말 행동을 저지르는 사람을 살게 내버려두는 건가?"

"존 그레이를 일컫는 건 아니시겠죠!"

"그래, 난 그저 존 그레이가 믿었던 내 가르침의 근거를 정당화하는 걸세. 자네가 광기라고 부른 것이지."

홀이 절망적으로 상대를 바라보았다.

"하지만 인식의 오류를 인정하지 않으셨습니까? '인간은 심판할 수 없다, 오직 심판받을 수 있다. 그 심판은 개인이 아닌 집단에 의해 이뤄져야 한다'."

"맞아, 그걸 근거로 암살국의 목표가 얼마나 부질없는지—아니, 그보다 '시기상조'였는지—자네가 날 설득했지. 우리 조직 자체는 하나의 집단이야, 사회 자체를 대표하는 집단. 자네도 그건 알 테지. 인류 전체를 아우르는 조직이 있다고 가정해보게. 그러면 자네의 주장은 무효가 되는 걸세. 하지만 상관없어. 어찌됐든 자네는 날 설득시켰고, 날 암살하겠다는 의뢰를 내가 받아들였으니까. 그 덕에 조직의 완벽함과 맞서는 신세가 됐네만."

"완벽함이라고요?" 홀이 격분해서 외쳤다. "어떻게 그런 말을 하실 수 있습니까? 적어도 여섯 번 혹은 여덟 번이나 암살이 실패로 돌아갔는데 말입니다!"

"그 실패가 바로 완벽함의 증거라네." 드라고밀로프가 엄숙하게 말했다. "아직 이해를 못하는군. 실패는 계산할 수 있다네. 조직 안에 특정한 견제와 균형이 존재하기 때문이지. 이런 견제와 균형의 정당성을 증명하는 게 바로 실패라네."

홀은 곁에 있는 작은 남자를 어이없다는 듯 바라보았다.

"참 대단하십니다! 그럼 말씀해보십시오. 대체 이—좋습니다, '광기'라는 표현은 쓰지 않겠습니다—모험은 언제 끝나는 겁니까?"

드라고밀로프가 의외로 친근한 미소를 지었다.

"그 '모험'이라는 단어가 마음에 드는군. 인생은 누구에게나 모험이지만, 인생이 위험에 처하기 전까지는 아무도 그 사실을 알지 못하지. 언제 끝나느냐고? 우리가 끝날 때겠지. 뇌가 기능을 멈출 때. 우리가 구더기와 생각을 멈춘 자들과 함께할 때 말일세. 내 경우엔……" 홀이 조급함을 감추지 못하자 그가 곧장 말을 이었다. "내가 처음 하스에게 지시를 내린 그날부터 일 년이라는 시간이 지날 때일세."

"시간이 흘러 앞으로 석 달 뒤면 계약이 만료됩니다. 그다음은 어떻게 됩니까?"

드라고밀로프의 얼굴에서 돌연 미소가 사라졌다.

"나도 모르네. 내가 그렇게 공들여 세운 조직이 날 오롯이 일 년간 버틸 수 있게 할지…… 만약 그렇게 된다면 완벽함의 부정否定이 될 테지."

"그렇다고 해도 그들이 성공하길 바라는 건 아니시죠?"

드라고밀로프가 깍지 낀 손에 힘을 줬다. 그는 얼굴을 찌푸리며 심각한 표정을 지었다.

"모르겠네. 시간이 지날수록 그 문제로 점점 더 괴롭다네."

"정말 대단하십니다! 어떤 면에서 괴롭다는 겁니까?"

옅은 머리색에 왜소한 체구를 한 그가 덩치 큰 상대를 돌아보았다.

"제한 시간이 끝나서 살아남는 걸 원하는지 확신이 서지 않네. 시간은 인간의 주인이지 종이 아니야. 시간은 말일세, 완벽한 기계라네. 별이 톱니바퀴를 맞추고, 무한이 바늘을 통제하지. 나도 완벽한 기계를 만들었어. 암살국 말일세. 하지만 조직은 완벽함을 구현하기 위해 그 자체에 의존해야만 하네. 조직의 결점이 또다른, 더 위대한 기계의 가혹한 기능으로 무마돼서는 안 되네."

"그래도 선생께서는 시간을 이용해 구원받으려는 것 아닙니까?" 언제나처럼 상대의 정신 작용을 흥미롭게 여기며 홀이 지적했다.

"나도 사람일세." 슬픈 목소리였다. "장기적으로 보면, 그게 내 철학의 치명적인 약점일지도."

그는 더는 말하지 않고 몸을 돌려 내부로 이어지는 문을 향해 천천히 무거운 발걸음을 옮겼다. 그 모습을 바라보던 홀은 잠시 뒤 반대편에서 누군가의 손길을 느끼고 돌아보았다. 그루냐였다.

"아버지랑 무슨 얘기를 했어요?" 그루냐가 물었다. "충격을 받으신 것 같아요."

"늘 하시는 얘기지 뭐." 홀은 그루냐와 팔짱을 끼고 나란히 갑판 위를 걷기 시작했다. "누구에게나 살기 위해 싸우려는 본능이 있어. 하지만 갖은 이유로 정당화하는, 죽음에 대한 갈망도 숨어 있어. 우리는 그저 당신의 묘한 아버지의 삶에서 무엇이 더 큰 비중을 차지하는지 지켜보는 수밖에."

"혹은 죽음에서요." 그녀는 중얼거린 뒤 연인의 든든한 팔을 꼭 붙들었다.

16

이스턴클리퍼호에서의 유쾌한 나날이 빠르게 흘러갔다. 그
루냐는 매일 긴 의자에 누워 따뜻한 햇살을 쬐었고 덕분에 피
부가 탔다. 홀도 마찬가지였다. 하지만 드라고밀로프는 햇살
이 내리쬐는 갑판 위에서 똑같이 시간을 보냈는데도, 이글거
리는 광선에 면역이 있는 듯 평소와 다름없이 창백했다. 홀과
드라고밀로프는 철학적인 토론을 중단하기로 선언이라도 한
듯, 이제 그들의 대화는 배 뒤에 출몰하는 가다랑어와 날개다
랑어, 배에서 제공되는 훌륭한 요리, 심지어 때로는 각자의
갑판 테니스 점수일 때가 더 많았다.

그러던 어느 날 아침, 언제 그랬느냐는 듯 여행이 끝났다.

일어나 갑판으로 나온 그들은 배가 어느덧 오아후섬 입구에 우뚝 솟은 다이아몬드헤드산의 그림자 안으로 들어온 걸 발견했다. 그 뒤로 항구도시 호놀룰루가 하얗게 반짝거렸었다. 벌써부터 화환을 목에 건 원주민들이 작은 카누를 타고 배를 향해 질주하고 있었다. 갑판 아래, 거대한 여객선의 창자에서는 화부들이 말없이 시커메진 삽에 기대서 있었다. 거대한 엔진이 점점 속도를 늦추면서 배는 거의 멈추다시피 했다.

"정말 아름다워!" 그루냐가 중얼거리며 홀을 돌아보았다. "정말 아름답지 않아요, 윈터?"

"당신만큼 아름다운 것 같군." 홀이 익살맞게 대꾸한 뒤 드라고밀로프 쪽을 쳐다보았다. "십 주입니다." 들뜬 목소리였다. "이제 십 주만 지나면 우리 관계가 바뀔 겁니다. 선생이 이제 저의 장인어른이 되시는 거죠."

"앞으로 친구는 아니란 얘기인가?" 드라고밀로프가 웃으며 대꾸했다.

"그건 변함없을 겁니다." 홀이 살짝 인상을 찌푸렸다. "그런데 이제 어떻게 하실 생각입니까? 그들이 여기까지 쫓아올 거라 생각하십니까?"

드라고밀로프는 조금도 미소를 거두지 않았다.

"쫓아온다? 이미 이곳에 도착했네. 적어도 대부분은 그럴 거야. 당연히 본토에 한 명은 남겨졌을 테지."

"하지만 어떻게 우리보다 더 빨리 도착할 수 있습니까?"

"더 빠른 배라면 가능해. 우리가 떠난 당일 오후에 오리엔
탈스타호를 탔을 거야. 그레이의 시신을 발견하고 우리가 어
느 배에 올랐는지 알았겠지. 우리의 목적지도 알았을 테고.
어제 저녁 부두에 도착했을 거야. 우리가 내릴 때 그곳에 있
을 테지. 하지만 두려워할 것 없어."

"어떻게 그렇게 확신하시는 거예요?" 그루냐가 물었다.

"입장을 바꿔 같은 상황에서 내가 어떻게 할지 생각해보는
거야. 내 말이 틀림없단다. 얘야. 우리를 마중나왔을 거야."

그루냐가 손을 내밀어 그의 팔을 잡았다. 눈에는 근심이 점
점 더 깊어지고 있었다.

"그래서 어떻게 하실 작정이에요, 아버지?"

"걱정할 거 없다. 내가 당할 일은 없을 거다. 그걸 걱정하
고 있다면 말이다. 이제 잘 듣거라. 출항하기 며칠 전 우편으
로 퀸앤호텔에 두 사람이 묵을 객실을 예약해뒀다. 언제든 이
용할 수 있는 차편과 운전사도 있을 게다. 난 함께할 수 없지
만, 자리를 잡으면 바로 연락하마."

"두 사람이 묵을 객실이라고요?" 홀은 깜짝 놀랐다. "제가
오는 줄 모르셨잖습니까!"

드라고밀로프가 활짝 웃었다.

"말하지 않았나. 난 항상 상대의 입장에서 생각한다고. 내가 자네라면 우리 그루냐처럼 아리따운 아가씨가 내게서 벗어나게 보고만 있지 않을 걸세. 흘, 난 자네가 이 배에 오르리란 걸 알고 있었네."

그는 말을 마치고 난간 쪽으로 몸을 돌렸다. 원주민들을 태운 카누가 배 주변에서 간닥대고 있었다. 전통의상인 몰로만 걸친 소년들이 승객들이 던지는 동전을 줍기 위해 항구 입구의 투명한 물속으로 뛰어들었다. 부두를 따라 줄지어 선 흰 건물들이 아침 햇빛에 반짝거렸다. 거대한 여객선이 마침내 완전히 멈췄다. 수로 안내인과 중국인 짐꾼을 태운 늘씬한 보트가 해안에서 빠르게 움직였다.

우렁찬 경적이 적막를 깨고 기선의 도착을 뽐냈다. 수로 안내인 보트가 가까이 다가오더니 이윽고 뾰족한 모자와 흰색 반바지를 단정하게 차려 입은 안내인들이 줄사다리를 타고 배에 오르기 시작했다. 그 뒤를 푸른색 옷을 입고 변발을 한 중국인들이 졸졸 따랐다. 삼각형 밀짚모자가 동시에 흔들거리더니 곧이어 배 안으로 사라졌다.

드라고밀로프가 두 사람을 돌아보았다.

"난 이만 방으로 돌아가 짐을 마저 챙기겠네." 그는 대수롭지 않게 말하더니 손을 흔들고 안쪽으로 사라졌다.

안내원들이 조타실에 들어가는가 싶더니 이스턴클리퍼호의 엔진이 우르릉거리기 시작했다. 육지에 가까워질수록 그 소리는 더 높아졌다.

"우리도 그만 내려가서 갈 준비를 하는 게 좋겠어." 홀이 말했다.

"아, 윈터, 이렇게나 빨리요? 이렇게 아름다운 광경을 놔두고요! 도시에서 우뚝 솟아오른 저 산 좀 봐요. 꼭대기에 걸린 구름은 마치 솜뭉치 같아요!" 그녀는 순간 말을 멈추더니 풀죽은 표정으로 변했다. "윈터, 아버지가 어떻게 하실까요?"

"당신 아버지 걱정은 하지 않아도 돼. 그들은 여기에 없을지 몰라. 설령 있다고 해도 이렇게 사람들로 붐비는데 어떤 시도를 할 리 없어. 자, 갑시다."

배가 부두와 천천히 간격을 좁히는 사이 두 사람은 아래로 내려갔다. 선창가로 밧줄이 던져지자 일꾼들이 달려들어 말뚝에 고정시켰다. 권양기가 돌아가면서 여객선이 마침내 부둣가에 닿았다. 밴드가 그 유명한 〈알로하〉를 연주하기 시작했다. 인파 속에서 승객과 마중나온 사람들이 서로를 알아보고 소리를 지르고 열광적으로 손수건을 흔들어댔다. 트랩이 천천히 내려오고 밴드의 연주가 더 크게 울렸다.

홀은 짐꾼에게 짐을 건네주고 나서 다시 갑판에 올랐다. 난간에 서서 철책 뒤에 길게 늘어선 생기 넘치는 얼굴들을 내려다보다 순간 깜짝 놀라 몸이 꼿꼿해졌다. 스타킹턴이 그를 똑바로 쳐다보고 있는 게 아닌가!

시카고 지부장은 얼굴에 만연한 웃음을 머금고 손을 흔들었다. 홀의 시선이 위를 쳐다보는 얼굴들을 훑다 멈췄다. 하노버였다. 입구에서 좀더 가까운 곳이었다. 나머지 조직원들도 필시 그에 못지않은 전략적인 위치에 포진해 있을 터였다.

트랩이 완전히 부두에 닿고 차단 줄이 내려가자 승객들과 마중나온 사람들이 뒤엉켜 트랩을 오르내리고 그사이로 짐을 가득 멘 짐꾼들이 위태롭게 계단을 내려갔다. 스타킹턴도 인파를 헤치고 트랩을 올랐다. 홀이 다가가 그를 맞았다.

스타킹턴은 기분좋은 미소를 짓고 있었다.

"안녕하십니까, 홀! 이렇게 만나니 반갑군요. 그동안 잘 지냈습니까?"

"스타킹턴! 부탁이니 이러지 마십시오!"

스타킹턴이 눈썹을 치켜올렸다.

"뭘 말입니까? 우리의 신성한 의무를 다하지 말란 말입니까? 약속을 지키지 말란 말입니까? 아니면 책임을 지지 말란 말입니까?" 그의 얼굴은 웃고 있었지만 그 미소 뒤에는 엄중

한 눈빛이 자리하고 있었다. 그는 그 눈으로 홀의 어깨 너머를 살피며 빠져나가는 승객들의 얼굴을 일일이 확인했다. "이번만은 빠져나갈 수 없을 겁니다, 홀. 루코빌도 안내인 보트를 타고 이미 배에 올랐습니다. 지금 아래층에 있을 겁니다. 하노버는 부두를 지키고 있어요. 이렇게까지 궁지에 몰린 건 보스의 실수입니다."

홀이 어금니를 깨물었다.

"절대 용납할 수 없습니다. 경찰을 부르겠습니다."

"그건 안 됩니다." 가르치는 듯한 말투였다. 덜떨어진 학생에게 빤한 사실을 설명하는 교수님 같았다. "약속하지 않았습니까. 보스에겐 물론, 우리 모두에게도요. 이전에 그랬듯 지금도 경찰을 불러서는 안 됩니다……"

그때 산처럼 높이 쌓은 여행가방을 짊어진 중국인 짐꾼이 높낮이가 심한 억양으로 양해를 구하면서 비틀거리며 다가오는 바람에 말이 끊기고 말았다. 그들 곁에 루코빌이 모습을 드러냈다. 그는 홀을 보고 함박웃음을 지었다.

"홀! 다시 보니 반갑군요. 여행은 어땠나요? 좋았나요?" 그가 갑자기 목소리를 낮췄다. "배에서 제공되는 채소는 어땠습니까? 돌아가는 배에서는 입맛에 맞는 요리가 나오면 좋겠습니다. 오리엔탈스타호는 한심할 정도로 채소와 과일이 부족했습니다. 고기, 그저 고기였죠! 딴에는 승객들을 위한다고 그랬을 겁니다⋯⋯"

그는 스타킹턴이 기다리고 있다는 걸 깨닫고 하던 얘기를 멈춘 채 화제를 바꿨다.

"드라고밀로프는 아래층에 있습니다. 다른 이름으로 31호를 예약했더군요. 빠져나가지 못하게 바깥쪽에 걸쇠를 채워뒀습니다. 그래도 창문이 있긴 합니다⋯⋯"

"거긴 하노버가 지키고 있습니다." 그는 하얗게 질린 홀을 쳐다보았다. "육지로 가는 게 낫지 않겠습니까, 홀? 단언컨대 이걸 막을 방도는 없습니다."

"여기 남겠습니다." 바로 그때 누군가가 덜덜 떨리는 손으로 그의 팔을 잡았다. "그루냐! 그루냐, 세상에!"

"윈터!" 그녀가 외친 뒤 이글거리는 눈으로 스타킹턴을 정면으로 응시했다. "여기서 뭐하시는 거예요? 아버지를 해치지 마세요!"

"다 끝난 얘기입니다." 스타킹턴이 부드러운 목소리로 대답했다. "우리의 임무에 대해서도, 또 아버지께서 내린 지시에 대해서도 잘 알고 계시지 않습니까. 아가씨, 육지로 가십시오. 어쩔 수 없습니다."

"육지로 가라고요?" 갑자기 그녀가 결연하게 턱을 들었다.

"네, 육지로 가죠! 가서 경찰을 데리고 올 거예요! 아버지가 어떤 지시를 내렸든 상관없어요. 아버지를 죽이진 못할 거예요!" 말을 마친 그녀가 홀에게 몸을 돌렸다. 그녀의 눈은 분노로 번뜩였다. "그리고 당신! 보고만 계시는군요! 어떻게 그럴 수 있죠? 당신이 이 미치광이들보다 더 나빠요! 이 사람들은 자기가 옳은 줄 알지만, 당신은 그게 아니란 걸 알잖아요. 그런데도 막을 생각이 없군요!"

그녀는 홀의 손을 거칠게 뿌리치더니 아까보다 줄어든 인파를 헤치고 트랩을 향해 빠르게 걸음을 옮겼다. 스타킹턴이 그 뒷모습을 눈으로 좇으며 근엄하게 고개를 끄덕였다.

"참 잘 고르셨습니다, 홀. 기백이 넘치는 아가씨로군요. 아, 아무래도 계획을 조금 앞당겨야 할 것 같습니다. 사람이 다 빠질 때까지 기다릴 수 없게 됐어요. 대부분 빠져나간 것 같긴 합니다만. 함께 가시겠습니까?"

마지막 말은 너무 정중해서 하마터면 홀은 그가 누군가를, 그것도 그루냐 아버지의 처형을 보러 오라는 권유를 하고 있다는 사실을 잊을 뻔했다. 스타킹턴이 쾌활한 미소를 지으며 그의 팔을 잡아끌었다.

홀은 마치 꿈을 꾸듯 상대와 나란히 걷기 시작했다. 믿기 힘든 일이 벌어지고 있었다! 누가 본다면 그가 한가한 오후에 카드 게임을 하러 친구 집에 가는 줄 알 것이다! 그와 나란히 카펫이 깔린 널찍한 계단을 내려가며 스타킹턴이 즐겁게 얘기를 이어갔다.

"배를 타고 하는 여행은 정말이지 유쾌하더군요, 안 그렇습니까? 다 같이 즐거운 시간을 보냈습니다. 물론 여기 루코빌은 끊임없이 음식에 대한 불평을 쏟아냈지만…… 아, 다 왔군요."

그가 허리를 굽혀 방문에 귀를 갖다댔다. 안에서 희미한 소리가 들렸다. 그는 재빨리 루코빌이 걸쇠에 달아놓은 기구를 제거하고 두 사람을 향해 돌아섰다.

"루코빌, 저쪽에 서십시오. 홀, 물러서는 게 좋겠습니다. 보스가 방어 태세를 갖췄을 텐데 자칫하면 다칠 수 있습니다."

"선생도 죽을지 모릅니다!" 홀이 소리쳤다.

"나도 압니다. 그래도 루코빌과 나 둘 중 한 사람은 이 일을 끝낼 수 있을 겁니다. 그거면 됩니다."

그가 주머니에서 권총을 꺼내 쏠 준비를 했다. 옆에서 루코빌도 똑같이 했다. 홀은 경외에 찬 눈빛으로 그들을 바라보았다. 둘 중 누구에게서도 일말의 공포를 찾을 수 없었다. 스타킹턴이 주머니에서 열쇠를 꺼내 거침없이 열쇠 구멍에 넣었다.

"물러서시오, 홀." 명령과 동시에 그가 벌컥 문을 열고 안으로 달려들었다. 하지만 눈앞에 펼쳐진 광경에 스타킹턴은 망연자실한 채 우뚝 섰고, 홀은 웃음을 터뜨렸다.

그 안에는 속옷만 걸친 중국인이 침대에 묶인 채 온몸을 비틀며 꿈틀대고 있었던 것이다. 입에는 팽팽하게 재갈이 물려 있었고 눈은 분노로 번들거렸다. 자신을 발견한 사람들에게 풀어달라는 뜻으로 고개를 좌우로 세차게 흔들자 변발이 아무렇게나 잘려나간 흔적이 보였다.

"드라고밀로프!" 루코빌이 숨이 턱 막히는 소리를 냈다. "우리 곁을 지나친 짐꾼 중 하나였나봅니다!" 밖으로 튀어나가려는 그를 스타킹턴이 말렸다.

"너무 늦었습니다." 차분한 목소리였다. "처음부터 다시 시작해야 합니다."

복도가 소란스러운가 싶더니 그루냐가 경찰봉을 손에 쥔 섬 경찰 몇 명을 데리고 나타났다. 포복절도하는 홀의 모습에 그녀는 잠시 의아한 듯 자리에 멈춰 섰다. 그 어이없는 광경을 목격하고 나서야 그녀의 완강한 태도가 풀어졌다. 스타킹턴이 예의바르게 눈썹을 치켜올렸다.

상황을 파악한 경찰이 재빨리 다가가 가여운 중국인을 풀어주자 그는 봇물 터지듯 말을 쏟아냈다. 싹둑 잘린 변발을 손으로 가리키는가 싶더니 벗은 것과 다름없는 자신의 몸을 가리켰다가 팔을 휘저으며 자신이 제압당하고 묶이게 된 경위를 재연했다. 그 과정에서 여러 번 모국어가 터져나왔고, 얘기를 듣던 경사가 중간중간 같은 언어로 질문을 던졌다. 경사가 굳은 얼굴로 스타킹턴을 돌아보았다.

"이 소동을 일으킨 사람은 지금 어디에 있습니까?" 그가 영어로 물었다.

"모릅니다." 스타킹턴이 결백을 호소했다. 그 순간 그의 예의 감각이 빛을 발했다. 그는 주머니에서 지폐 뭉치를 꺼낸 뒤 몇 장을 뽑아 건넸다.

"받게나." 그는 화를 좀처럼 거두지 않는 중국인에게 친절하게 말했다. "자네도 우리만큼 피해를 입었군. 망신을 당했지만 이거면 어느 정도 보상이 될 걸세. 한데," 갑자기 그의 목소리에서 통한이 묻어났다. "우리가 입은 피해는 무엇으로 보상이 될지!"

17

드라고밀로프에게서 만나자는 지령이 내려온 건 그로부터
이 주가 흐른 뒤였다. 그사이 홀과 그루냐는 차편과 운전기사
덕분에 열대 도시의 아름다운 풍경을 만끽했다. 그들이 퀸앤
호텔에 도착한 다음날 아침 운전기사가 서신을 들고 그들을
기다리고 있었다. 서신에는 이렇게 적혀 있었다.

"그루냐, 홀, 이걸 전해주는 이는 챈이라고 한다. S. 콘스
탄틴사에서 오랫동안 근무한 믿을 수 있는 사람이야. 내가
지시한 몇 가지 심부름을 할 때만 제외하고 너희가 원하는
대로 언제 어디든 데려다주기로 했다. 어차피 대답하지 않

을 테니 질문은 삼가도록 해라. 난 아무 문제 없이 잘 지낸
단다. 때가 무르익으면 다시 연락하마. 사랑한다, 그루냐.
다시 만나세, 내 친구 홀."

서명은 없었지만 필요 없었다. 드라고밀로프가 안전하다는
소식을 듣고서야 두 사람은 마음을 놓을 수 있었다. 그들은
전형적인 관광객처럼 시간을 보냈다. 와이키키 해변에서 수
영을 즐기고, 용감무쌍한 파도타기 달인들이 무릎을 구부린
채 포말이 이는 물마루를 타고 야자수가 줄지어 선 해변을 향
해 미끄러지는 광경을 구경했다. 때로는 다채로운 거리를 산
책하며 풍광에 감탄하기도 했다. 상인들이 여덟 가지 언어로
호객 행위를 하는 킹 스트리트의 어시장을 방문하거나 케왈
로 분지 옆에 앉아 넘치도록 물고기를 가득 실은 일본인들의
삼판선이 기우뚱거리며 입항하는 모습을 보는 건 큰 즐거움
이었다. 냉정하리만치 침착한 챈은 아무 제안도, 언급도 하지
않았다. 그저 행선지를 듣고 말없이 운전만 했다.
두 사람은 종종 스타킹턴, 하노버, 루코빌과 저녁을 함께했
다. 그루냐는 자신의 의지와 무관하게 그 세 사람을 좋아하지
않을 수 없었다. 그들의 생각과 태도는 아버지와 너무도 닮아
있었다. 그녀는 내색은 안 했지만 배 위에서 자신이 벌인 소

동을 부끄럽게 생각했다. 아버지에 대한 믿음이 부족하다는 걸 보여준 셈이었기 때문이다. 그녀는 왠지 이 삼총사에게 느끼는 연대감이 그때의 실수를 조금이나마 만회해준다는 기분이 들었다. 게다가 날이 갈수록 계약 만료 시점이 가까워지고 있었으며, 이건 곧 암살국이 성공할 위험이 낮아진다는 의미이기도 했다.

어느 날 저녁, 이 시간적 요소가 상냥한 세 암살자와의 대화에서 화젯거리로 떠올랐다.

"이제 채 두 달도 남지 않았습니다." 다섯 명이 빙 둘러앉아 저녁을 먹는 자리에서 홀이 먼저 말문을 열었다. 그는 웃고 있었다. "여러분께서 이처럼 즐겁게 시간을 보내는 것에 반대하는 게 아닙니다. 사실 이처럼 무해한 방식으로 자금이 축나는 걸 보니 기쁘기까지 합니다. 하지만 궁금하군요. 어째서 드라고밀로프 씨를 찾지 않는 겁니까?"

"찾고 있습니다." 스타킹턴이 부드럽게 정정했다. "우리만의 방식으로 말입니다. 그리고 이 방식은 성공할 겁니다. 물론 우리의 계획을 밝힐 순 없지만, 이것만 말씀드리죠. 그는 나나쿨리에서 이틀을 보낸 다음 와이아나에로 가서 사흘을 보냈습니다. 루코빌과 하노버가 각각 한 곳씩 맡아 조사를 벌였지만 이미 떠난 다음이었습니다."

홀이 조롱하듯 눈썹을 치켜떴다.

"선생께서 직접 조사하지 않으셨단 말입니까?"

"그렇습니다." 스타킹턴은 전혀 동요하지 않았다. "난 선생과 아가씨를 감시하느라 그럴 시간이 없었습니다. 물론 보스의 행적에 대해 우리보다 더 아는 게 없다는 것도 잘 압니다."

그가 술잔을 들었다.

"거사가 마무리될 수 있도록 건배합시다."

"좋습니다." 홀이 차분히 대꾸했다. "의미하는 바가 서로 다르지만 말입니다."

"모든 언어가 그래서 어렵습니다." 스타킹턴이 애석하다는 듯 미소를 지으며 말했다. "다 정의定義 때문이죠."

"뭐가 어렵다는 겁니까?" 하노버가 제동을 걸었다. "정의는 언어의 가장 기초입니다. 그걸 뼈대로 음형이 덧대어져 언어가 만들어지는 겁니다."

"선생은 지금 같은 언어를 말씀하시는 겁니다." 루코빌이 진지하게 말했다. "스타킹턴과 홀이 하는 얘기는—적어도 두 사람이 쓰는 건—다른 언어 같군요."

"난 언어가 아니라 건배 얘기를 했다고 생각하는데 말입니다." 스타킹턴이 부드럽게 말했다. 그가 잔을 들었다. "이제 더 하실 얘기가 없으면……"

아직 할말이 남은 사람이 있었다.

"제 생각엔 말이에요," 그루냐가 장난스럽게 말했다. 그녀의 눈빛에는 이 재담을 즐기는 기색이 역력했다. "각자 자신의 정의에 충실하면 돼요."

"옳소!" 루코빌이 외쳤다.

"맞는 얘깁니다." 하노버가 거들었다.

"난……" 스타킹턴이 내려놓았던 잔을 다시 들었다. "난…… 목이 마르다오." 그는 더 기다리지 않고 잔을 들이켰다. 다른 사람들도 웃으며 동참했다.

온화한 밤공기를 마시며 거대한 히비스커스가 줄지어 선 길을 따라 숙소로 돌아가는 길에 홀이 그루냐의 손을 잡았고 그녀도 그런 그의 손을 꼭 맞잡았다.

"아버지가 있었던 곳을 어떻게 알았을까요?" 그녀의 목소리에 걱정이 묻어났다. "이 섬은 너무 크고 여러 섬들로 이뤄져 있으니 아버지의 자취를 우연히 발견하지는 않았을 텐데 말이에요."

"머리가 비상한 사람들이니까." 홀이 생각에 잠긴 채 대답했다. "하지만 당신 아버지도 마찬가지니 걱정할 필요 없어."

웅장한 입구를 지나 호텔 안으로 들어가니 부겐빌레아가

가득 핀 안뜰에서 루아우*가 무르익었고 부드러운 기타 연주 소리가 들렸다. 두 사람이 들어오는 걸 보고 문 옆에서 축제를 지켜보던 안내원이 가까이 다가왔다. 그는 열쇠와 함께 봉인한 서신을 건넸다. 홀은 그루냐가 기다리는 사이 겉봉을 뜯어 서신을 읽어내려갔다.

"친애하는 홀: 드디어 안식처가 준비됐다네. 안식처 겸 덫인 셈이지. 시간이 좀 걸렸지만 그만한 가치가 있었어. 방으로 돌아간 다음 뒤편 계단으로 내려오게. 챈이 호텔 뒤에서 기다리고 있을 거야. 짐은 나중에 가지고 오면 되네. 어차피 우리가 지낼 곳은 소위 문명이란 걸 상징하는 게 거의 필요 없을 테지만."

밑줄까지 쳐서 강조한 이상한 추신이 덧붙여져 있었다.

"반드시 시계를 정확히 맞춰서 올 것."

홀은 직원에게 고맙다고 인사한 뒤 서신을 주머니에 욱여

---

* 하와이식 연회.

넣었다. 그런 다음 살짝 고개를 저어 그루냐의 입을 막은 뒤
보는 눈이 없는 위층으로 갔다.

"안식처 겸 덫이라는 말은 무슨 뜻일까요?" 그루냐가 걱정
스러운 듯 물었다. "또 시계를 정확히 맞춰서 오라는 건요?"

홀은 할말이 없었다. 두 사람은 재빠르게 가방을 싼 뒤 방
에 그대로 뒀다. 그다음 섬 관측소에 전화를 걸어 홀의 회중
시계가 정확하다는 걸 확인한 뒤 뒤편의 계단을 통해 아래층
으로 내려가 달빛 한 점 없는 어둠 속을 응시했다.

한층 짙은 어둠이 차체를 드러냈다. 두 사람이 뒷자석으로
미끄러지듯 들어가는 동시에 챈이 차를 출발시켰다. 불을 끈
채 흐릿한 골목을 살그머니 빠져나간 뒤 교차로가 나오자 챈
이 전조등을 켜고 방향을 틀어 텅 빈 대로에 접어들었다. 그
다음 해변을 약 2킬로미터쯤 남겨두고서 속력을 줄이지 않고
다시 핸들을 꺾었고 이번에는 널찍한 간선도로에 진입했다.

그때까지 아무 말 없던 홀이 상체를 숙여 운전기사의 귀에
대고 나지막이 속삭였다.

"콘스탄틴 씨와는 어디서 만나기로 했습니까?"

중국인 운전수가 어깨를 으쓱했다. "저는 그저 누아노팔리
고개를 넘어오라는 얘기만 들었습니다." 그는 뚝뚝 끊기지만
정확한 영어를 구사했다. "거기서 만날 겁니다. 그 외엔 할말

이 없습니다."

홀이 다시 뒷좌석에 등을 기댔다. 그루냐가 그의 손을 꼭 잡았다. 그녀의 눈은 아버지를 다시 볼 수 있다는 기대감으로 반짝였다. 차는 텅 빈 도로를 부드럽게 내달렸고 쐐기 모양의 전조등 불빛만이 짙은 안개가 낀 어둠을 가르고 있었다. 경사가 높아질수록 후방의 도시 야경이 점점 멀어지다가 이내 시야에서 사라졌다. 갑자기 공기에 날이 섰다. 챈이 예고도 없이 속도를 올리는 바람에 두 사람은 등받이에 몸을 세게 부딪혔고 세찬 바람이 얼굴을 때렸다.

"대체 무슨……?" 홀이 입을 열었다.

"뒤에 있는 차 말입니다." 챈이 차분히 설명했다. "우리가 출발한 뒤부터 줄곧 따라붙었습니다. 이제 격차를 벌일 때가 된 것 같습니다."

홀이 홱 몸을 틀었다. 저 아래서 구불구불한 길을 따라 이리저리 움직이는 한 쌍의 전조등이 뒤차의 경로를 그대로 보여주고 있었다. 자갈길을 벗어나면서 갑자기 차가 들썩거리더니 휘몰아친 먼지가 그의 시야를 가렸다.

"이러다 출구를 들키겠습니다!" 홀이 외쳤다.

"그래야죠." 평온한 목소리였다. "따돌리지 말라는 지시를 받았습니다."

그는 구불구불한 흙길을 능숙하게 운전했다. 먼지가 흩날렸고 홀은 가림막을 달아두지 않은 걸 후회했다. 차는 이제 고갯마루를 지나 비탈을 내려가기 시작했다. 급커브를 지날 때 홀은 몸을 돌려 언덕 위에서 뒤쫓아오는 전조등 한 쌍을 확인했다.

예고 없이 챈이 브레이크를 밟는 바람에 두 사람의 몸이 튕겨나갈 듯 앞으로 쏠렸다. 차가 멈추자 문이 활짝 열리더니 작은 형체가 잽싸게 올라탔다. 차는 곧장 다시 어둠을 뚫고 내달리기 시작했다.

"누구……?"

작게 웃는 소리가 들렸다.

"누구겠는가?" 드라고밀로프였다. 그는 팔을 뻗어 흔들리는 뒷좌석에 있는 작은 전등을 켰다. 그의 모습을 본 그루냐가 헉하고 숨을 들이켰다. 드라고밀로프는 스웨터에 바지 차림이었다. 한때 하얗을 옷은 때가 탔고 쏠린 자국이 가득했다. 발에는 얼룩투성이인 테니스화를 신고 있었다. 그는 다정하게 딸의 볼에 입을 맞춘 뒤 홀이 내민 손을 꼭 잡았다. 그런 다음 불을 끄고 등받이에 기대고서 어둠 속에서 미소 지었다.

"내 차림이 어떤가?" 그가 물었다. "대도시를 벗어나면 격식을 차려 옷을 입을 필요가 없네. 나중에 자리를 잡으면 전통의상 몰로를 입는 것도 생각해볼 수 있지. 물론 자네와 내 애길세. 그루냐, 넌 무무나 파우 중에 원하는 걸 고르면 된단다."

"아버지." 그루냐가 외쳤다. "하고 계신 꼴 좀 보세요! 해변을 떠도는 넝마주이가 따로 없어요! 내가 간지럼 태우고 베개로 때리곤 했던 그 옛날 근엄한 세르기우스 삼촌은 어디 가셨어요?"

"그는 죽었단다, 애야." 드라고밀로프의 눈이 장난기로 빛났다. "네가 사랑하는 홀이 얌전하게 논리로 찔러 죽였지. 내가 아는 무기 중에서 두번째로 치명적인 무기였어."

"첫번째는 무엇입니까?" 홀이 물었다.

"차차 알게 될 거야." 드라고밀로프가 딸을 돌아보았다. "그루냐, 푹 자두렴. 설명은 나중에 하마. 아직 몇 시간 더 가야 한단다."

차는 계속 구불구불한 길을 따라 내려가며 섬의 동쪽 해안을 향해 내달렸다. 구름이 걷히고 동쪽에서 희미한 새벽 빛줄기가 비치기 시작했다. 홀이 드라고밀로프에게 가까이 다가갔다.

"뒤에서 따라오고 있는 거 알고 계십니까?"

"물론이지. 하이쿨로아 마을을 지나기 전까지는 저들의 시야에 머물 걸세. 거기서부터는 출구가 없으니 우리의 목적지를 착각할 수 없다네. 하이쿨로아만 지나면 우리는 갈 길을 가면 된다네."

"잘 이해가 되지 않습니다." 홀이 이맛살을 찌푸리며 생각에 잠겼다. "선생께선 이 이상한 추격전에서 토끼입니까, 사냥개입니까?"

"둘 다일세. 살다보면 누구든 그 두 가지 다에 해당되기 마련이지. 추격전은 계속되는 거야. 오직 추격전의 요소를 어떻게 통제하느냐에 따라 토끼가 되든가 사냥개가 되는 걸세."

"지금 그런 요소들을 통제하고 계십니까?"

"전적으로 그러하다네."

"그렇다고 하기엔 말입니다." 홀이 말했다. "저들은 선생이 나나쿨리와 와이아나에 머무신 걸 다 알더군요."

"일부러 알게 한 거야. 그들이 그리 움직이도록 증거를 심어놨지. 내가 서쪽으로 길을 내뒀기에 그들이 자네와 그루냐를 따라 동쪽으로 간 걸세."

그가 홀의 얼굴에 떠오른 표정을 보고 웃음을 터뜨렸다.

"논리도 정도가 다 다르다네, 친구. 내가 한 손에 돌을 쥐고 있고, 자네가 어느 손에 돌이 있는지 맞췄다고 가정해보세. 다음번엔 내가 손을 바꿀 수 있겠지. 아니면 자네가 내 의중을 알아챌 걸 계산하고 그대로 같은 손에 쥐고 있을 수도 있고. 아니면 내가 그런 생각을 한 걸 자네가 간파했으리라 믿고 손을 바꿀 수도 있지 않겠나? 아니면……"

"압니다." 홀이 수긍했다. "오래된 지능 척도 이론이잖습니까. 그런데 여기서 그걸 어떻게 적용할 수 있을지는 모르겠습니다만."

"설명해주지. 먼저 어떻게 스타킹턴이 만족할 만한 표식을 서쪽에 남겼는지 말이야. 간단하게, 호놀룰루에서 가장 큰 서점에 연락해 서부 해안의 작은 마을 몇몇 곳으로 러시아어로 된 책을 보내달라고 요청했지. 스타킹턴은 물론 다른 조직원들도 내가 어떤 상황에서도 책을 놓지 않으리라는 걸 알거든. 만약 그보다 더 교묘한 행적을 남겼더라면 넘어오지 않았을 테지만, 내가 무의식중에라도 책을 주문하리라 여길 거라는 걸 알고 있었어."

"하지만 선생께서 정말로 그 장소에 방문했다고 하더군요!"

"물론 그랬지. 미끼가 거의 없는 텅 빈 갈고리였지. 하지만 스타킹턴이 내가 서쪽으로 향하고 있다고 확신했을 때 난 그를 동쪽으로 이끌 준비가 되어 있었다네. 이건 자네와 그루냐의 공이 컸어. 두 사람이 가슴을 졸이며 호텔 뒤편 계단으로 내려오는 모습은 볼만했을 거야. 장담하건대 스타킹턴이 그 모습을 지켜보고 있었을 걸세."

홀은 이 작은 남자를 물끄러미 바라보았다.

"정말 놀랍습니다!"

"고맙네." 빈말처럼 느껴지지 않았다. 드라고밀로프는 그 뒤로 입을 닫았다.

하이쿨로아를 지나면서 이제 챈은 고의로 뒤차를 따돌리는 임무에 착수했다. 차는 좁은 흙길을 따라 달렸다. 갑자기 그들 바로 아래 광활한 바다가 펼쳐지고, 수평선 끝에서 해가 떠오르고 있었다. 갑자기 차가 방향을 틀어 덤불 속으로 미끄러지기 시작하더니 백 미터쯤 가다 멈춰 섰다. 이른 아침의 고요가 그들을 에워쌌다.

"그런데 말입니다……" 홀이 입을 열었다.

"쉿! 곧 여길 지나갈 거야!"

그들은 침묵하며 기다렸다. 잠시 뒤 묵직한 굉음이 들리는가 싶더니 자동차 한 대가 그들이 숨어 있는 곳을 쏜살같이 지나쳐 아래쪽으로 자취를 감췄다. 드라고밀로프가 차에서 내려 홀을 이끌고 벼랑 끝에 가서 섰다. 아래쪽에 일렬로 늘어선 오두막집들이 해변 마을을 이루고 있었다. 드라고밀로프가 손가락으로 먼 곳을 가리켰다.

"저길세. 보이나? 육지에서 떨어져 있는 작은 섬 말일세. 저기가 우리 안식처일세."

홀은 육지와 섬을 가르는 좁은 물길 너머를 물끄러미 바라보았다. 다 해봐야 길이 2킬로미터에, 폭은 그 반 정도 될까 말까 한 작은 섬이었다. 야자수가 모래사장을 빙 두르고 있었고, 한가운데에 오목하게 솟은 언덕에 짚풀지붕을 얹은 제법 큰 오두막이 있었다. 생명체의 흔적은 보이지 않았다.

드라고밀로프가 손가락을 움직였다.

"여기서부터 저 섬 사이에 펼쳐진 바다를 후후 카이라고 부른다네. 성난 바다라는 뜻이야."

"저토록 평온한 바다는 처음 봅니다." 홀이 말했다. "장난식으로 지은 이름인가봅니다."

"아닐세. 육지와 저 섬 사이의 해저 지형은 매우 독특한 구조를 이루고 있다네." 그가 갑자기 화제를 바꿨다. "시계를 정확히 맞춰 오라고 한 말 잊지 않았겠지?"

"네, 그런데 왜……"

"좋아! 지금 몇 신가?"

홀이 시계를 확인했다.

"여섯시 사십삼분입니다."

드라고밀로프가 재빨리 계산했다.

"한 시간 정도 남았군. 좋아, 잠시 쉬도록 하지."

하지만 그는 도무지 쉬지 못하는 듯 보였다. 안절부절못하

며 왔다갔다하다가 아래에 있는 작은 오두막집 마을을 내려
다보는 홀 곁으로 다가왔다.

"도착하려면 시간이 좀더 걸릴 걸세. 길이 구불거리고 험
한 데가 많으니 말이야." 그러다 난데없이 혼잣말하듯 중얼
거렸다. "공의. 도덕과 공의. 우리가 가진 건 이게 전부지만
이걸로 충분해. 홀, 이 섬의 슬로건이 우아 마우케 에아오카 아
이나이카 포노라는 걸 아나? '땅의 생명은 공의 안에서 보존된
다'라는 뜻이네."

"여기에 와보신 적 있습니까?"

"아, 물론이지. 그것도 여러번. S. 콘스탄틴사는 오랫동안
하와이에서 물품을 수입했다네. 내가 원한 건……" 그는 불
현듯 생각을 멈추고 다소 우악스럽게 홀을 돌아보았다. 갑자
기 어떤 흥분에 사로잡힌 듯했다.

"몇신가?"

"일곱시 삼분입니다."

"이제 가야 하네. 그루냐는 잠시 챈에게 맡기기로 하세. 그
게 최선이야. 외투를 벗는 게 좋겠어. 더워질 것 같군. 가세.
걸어갈 거라네."

홀은 마지막으로 차 한쪽 구석에서 웅크리고 잠든 그루냐
를 쳐다보았다. 챈은 운전석에서 냉정하리만치 침착하게 전

방을 주시중이었다. 키 큰 청년은 긴 한숨을 내쉬고 몸을 돌려 드라고밀로프의 뒤를 따라 좁은 숲길로 발걸음을 옮겼다.

18

그들은 말없이 높은 풀숲을 헤치고 모래사장을 에워싼 야
자수 부근에 도착했다. 너머에 비단처럼 매끄러운 바다가 펼
쳐져 있었다. 작은 파도만 잔잔하게 밀려와 해변에 부딪혔다.
상쾌한 아침 공기 속에서 초록빛 바다를 배경으로 서 있는 작
은 섬은 더 하얗고 또렷하게 보였다. 어느덧 수평선에서 멀어
진 해가 주황색 공처럼 동쪽 하늘에 걸려 있었다.

내리막길을 내려오다 진이 빠진 홀이 가쁜 숨을 몰아쉬었
다. 드라고밀로프는 조금도 힘든 기색이 없었다. 동행자를 돌
아보는 그의 눈빛은 기대감으로 반짝였다.

"시간!" 그가 다그쳤다.

홀이 심호흡을 하며 그를 쳐다보았다.

"계속 시간을 묻는 이유가 뭡니까?"

"시간!" 체구가 작은 사내의 목소리에 다급함이 느껴졌다. 홀이 어깨를 으쓱했다.

"일곱시 삼십이분입니다."

드라고밀로프가 만족해하며 고개를 끄덕인 뒤 해변 쪽을 바라보았다. 아래에는 오두막집들이 일렬로 늘어서 있었다. 모래사장에 끌어다놓은 속이 빈 카누 여러 척이 밀물 때가 되면서 물살에 조금씩 흔들렸다. 바로 그때 원주민 한 명이 오두막에서 나와 가장 바깥쪽에 있는 카누를 높은 지대로 끌어다놓고 그늘진 출입구 안으로 다시 사라졌다.

추적조의 차는 바퀴가 반쯤 모래 속에 파묻힌 채 가장 큰 오두막 앞에 세워져 있었다. 아무도 눈에 띄지 않았다. 드라고밀로프가 눈을 가늘게 뜨고 사방을 주시했다. 잔뜩 인상을 찌푸리며 신중을 기하고 있었다.

"시간!"

"일곱시 삼십사분입니다."

드라고밀로프가 고개를 끄덕였다.

"정확히 삼 분 후에 떠나야 하네. 내가 모래사장을 가로질러 달리기 시작하면 자네도 뒤를 따르게. 우리와 가장 가까운

저 작은 카누를 물에 띄울 거야. 내가 먼저 올라탈 테니 뒤에서 밀게. 노를 저어서 섬으로 갈 거야." 그는 잠시 생각에 잠겼다. "계획상으로는 저들이 나와 있어야 하지만 문제될 거 없네. 소리를 질러서……"

"소리를 질러요?" 홀이 그를 빤히 쳐다보았다. "잡히고 싶으신 겁니까?"

"잡으러 와줬으면 하네만. 잠깐…… 이제 됐어."

스타킹턴을 필두로 하노버와 루코빌이 오두막에서 나와 모습을 드러냈다. 그들은 발로 모래를 툭툭 치며 출입구에 선 기골이 장대한 원주민과 대화를 나누고 있었다.

"훌륭해!" 드라고밀로프의 시선이 세 사람에게 고정됐다. "시간은?"

"정확히 일곱시 삼십칠분입니다."

"지금이야! 가세!"

드라고밀로프가 숨어 있던 곳에서 박차고 달려나갔다. 반짝이는 모래 위에서도 재빠르게 움직였다. 홀은 넘어질 뻔하다 중심을 되찾고 허겁지겁 뒤를 쫓기 시작했다. 드라고밀로프가 작은 카누를 물가에 끌어온 뒤 주저 없이 그 안으로 뛰어들었다. 곧이어 홀이 카누를 뒤에서 힘껏 밀어 물에 띄운 뒤 폴짝 올라탔다. 그의 바짓가랑이에서 물이 뚝뚝 떨어졌다.

드라고밀로프가 이미 노질을 시작해 배는 잔잔한 수면을 가르며 빠르게 나아가기 시작했다. 홀도 보트 바닥에 있던 노를 집어들고 두 사람을 태운 작은 배가 매끈한 바다 위를 나아가게 하는 데 동참했다.

해변에 있던 세 사람이 소리를 지르며 물가로 달려왔다. 잠시 뒤 그들은 좀더 큰 카누에 올라타 힘껏 노를 저었다. 원주민 남자가 쫓아와 큰 소리로 뭐라고 외치며 미친듯 바다 쪽을 가리키고 손을 흔들어댔지만 세 사람은 전혀 주의를 기울이지 않았다. 드라고밀로프와 홀이 더욱 힘껏 노를 저었고 가벼운 카누 덕에 금새 멀찍이 나아갔다.

"이건 미친 짓이에요!" 홀이 헐떡거리며 말했다. 얼굴에서는 땀이 비오듯 쏟아졌다. "저쪽은 세 명이라고요! 섬에 도착하기 한참 전에 잡히고 말 겁니다! 그나저나 저 휑한 돌덩이 위엔 숨을 곳도 없다고요!"

드라고밀로프는 반박하지 않았다. 단단한 등을 접었다 펴면서 쉬지 않고 노를 들고 내리기를 반복할 뿐이었다. 그들 뒤를 따라오던 큰 카누도 점점 속력이 붙었다. 두 배의 간격이 줄어들기 시작한 것이었다.

돌연 드라고밀로프가 노를 멈추고 음흉한 미소를 지었다.

"시간." 그가 나지막이 물었다. "지금 몇시인가?"

홀은 그 말을 무시한 채 잔잔한 수면 위로 세게 노를 내리찍었다.

"시간." 드라고밀로프가 차분하게 다시 물었다.

홀이 툴툴대며 노를 바닥에 내동댕이쳤다.

"그럼 그냥 잡히십시오!" 그가 격분해서 큰 소리로 내뱉은 뒤 거칠게 주머니를 뒤졌다. "대체 시간이 뭐가 중요하다고 그러십니까? 일곱시 사십일분입니다!"

바로 그때 그들이 탄 카누를 통해 미세한 진동이 느껴졌다. 마치 거대한 손이 가볍게 쿡 찌르는 것 같았다. 홀이 놀라서 고개를 들었고 다시 한번 진동이 느껴졌다. 드라고밀로프는 손을 무릎 위에 올리고 상체를 숙인 채 육지 쪽을 뚫어져라 쳐다보고 있었다. 홀이 몸을 홱 돌리자 놀라운 광경이 그의 눈앞에 펼쳐졌다.

그들을 쫓아오던 카누는 더이상 앞으로 나아가지 못했다. 노는 힘차게 움직였지만 마치 광활한 대양 위에 그려진 한 점의 그림처럼 배는 미동도 하지 않았다. 그러다 천천히 큰 원을 그리며 멀어지기 시작했다. 뒤로 잔물결이 일었다. 세 사람은 더욱 다급하게 노질을 했지만 아무 소용 없었다. 홀은 그 모습을 멍하니 지켜보았다. 드라고밀로프는 긴장을 풀고 앉아 있었지만 표정은 엄숙했다.

이 연극이 펼쳐지는 무대와 접한 바다는 여전히 평온했다. 그들은 대양의 품에서 천천히 흔들렸다. 하지만 400미터도 떨어지지 않은 중심부에서는 위대한 자연의 힘이 작용중이었다. 반짝이는 물이 거대한 원을 그리는 속도가 조금씩 빨라지기 시작하고, 넘실거리던 잔물결이 둥근 형태로 변해갔다. 큰 카누가 원의 가장자리에 딱 붙어 일정한 속도로 물살을 타기 시작했다. 그 광대한 힘의 배열 앞에서 노잡이들의 미미한 수고는 도로무익이었다.

물의 움직임이 거세졌다. 빙빙 도는 속도가 점점 빨라졌다. 잠시 뒤 경악하는 홀의 눈앞에서 평평하던 수면 한가운데가 조금씩 움푹해지다가 매끄럽고 반짝이는 초대형 소용돌이가 나타났다. 카누는 한쪽으로 기울어지기는 했지만 강력한 원심력에 의해 초록빛 표면에 딱 붙어 저절로 돌고 있었다. 탑승자들은 어느덧 노질을 멈추고 양손으로 배 가장자리를 붙든 채 시시각각으로 다가오는 죽음을 마주했다. 갑자기 노 하나가 떨어져나가더니 단단한 물에 꼭 붙은 채 그들의 어지러운 회전에 동행했다.

홀이 끓어오르는 분노를 억누르지 못하고 드라고밀로프를 돌아보았다.

"당신은 악마입니다!" 홀은 소리쳤다.

하지만 상대는 무표정으로 그 끔찍한 광경을 주시할 뿐이었다.

"조류야." 그가 혼잣말하듯 중얼거렸다. "조류. 자연의 힘과 대적할 수 있는 힘이 어디 있겠나!"

홀이 어금니를 질끈 깨물고 시선을 다시 그 참혹한 광경으로 돌렸다.

소용돌이가 점점 더 깊어지면서 반짝거리는 표면이 더 빠르게 돌기 시작했고, 카누는 번들거리는 경사면에 고정돼 있었다. 홀의 시선이 순간 마을 위의 절벽으로 향했다. 그들이 타고 온 차 어딘가에 태양빛이 닿아 반사됐다. 문득 홀은 그루냐도 이 광경을 보고 있을지 궁금했다. 곧 그의 시선은 눈앞에서 벌어지는 광경에 쏠렸다.

카누에 탄 세 사람의 표정은 또렷했다. 그들은 공포에 떨지도, 소리를 지르지도 않았다. 그들은 들떠서 무언가 논의중인 것처럼 보였다. 아마 곧 자신들에게 닥칠 죽음의 신비, 아니면 자신들이 완벽하게 걸려든 덫의 아름다움에 대해 논의중이리라 홀은 추측했다.

소용돌이가 깊어졌다. 세차게 도는 소용돌이 아래서 어떤 소리가 들려오는 듯했다. 고통에 울부짖는 소리, 맹렬하게 몰아치는 물의 소리였다. 카누가 정신없이 돌아가다 갑자기 반들반들한 경사면에서 아래로 쭉 미끄러졌다. 결연한 의지의 망각을 찾아보기라도 하는 듯했다. 홀이 자기도 모르게 비명을 질렀다. 하지만 그 홀쭉한 배는 세찬 물구덩이 아래쪽에서 미친듯 회전하면서도 버티고 있었다. 빠르게, 더 빠르게 반짝이는 초록빛 수면을 따라서 돌고 또 돌았다. 홀의 시선도 눈앞의 심연 속으로 빨려들어갈 것 같았다. 흔들대는 카누를 잡고 있는 그의 손이 하얗게 질렸다.

스타킹턴이 용감하게 손을 들어 경례했다. 고개를 들어 그들을 향해 미소를 지어 보인 뒤 바로 카누에서 튕겨나갔다. 그는 사지를 단단한 카누 표면에 붙인 채 함께 회전하다가 홀이 보는 앞에서 소용돌이 한가운데로 미끄러진 뒤 자취를 감췄다.

홀이 드라고밀로프 쪽으로 홱 몸을 돌렸다.

"당신은 악마입니다!" 목이 멘 목소리였다.

드라고밀로프는 신경쓰지 않았다. 그의 수심어린 눈은 거대한 소용돌이에 고정돼 있었다. 홀은 차마 그 섬뜩한 광경을 마주할 수 없어 등을 돌리고 말았다.

큰 카누가 죽음의 소용돌이 표면에서 좀더 아래로 미끄러졌다. 루코빌의 입이 벌어졌다. 마치 축축한 손가락으로 자신들을 끌어당기는 운명을 향해 큰 소리로 의기양양한 인사라도 건네는 듯 보였다. 하노버는 평정을 유지했다.

보트가 마지막 남은 몇 미터 아래로 미끄러지며 마침내 배의 앞머리가 소용돌이 중심부에 닿았다. 나무가 찢어지는 날카로운 소리와 함께 카누가 공중에서 요동치더니 번들거리는 입속으로 빨려들어가 거대한 압력에 의해 으스러졌다. 그때까지도 남은 두 사람은 용감하게 카누에 앉아 있었다. 하지만 곧 공중에서 소용돌이치며 게걸스러운 바다에 먹히고 말았다.

산 제물이 바쳐진 것에 만족한 듯 세찬 물살이 으르렁대는 소리가 잦아들기 시작했다. 소용돌이가 점점 사그라들다 이윽고 수면이 평평해졌다. 잠잠해진 수면에서 낮은 파도가 밀려와 두 사람이 탄 카누를 흔들면서 그들이 구원받았음을 일깨워줬다. 홀이 부르르 몸을 떨었다.

뒤에서 움직임이 느껴졌다.

"이제 돌아가는 게 좋겠네." 드라고밀로프의 목소리에는 변화가 없었다.

홀은 그런 그를 혐오스럽게 바라보았다.

"당신이 죽였어요! 칼이나 총만큼이나 확실하게 죽여버렸다고요!"

"죽였다? 맞아. 자네는 저들이 죽길 바라지 않았나? 암살국이 전멸하길 바란 건 자네였어."

"해체시키고 싶었던 거죠! 그 일을 그만두시길 바란 거라고요!"

"사상을 해체할 순 없네. 신념도 마찬가지." 차가운 목소리였다. 그의 눈길은 큰 카누가 영원 속으로 빨려들어간 텅 빈 바다 위를 헤맸다. 목소리에 슬픔이 젖어들었다. "그들은 내 벗이었네."

"벗이라고요!"

"그렇다네." 드라고밀로프가 노를 들어서 물속에 찔러넣었다. "이제 돌아가는 게 좋겠군."

홀이 한숨을 쉬고 자신의 노를 물에 꽂았다. 느릿느릿 움직이던 배에 곧 속력이 붙었다. 그들은 스타킹턴과 다른 두 명이 죽음을 맞이한 지점을 지나쳤다. 그때 세상을 떠난 암살국 조직원에게 경의를 표하듯 드라고밀로프가 잠깐 움직임을 멈췄다.

"하스에게 알려야 하네." 그는 천천히 입을 뗀 뒤 다시 규칙적인 리듬으로 노를 적기 시작했다.

19

하스는 샌프란시스코에서 암살국의 전직 수장을 쫓아 바다를 건너간 세 사람의 연락을 초조하게 기다렸다. 시간은 빠르게 흘러 계약 만료 시일이 하루하루 가까워지고 있었다. 한참만에야 우편으로 서신이 도착했다.

"친애하는 하스,

자네가 그리스어와 히브리어를 중얼거리며 우리가 혹시 이 아름다운 섬 특유의 느긋한 매력에 사로잡힌 건 아닌지 전전긍긍하며 방안을 서성거리는 모습이 눈에 선하군. 그게 아니라면 D.에게 당한 건 아닌가 궁금할 테지. 안심하게. 둘 다 아니네.

하지만 수색은 순탄치 않았다네. 우리가 서쪽으로 향하게끔 치밀하게 짜놓은 걸로 보아 그의 진짜 동선은 동쪽일 것 같네. 보스의 딸과 홀을 철저하게 감시중이야. 그들이 이쪽으로 움직여주기만 한다면 확실해지겠지.

시간이 얼마 남지 않았다는 걸 잘 안다네. 하지만 걱정할 것 없네. 우리 조직은 실패한 적이 단 한 번도 없고, 이번에도 다르지 않을 걸세. 곧 암호화된 전보를 받게 될 거야.

부수적인 정보니 참고로 알아두게. D.는 이동할 때 콘스탄틴이라는 예명을 사용했네. 이스턴클리퍼호에 탑승한 뒤 발견된 사실이야. 그렇다네, 우리가 놓치고 말았어. 모든 걸 마무리하고 다시 만나면 전부 얘기해주겠네.

스타킹턴

추신. 루코빌이 토란으로 만든 포이라는 음식에 푹 빠졌다네. 난 도저히 먹기 힘들더군. 돌아갈 때는 그의 식습관 때문에 전보다 더 골치가 아플 것 같아."

하스는 찌푸린 채 서신을 내려놨다. 우편물은 아흐레 전 호놀룰루에서 배편을 통해 도착했다. 당연히 지금쯤이면 스타킹턴으로부터 전보가 와야 했다. 세 사람이 하와이에 간 지 거의 한 달이 다 됐다. 과업을 달성하기까지 이제 육 주도 남지 않았다. 그는 다시 서신을 들고 샅샅이 훑었다.

콘스탄틴이라? 희미하게 머릿속을 스치고 지나가는 게 있었다. 동명의 대형 수출입 회사가 있었다. 그가 알기로 사무실 위치는 뉴욕이었다. 호놀룰루에도 있을지 몰랐다. 그는 손가락 사이에 편지를 끼우고 고요한 정적이 흐르는 방안에 가만히 앉아 있었다. 그사이 그의 어마어마한 두뇌는 온갖 가능성을 계산했다.

갑자기 결심한 듯 그가 벌떡 일어섰다. 앞으로 이틀간 전보가 오지 않으면 하와이로 가는 첫번째 증기선에 오르리라 다짐하며 그전에 모든 준비를 마치기로 했다. 도착하면 여유가 없을 테니 말이다. 그는 서신을 접어서 주머니에 넣은 뒤 방을 나섰다.

제일 처음 들른 곳은 공공도서관이었다. 사서가 적극적으로 하와이섬이 그려진 큰 지도를 가져다줬고, 그는 그걸 테이블에 펼쳐놓고 오아후섬의 세세한 부분까지 주의깊게 들여다보았다. 분명히 서쪽으로 향하게끔 짜냈다고 했다. 그는 손가락으로 호놀룰루 해안에서 시작해 나나쿨리와 와이아나에를 거친 뒤 '카에나곶'라고 표시된 조그맣게 비져나온 지형까지 이어지는 가느다란 선을 따라갔다. 그가 고개를 끄덕였다. 그리로 갔을 리 없었다. 스타킹턴이 제대로 본 것이다.

동쪽으로 향하는 길은 더 복잡했다. 누아누팔리 고개를 따라가니 덤불에서 길이 끊기는가 하면, 구불구불한 경사 도로를 따라 내려가면 이름 없는 해변에 도달하기도 했다. 또, 다이아몬드헤드 너머 '모카푸곶'이라 불리는 굽은 해안 지대에 다다르기도 했다. 그는 지도를 옆으로 치우고 등을 기대고 앉아 생각에 잠겼다.

그는 드라고밀로프라면 어떻게 했을지 생각했다. 왜 오아후섬에 남았을까? 어째서 서쪽에 있는 니하우나 카우아이 같은 다른 수많은 섬을 택하지 않았을까? 무인도나 사람이 거의 살지 않는 곳으로 갔다면 사실상 남은 시간 안에 찾는 게 불가능한데도 말이다. 왜 하필이면 가장 발견되기 쉬운 섬에 남았을까?

발견되길 바란다면 가능한 일이었다. 그는 등을 꼿꼿이 편 상태로 빠르게 생각하기 시작했다. 발견되기를 바라는 이유는 무엇일까? 함정이 있다면 가능했다! 그의 눈이 재빨리 다시 지도로 향했지만 거기서는 아무 단서도 찾을 수 없었다. 그쪽 지형에 대해서는 아는 게 별로 없었다. 다시 등받이에 몸을 기대고 뛰어난 머리를 이리저리 굴렸다.

세 명을 확실하게 함정에 빠뜨리기란 쉽지 않았다. 사고? 너무 불확실하다. 한 사람이라도 생존할 가능성이 있기 때문이다. 매복? 스타킹턴, 하노버, 루코빌처럼 숙달된 사람들을 상대로는 불가능에 가깝다. 만일 드라고밀로프라면, 이 문제를 맞닥뜨렸을 때 어떤 식으로 해결하려고 할까?

아마 지상에서는 아닐 것이다. 언제나 몸을 숨길 곳이 있기 마련이다. 따라서 상황을 확신할 수 없다. 한 명이라면 가능할 테지만 상대는 셋이다. 그가 만일 드라고밀로프라면 탈출과 엄폐가 불가능한 해상에 함정을 마련할 것이다. 그는 다시한번 지도를 살폈다. 심장박동이 빨라졌다.

동쪽 해안에는 작은 만을 비롯해 연안에 뿔뿔이 흩어진 섬이 다였다. 섬? 가능한 얘기였다. 탈출은 힘들어지겠지만 여전히 엄폐가 가능하다는 문제가 남아 있다. 아니다. 해상이어야만 한다. 하지만 장정 세 사람을 난바다에 어떻게 가두나? 그것도 뛰어난 지략가에다 암살과 자기보호에 특화된 단련자 세 사람을?

하스는 한숨을 쉬며 지도를 접었다. 좀더 조사해볼 필요가 있었다. 그는 지도를 사서에게 반납하며 고맙다는 인사를 한 뒤 서늘한 건물을 빠져나갔다. 문득 다른 가능성이 떠올라 그는 법원 쪽으로 발길을 돌렸다.

토지 기록을 담당하는 사무원이 친절하게 고개를 끄덕였다.

"물론입니다. 하와이 토지 거래 사본이 있습니다. 육 개월이 지난 건에 대해서 말입니다. 신고 후 등록까지 그 정도 기간이 소요되거든요." 그가 마르고 강한 기운을 풍기는 남자를 보며 말했다. "매수인 이름이 뭐죠?"

"콘스탄틴이오. S. 콘스탄틴사."

"수입사 말씀입니까? 잠시만 기다려주십시오……"

하스의 시선은 뿌연 유리창 너머에 있는 샌프란시스코만과 멀리서 쉼없이 움직이는 크고 작은 배들을 향했지만 아무것도 눈에 들어오지 않았다. 그의 내면의 눈은 해변과 앞바다에 두둥실 떠 있는 배 한 척—아니, 두 척—을 보고 있었다. 한 척에는 드라고밀로프가, 다른 한 척에는 스타킹턴과 일행이 타고 있었다. 그 장면을 계속 떠올리면서 드라고밀로프가 그들을 그리로 유인한 이유를 설명해줄 수단, 함정이 될 만한 단서를 찾아헤맸다.

사무원이 돌아왔다.

"여기 있습니다. S. 콘스탄틴사가 1906년 킹 스트리트에 있는 사무실 부지를 매입했습니다. 오 년 전이로군요. 세부 내용은 여기 다 나와 있으니 필요하시면 살펴보십시오."

하스가 고개를 저었다.

"아뇨. 제가 말씀드린 건 다른 건입니다. 좀더 최근 건 말입니다. 동쪽 해안 지역에……" 잠시 머뭇거리는 동안 불현듯 모든 게 분명해졌다. 갑자기 그는 확신이 생겼다. 드라고 밀로프가 첫날부터 이 쿠데타를 계획했다는 걸. 그는 똑바로 서서 분명하게 말했다. "열 달에서 열한 달 전에 매입한 부지입니다."

사무원이 다시 문서를 찾으러 사라졌다. 다시 돌아왔을 때 하스는 옅은 승리의 미소를 억누르기 힘들었다. 그의 손에 서류철이 들려 있었기 때문이다.

"찾으시는 게 이것 같습니다. 그런데 회사 명의로 매입한 게 아니라 세르기우스 콘스탄틴이라는 분의 이름으로 이뤄졌습니다. 오아후 동쪽 해안에서 떨어진 작은 섬입니다."

하스가 재빠르게 정보를 훑었다. 조금 전 지도에서 본 해안지대를 완벽하게 떠올려내는 그의 놀라운 기억력은 그 작은 섬의 위치를 단박에 파악했다. 그는 사무원에게 고맙다고 인사한 뒤 빠른 걸음으로 그곳을 빠져나갔다. 여러 가지 가능성을 생각하느라 마음이 조급해졌다.

수개월 전부터 철저히 준비해온 함정임은 너무 자명했고, 이제 실행의 단계에 이른 것이다. 희생자들은 짐작조차 하지 못했고, 운명은 정해져 있었다. 당장 전보를 쳐서 스타킹턴에게 사실을 알려야 했다.

그는 가방 속 옷가지 밑에 숨겨둔 암호 책을 떠올리며 전보에 쓸 말을 만들면서 호텔로 들어갔다. 방 열쇠와 함께 작은 봉투를 받았다. 봉투를 뜯으며 계단으로 향하던 그는 갑자기 멈춰 섰다. 간단하지만 결정적인 메시지였다.

"하스: 이런 소식을 전하게 되어 유감입니다. 스타킹턴, 하노버, 루코빌이 불운한 보트 사고로 운명했습니다. 아셔야 할 것 같아서 전합니다. 홀."

그는 잠시 그 소식에 마음을 빼앗긴 채 전보를 손에 꼭 쥔 채로 그 자리에 못박힌 듯 서 있었다. 너무 늦었다! 경고할 때가 아니었고, 무언가를 할 여유도 충분치 않았다. 제일 빨리 떠나는 선박을 타야 했다. 해질녘 출발하는 엠벌리호가 가장 빠른 배편이었다. 해운회사 사무소에 들러 자리 예약부터 해야했다. 다행히 몇 블록 떨어진 곳에 사무소가 있었다.

그는 황급히 호텔 밖으로 나갔다. 북적이는 정오의 인파를 뚫고 앞으로 나아갔다. 가여운 스타킹턴, 항상 아끼던 사람이었는데! 온화하고 학구적인 기질이 넘치던 하노버, 이 무질서한 세상에서 비행을 저지를 생각에 늘 들떠 있었는데! 그리고 루코빌. 다시는 음식 타박을 하지 못하다니!

길 맞은편에 사무소가 있었다. 그는 앞만 보고 차도로 뛰어들었고 자신을 향해 내달리던, 주류통을 가득 실은 짐마차를 보지 못했다. 지나가던 행인이 외마디 비명을 질렀다. 깜짝 놀란 마부가 욕지거리를 내뱉으며 미친듯 고삐를 당겼지만 허사였다. 홀연히 나타난 작은 형체의 환영에 겁먹은 회색 말 두 마리가 뒤에서 거칠게 당겨지는 재갈에 흥분해서 마구 날뛰기 시작했다. 말발굽에 짓이겨지며 하스가 마지막으로 떠올린 생각은, 견디기 힘든 고통이 느껴진다는 것과 야자수가 줄지어 선 해변과 임무 완수를 눈앞에 두고 이렇게 죽어야만 하는가였다.

운명의 한 해를 섬에서 마무리하기로 합의하고 드라고밀로프, 그루냐, 홀은 그곳에서 단순한 생활을 시작했다. 오랜 세월 원주민이 해온 방식 그대로 직접 요리를 하고, 물을 긷고, 바다에서 먹을 것을 구했다. 놀랍게도 꽤나 즐거운 일이었다. 본토에서의 숨가쁜 일상에서 벗어나 여유를 만끽할 수 있었다. 다만 그 생활이 그들의 문제로부터 도피하는 과정에서 발생했으며 기한이 얼마 남지 않았음을 다들 알고 있었다.

홀은 스타킹턴의 끔찍한 죽음을 떨쳐내지 못하면서도 드라고밀로프에 대한 호감이 매일 조금씩 되돌아오는 걸 느끼고 내심 놀랐다. 기억은 점차 흐릿해지면서 마음 깊숙한 곳으로 자취를 감췄다가, 오래전 읽은 책의 한 장면이나 그동안 잊고 있었던 이름 없는 갤러리에서 본 패널 벽화가 생각나듯 떠오르곤 했다.

드라고밀로프는 가사 일을 회피하지도, 직위나 나이를 내세워 지휘하거나 명령하려 들지도 않았다. 낚시할 때나 식사 준비를 할 때 늘 도우려 했고 평정심을 유지했다. 그런 모습에 홀은 종종 무시무시한 소용돌이가 몰아치는 광경이 실제 있었던 일인지 헷갈리곤 했다. 하지만 날이 갈수록 드라고밀로프가 혼자 보내는 시간이 점차 많아졌다. 식사를 할 때도 아무 말 없이 깊은 생각에 빠지기 일쑤였다. 그가 맡아서 하는 일들도 혼자서 해야 하는 일이 대부분이었다. 그리고 매일 해변에서 육지 쪽 망망대해를 하염없이 바라보았다. 꼭 누구를 기다리는 것처럼.

계약 종료를 하루 앞둔 어느 늦은 오후였다. 파도를 맞으며 쪼그려앉아 얕은 웅덩이에서 육즙이 풍부한 게를 찾느라 여념이 없는 홀에게 드라고밀로프가 다가왔다. 얼굴은 긴장감으로 팽팽했지만 늘 그렇듯 차분한 목소리였다.

"홀, 하스에게 전보를 보낸 게 확실한가?"

홀이 놀란 표정으로 그를 올려다보았다.

"물론입니다. 그건 왜 물어보십니까?"

"하스가 아직 오지 않은 까닭을 도저히 모르겠군."

"통제할 수 없는 어떤 사정이 있겠죠." 홀이 상대를 바라보며 말을 이었다. "암살국의 마지막 조직원이지 않습니까."

드라고밀로프는 무표정한 얼굴로 쭈그려앉은 남자의 햇볕에 그을린 얼굴을 바라보며 골똘히 생각에 잠겼다.

"날 제외하면 그렇지." 그는 조용히 이 말을 남기고 오두막 방향으로 걸음을 옮겼다.

홀은 잠시 그런 그의 뒷모습을 바라봤지만 이내 어깨를 으쓱하고 다시 게 잡는 일에 열중했다. 작은 고리버들 바구니에 맛있는 저녁식사 재료가 충분히 확보되자 그는 몸을 일으킨 뒤 뻐근해진 등을 문질렀다. 다들 신경이 곤두서 있지만 이제 딱 하루만 버티면 되는군. 그는 안도하다가 얼굴을 찡그렸다. 이 섬에서의 생활이 그리워질 터였다.

홀이 오두막에 돌아왔을 때 저멀리 육지의 파룻파룻한 언덕 너머로 해가 지고 있었다. 꿈틀거리는 게가 담긴 바구니를 아담한 부엌에 가져다둔 뒤 거실로 향했다. 그루냐가 아버지와 심각한 대화를 나누다가 그가 들어오는 걸 보고 말을 멈췄다. 방해받고 싶지 않다는 게 분명해 보였다. 그는 서둘러 밖으로 나가 다시 해변으로 향했다. 기분이 좋지만은 않았다. 무슨 비밀이지? 그는 축축한 모래를 밟으며 씁쓸한 생각이 들었다. 이제 와서 무슨 비밀인가?

어둑어둑해져서야 그는 집으로 돌아갔다. 드라고밀로프는 방안 책상에 앉아 있었다. 램프 불빛이 잔가지를 엮어 만든 벽에 그의 옆모습을 선명한 그림자로 남겼다. 그루냐는 작은 등불 옆에서 길쭉한 야자수 잎으로 자그마한 매트를 짜고 있었다. 홀이 맞은편 의자에 털썩 주저앉아 그녀의 야무진 손가락이 부지런히 움직이는 모습을 물끄러미 바라보았다. 늘 그를 보며 지어주던 미소가 보이지 않았다.

"그루냐."

그녀가 무슨 일이냐는 듯 고개를 들었다. 표정에 변화가 없었다.

"네, 윈터?"

"그루냐." 그가 목소리를 낮췄다. "이제 이 생활도 끝나가네. 곧 문명사회로 돌아가겠지." 그는 그녀의 진지한 얼굴을 보고 쉽게 입을 떼지 못했다. "나랑…… 아직 결혼할 생각이 있어?"

"당연하죠." 그녀의 눈길이 다시 무릎에 있는 매트로 향했다. "당신하고 결혼하는 것 말고 내가 바라는 건 아무것도 없어요."

"그럼 당신 아버지는?"

그녀는 굳은 얼굴로 다시 그를 올려다보았다. 그녀의 강인
하고 아름다운 얼굴선이 드라고밀로프를 빼닮았다고 느낀 건
그때가 처음이 아니었다.

"아버지라뇨?"

"앞으로 어떻게 하실 생각이지? 암살국은 없어졌지만 그
게 그분 삶에서 큰 부분을 차지했으니 말이야."

"삶의 전부였죠." 그녀는 그를 올려다보고 있었지만 무슨
생각을 하는지 알 수 없었다. 그러다 그녀의 시선이 그의 어
깨 너머로 향했다. 홀이 뒤를 돌아보니 드라고밀로프가 다가
와 말없이 서 있었다. 그루냐가 다시 홀을 쳐다보며 억지웃음
을 지었다.

"윈터…… 물이 다 떨어졌어요. 좀 길어다주겠어요……?"

"그러지."

홀은 일어서서 양동이를 들고 섬의 북쪽 끝에 있는 작은 샘
터로 향했다. 밝은 둥근달이 하늘거리며 춤추는 꽃 그림자가
드리운 길을 비췄다. 그는 마음이 무거웠다. 평소와 다른 그
루냐의 딱딱한―차갑게까지 느껴지는―태도가 그를 무겁게
짓눌렀다. 하지만 곧 마음을 고쳐먹었다. 지난 며칠 동안 우

리는 중압감에 시달렸으니까. 그는 생각했다. 나도 그녀에게 어떤 모습이었을지는 신만이 아시겠지! 며칠 후면 두 사람은 배에 있을 테고, 선장 앞에서 백년가약을 맺을 것이다. 부부가 되는 것이다! 그는 양동이에 물을 채워 집으로 향했다. 저절로 휘파람이 났다.

그는 물통이 있는 부엌에 가서 양동이를 한번에 비웠다. 물이 넘쳐 그의 맨발을 적셨다. 물통은 이미 가득차 있었던 것이다. 그는 왠지 모를 불안감이 엄습해 양동이를 제쳐놓고 거실로 달려갔다. 그루냐는 말없이 매트를 짜고 있었지만 눈물이 볼을 타고 흘렀다. 테이블 위에 놓인 등 아래 모서리가 오그라진 두툼한 종이 다발이 보였다.

"그루냐! 이게 무슨……"

그녀는 손놀림을 멈추지 않았지만 눈물이 쉴새없이 흘러내렸다. 결국 들고 있던 매트를 던지고 그의 품으로 무너져내렸다.

"아, 윈터……!"

"왜 그래? 대체 무슨 일이야, 그루냐?" 불현듯 의심이 뇌리를 스치면서 그는 드라고밀로프의 방 쪽을 돌아보았다. 방은 깜깜했지만 열린 창으로 들어온 달빛이 텅 빈 침대를 비쳤다. 그가 벌떡 일어서려 했지만 그루냐가 팔을 붙잡았다.

"안돼요! 그러지 말아요! 이걸 읽어봐요!"

그가 머뭇거리자 그녀가 그의 팔을 잡은 손에 힘을 줬다. 그를 올려다보는 그녀의 눈망울은 촉촉이 젖어 있었지만 단호했다. 그는 천천히 힘을 풀고 종이 다발을 집어들었다. 그가 글을 읽는 사이 그루냐는 넓은 이마부터 강인한 턱까지, 앞으로 자신의 유일한 은신처가 될 남자의 이목구비를 지그시 바라보았다.

"그루냐, 홀 보거라.

더는 기다릴 수가 없구나. 하스는 오지 않고 시간은 점점 줄어드는구나.

너희들이 나와—홀의 방식대로 표현하자면—내 광기를 이해해주길 바란다. 이제 내 과업을 말해주마. 난 암살국의 수장으로서 의뢰를 수락했으며, 그에 따라 일을 성공적으로 마무리할 의무가 있다. 우리 조직은 한 번도 실패한 적이 없고, 이제 와서 그럴 일은 없을 것이다. 그렇게 되면 지금까지 조직을 지탱해온 가치관이 전부 허사가 되고 만다. 하스의 발목을 잡은 건 오직 죽음뿐임을 확신한다. 그리고 우리 조직에서 미완성 임무는 다음 사람에게로 넘어간다. 마지막 남은 조직원으로서 난 그걸 수락해야만 한다.

하지만 애석하게 생각하지 않는다. 조직은 내 삶이었으며, 조직이 사라진다면 이반 드라고밀로프도 사라져야 한다. 또한 부끄러워하지도 않는다. 오늘밤 당당하게 떠날 것이다. 우리가 잘못됐을 수도 있다. 홀, 언젠가 자네가 그렇다고 날 설득시켰지. 하지만 잘못된 이유로 잘못됐던 적은 결단코 없었어. 잘못된 가운데서도 공의가 존재했기 때문이지.

우리가 살인을 저질렀다는 걸, 그것도 그 수가 적지 않았다는 걸 부정할 생각은 없다. 하지만 살인의 비극은 죽은 자의 숫자가 아닌 그 질적 측면에 달려 있다. 소크라테스 한 명을 죽이는 게 칭기즈칸이 아시아를 잔혹하게 유린하며 야만인 무리를 끝없이 학살한 것보다 인류에게 더 끔찍한 범죄이기 때문이다. 하지만 진정 그렇게 믿는 사람이 어디 있을까? 대중은—우리의 정체를 안다면—우리에게 욕설을 퍼부어댈 것이다. 그러면서 무분별하고 불필요한 다른 모든 형태의 학살은 열렬히 찬양하겠지.

내 말을 못 믿겠다고? 대도시의 공원과 광장을 거닐어보렴. 아리스토텔레스 기념비가 보이느냐? 페인이나 스피노자의 기념비는? 아니, 그 공간은 인류가 유인원에서 벗어난 이래로 대량 학살에서 선봉에 나서 칼을 든 반신반인들이 차지하고 있다. 최근 벌어진 미국-스페인전쟁으로 이곳과 스페인에 얼마간 남아 있는 자리들마저 피로 얼룩진 팔로 거수경례를 하는, 말 탄 영웅들에게 돌아갈 건 아주 자명하지. 그 불멸의 청동 주물은 인간의 정신이 걸린 싸움에서 벌어진 폭력의 승리를 기념할 테지.

그런데도 난 우리가 잘못됐다는 의견에 동조하고자 한다. 왜냐고? 우리가 본질적으로 옳지 않았기 때문이다. 정의에는 연대 책임이 따른다는 사실을 세상 모두가 깨달아야 한다. 더는 정의가 선택된—그리고 스스로 선택한—소수의 목표로 남아서는 안 된다. 지금도 유럽에서 들려오는 소식은 인류가 지금껏 겪지 못한 대재앙의 조짐을 내비치고 있다. 하지만 구원은 우리가 내놓을 수 있는 것보다 더 큰 도덕에서 비롯돼야만 한다. 점점 커지는 세상의 도덕성 그 자체에서 비롯돼야 한다.

물론 궁금해할 수 있다. 의문을 가질 수 있다. 만일 그 도덕성이 발현되지 않는다면? 그렇다면 먼 훗날 암살국이 다시 태어날 수 있다. 문을 열면 마주할 수 있는 죽음에 대해 이렇게 말할 수 있다. 죽어선 안 되는 사람 중 죽은 사람은 없다. 죽어서 인류에 도움이 되지 않는 사람 중 죽은 사람은 없다. 하지만 다음에 있을 '마지막' 전쟁이 끝나고 광장에 동상으로 세워지는 인물에 대해 똑같이 얘기할 수는 없을 것이다.

하지만 시간은 유한하다. 홀, 부탁하네. 그루냐를 지켜주게. 그애는 내가 이 세상에 남긴 생명이며 그 누구도, 옳든 그르든, 자신의 흔적을 남기지 않고 가서는 안 된다는 증거라네.

사랑하는 그루냐에게 마지막 키스를, 내 친구 홀에게 마지막 악수를 전하며.

D."

홀이 들고 있던 종이에서 눈을 떼고 연인의 아름다운 얼굴을 바라보았다.

"붙잡지 않았어?"

"네." 그녀의 눈에 차분하면서 다부진 기운이 느껴졌다. "평생 저를 위해 모든 걸 해주셨어요. 아주 사소한 것까지 전부 들어주셨죠." 그녀의 눈망울이 촉촉해지고 진정하려 애쓰며 입이 떨렸다. "온 마음을 다해 내가 사랑하는 분이에요! 그것 말고는 내가 그분께 진 빚을 다 갚을 수 없어요."

홀이 따뜻하게 안아주자 놀랄 만큼 강인한 힘이 홀에게 그대로 전해졌다. 그러다 어느 순간 더이상 참지 못하고 그녀는 눈물을 펑펑 흘리며 온 힘을 다해 그에게 매달렸다.

"오, 윈터, 내가 틀렸나요? 내가 틀렸어요? 제발 죽지 말라고 빌었어야 했나요?"

그는 그녀를 달래면서 꼭 껴안았다. 열린 문 밖으로 눈부신 달빛 아래 반짝이는 평온한 바다가 보였다. 그때 그림자가 그의 눈에 들어왔다. 멀리서 희미한 형체가 천천히 노를 저으며 후후 카이를 만나기 위해 해협의 중심으로 소리없이 움직이고 있었다. 그게 실제 모습인지 아니면 환영인지 자신할 수 없었지만, 점점 작아지는 카누에서 한 손이 올라온 것만 같았다. 행복한 작별인사였다.

"아니." 그는 그루냐를 더 세게 껴안으며 힘주어 말했다. "내 사랑, 당신은 틀리지 않았어."

끝

〔잭 런던의 원고는 198쪽 "홀은 와인잔을 한쪽으로 치운 뒤 테이블을 짚고 다시 한번 자리에서 일어섰다"에서 멈춘다. 그 뒤부터는 로버트 L. 피시가 이어서 작품을 완성했다.〕

소설을 완성하기 위해 잭 런던이 남긴 메모

휴전이 끝나기 전에 '시한폭탄이 돌아가게' 한다. 드라고가 이를 눈치챈다. 그 사실을 알고 놀라는 브린. "멈추게 할 수 없어요. 멈추려고 하면 그 자리에서 바로 폭발할 겁니다."

드라고: "내가 도와주지." 브린, 고마워한다.

그들은 브린이 휴전중에 폭탄을 작동시켰다는 사실을 증명한다. "여러분이 옳아요. 내가 그릇된 생각을 할 뻔했군요. 해체는 못합니다. 내가 언급한 장치가 바로 그겁니다. 이 장치의 미학은 우리 조직의 규율과 흡사합니다. 지금처럼 일단 작동하면 이 지구상에서 이걸 멈추게 할 힘은 어디에도 존재하지 않기 때문입니다. 자동 잠금장치예요. 이젠 대장장이가 와도 시계를 제거할 수 없을 겁니다."

폭탄을 내려놓고 만에 던져넣는다.

"동지여, 광신도여 — 이를 허락해주시겠습니까?"

"멈추는 건 불가능합니다." 하노버가 웃으며 말한다. "반박의 여지가 없는 원소의 논리! 반박의 여지가 없는 원소의 논리!"

"그럼 여기 남아서 폭파돼도 상관없다는 말입니까?" 홀이 화가 나서 따진다.

"그건 아닙니다. 하지만 브린도 말했듯 아직 시간은 충분해요. 십 분이면 우리 중 가장 느린 사람도 파멸의 공간에서 벗어날 수 있습니다. 그동안 이 경이로운 것을 만끽하도록 하죠!"

홀이 다른 사람들의 반응을 살핀다.

브린: "내 이론은 깨졌습니다. 인간의 이성에 오류가 있음을 보여준 셈이죠. 하지만 하노버, 원소 이론은 굳건합니다. 깨지지 않을 겁니다."

모두가 몰두하느라 시간의 흐름을 망각한 사이, 드라고가 일어서서 루코빌의 어깨에 다정히 손을 올린다 — 그의 목에서 멀지 않은 자리다.

만족해하며 입을 연다 — 재빠르고 — 돌발적인 손놀림. 일본식 급소 찌르기. 모자와 코트를 집어든다. 빠져나간다—하스가 호랑이처럼 튀어나가다 종업원과 충돌한다—와장창 그릇이 깨진다.

"친애하는 벗 루코빌," 하노버가 안경알 너머로 그를 바라본다. "자네는 이제 어떤 답도 할 수 없군."

보스는 마지막 말을 남긴 셈이다.

—

이튿날 신문—〈샌프란시스코 이그재미너〉—만에서 원인 불명의 폭발 사고 발생—물고기 떼죽음. 사건은 미궁으로.

드라고의 메시지: "로스앤젤레스로 향함. 당분간 그곳에 머물 것. 날 잡으러 오게."

드라고가 모험의 난이도를 높인 뒤 이뤄진 저녁식사—그들은 그가 감상주의자이자 쾌락주의자라며 비난한다(냉소적 반응).

—

"여러분!" 홀이 다급하게 소리쳤다. "수학자인 여러분께

호소하겠습니다. 윤리는 과학으로 축소될 수 있습니다. 왜 그의 목숨을 위해 여러분의 목숨을 포기하십니까?

광신도 여러분―생각해보십시오. 이 상황을 등식의 관점으로 바라보십시오. 비과학적이며 비이성적입니다. 비도덕적이기까지 합니다. 고결한 윤리학자들에게 어울리지 않는 야만적인 행위란 말입니다."

토론이 시작된다. 그들이 항복한다.

드라고: "현명한 판단이네. 자, 지금부터 휴전하도록 하지. 미국 아니, 전 세계에서 서로를 이렇게 신뢰하는 집단은 우리가 유일할 걸세." 시계를 꺼낸다. "아홉시 삼십분이군. 함께 저녁을 먹자고. 두 시간 동안 휴전이야. 그뒤에 어떤 결정이나 별다른 이상이 없다면 현재의 상황을 지속하기로 하세."

―

홀이 그루냐를 놓친다. 그루냐는 드라고를 구한 뒤 함께 탈출한다. 홀이 전보를 보내고, 그들의 흔적을 쫓아 멕시코, 서인도제도, 파나마, 에콰도르로 향한다―드라고에게 많은(다섯 배) 돈을 부친 뒤 추적을 시작한다.

도착, 그들은 이미 떠나고 없다. 하스와 맞닥뜨리고 그를 따라간다. 둘은 범선을 타고 호주로 간다. 그곳에서 하스를 놓친다.

홀로 남아 국제 전보를 친다. 그들이 타히티섬으로 향하는 걸 알게 된다. 타히티섬에서 그들과 재회한다. 그루냐와 결혼한다. 하스 출몰.

드라고, 그루냐, 홀(결혼함) 세 사람은 암살자들이 도착할 때까지 타히티섬에서 산다. 드라고가 타이오헤까지 갈 수 있는 소형 보트를 몰래 숨겨놓는다.

드라고가 다른 이들에게 자신의 정신이 온전함을 확인시켜 준다. 심지어 그들은 미치지 않았다. 그들은 아둔하다. 그들은 그가 재평가한 가치를 이해하지 못한다.

모래사장으로 이뤄진 작은 섬에서 드라고밀로프가 교활할 만치 영리한 하스를 제외한 전체 조직원을 폭파하는 데 성공한다. 지뢰가 설치된 집.

드라고는 마르키즈제도의 타이오헤 마을, 누카섬에 있다. 약 백 년 전 멜빌이 탈출했던 해변에 망가진 소형 보트 옆으로 널부러진 암살자(하스)가 보인다. 드라고가 섬의 타이피 계곡으로 탐험을 나간 사이, 홀과 그루냐가 암살자 하스를 감쪽같이 속이고 그를 제거했다고 생각한다.

드라고가 의기양양하게 죽음을 맞는다: 마르키즈제도에서

사고로 조난당한 뒤 나약하고 무력한 상태에서 지정된 처형자―하스―에게 발견된다. 분명히 사고다. "사실 내가 조직보다 한 수 앞섰어." 그는 처형자와 죽는 방법에 대해 논의한다. 드라고에게 천천히, 고통 없이 죽을 수 있는 독약이 있다. 마시기로 합의한다. 마신다. 숨이 멎기까지 한 시간 걸린다.

드라고: "이제 반드시 해체돼야 하는 조직의 부당함에 대해 논의해보세."

그루냐와 홀이 도착한다. 저멀리 스쿠너선이 가물거린다. 두 사람은 보트를 타고 육지에 도착해 그의 임종을 지켜본다. 하스만 남고 모두 죽은 뒤 홀이 암살국의 뒷정리를 한다. 조직의 남은 자금 11만 7천 달러를 돌려받는다. 드라고의 서적과 가구를 따로 보관한다. 농아 하인을 에지무어 저택 관리인으로 보낸다.

차미언 런던*이 구상한 결말

작은 요트가 삼각 돛을 펼치고 며칠 밤낮 내내 항해한다.
파괴의 향연. 가다랑어 수십만 마리가 떼를 지어 헤엄치는 장
관. 위대한 사냥. 수마일에 달하는 파괴의 조각. 큰부리새, 흰
꼬리열대새, 군함조 등 수만 마리로 불어난다. 전부 날치를
사냥한다. 날치가 갑판 위로 떨어지면 그들도 뛰어가서 잡는
다. 살상의 향연이 그들의 신경을 거스른다. 삭구에 부딪혀
날개가 부러진 새가 물속으로 곤두박질친 뒤 가다랑어에 갈
기갈기 찢기고, 같은 조류—군함조, 흰꼬리열대새 등—에게

---

*잭 런던의 두번째 부인.

공격당한다. 원주민 선원들이 가다랑어를 잡아 날로 먹는다. 그물을 잡아당기자 잡힌 가다랑어떼에 물고기들이 달려든다. 선원들이 상어를 잡는다. 깨끗하게 가르고 내장을 샅샅이 제거한다. 한 남자의 손에서 심장이 벌떡댄다―상어를 물밖으로 던진다. 헤엄을 치며 나아간다. 태양이 넘실대는 소금물 속에서 이리저리 움직이는 가다랑어떼가 지나가자 턱을 벌리고 덥썩 문다―벌떡이는 심장을 보고 그루냐가 놀라움을 금치 못한다. 마침내 열대 태양이 이글댄다…… 여기서 소형 자동권총으로 새나 물고기를 쏘기 시작하고, 위에서 벌어지는 광경에 그루냐가 손뼉을 치며 감탄한다. 죽거나 상처를 입으면 곧장 상대의 먹잇감이 된다. 한번은 아이리시테리어 한 마리가 물에 빠지고 가다랑어떼에게 찢겨나간다. 또 한번은 그루냐의 빨간 스카프가 물에 닿자마자 아래로 끌려내려간다…… 탈출할 수 있는 건 아무것도 없다.

따라서 마지막에는 비극이 예고돼 있다. 뭍으로 향하는데 상어떼가 노를 부러뜨린다. 해변에는 밀려드는 작은 물고기떼가 발견된다. 그들은 죽은 생명으로 반짝이는 은빛 파도를 헤치고 뭍에 다다른 뒤―죽어가는 드라고밀로프와 재회한다.

지은이 **잭 런던**
미국 역사상 최초로 전 세계적인 인기를 누린 소설가이자 대중잡지 소설 황금기의 개
척자. 1876년 샌프란시스코에서 태어났고, 14세에 학업을 중단하고 생업에 뛰어들었
다. 독학으로 문학·철학·과학을 공부했고, 19세에 캘리포니아대학교에 입학했다. 인
기 작가이자 열정적인 대중연설가로 활약하다, 1916년 40세를 일기로 세상을 떠났다.
대표작으로 『야성의 부름』 『흰 송곳니』 『강철군화』 『마틴 에덴』 등이 있다.

옮긴이 **한원희**
캘리포니아대학교 어바인 캠퍼스에서 연극학을 전공하고 이화여자대학교 통역번역대
학원 번역학과를 졸업했다. 옮긴 책으로는 『숲과 별이 만날 때』 『빌리브 잇』 등이 있다.

문학동네 세계문학
암살주식회사

초판 인쇄 2024년 3월 4일 | 초판 발행 2024년 3월 18일

지은이 잭 런던 | 옮긴이 한원희
책임편집 정혜림 | 편집 김정희 고선향
디자인 김유진 이원경 | 저작권 박지영 형소진 최은진 서연주 오서영
마케팅 정민호 서지화 한민아 이민경 안남영 왕지경 정경주 김수인 김혜원 김하연 김예진
브랜딩 함유지 함근아 고보미 박민재 김희숙 박다솔 조다현 정승민 배진성
제작 강신은 김동욱 이순호 | 제작처 상지사

펴낸곳 (주)문학동네 | 펴낸이 김소영
출판등록 1993년 10월 22일 제2003-000045호
주소 10881 경기도 파주시 회동길 210
전자우편 editor@munhak.com | 대표전화 031) 955-8888 | 팩스 031) 955-8855
문의전화 031) 955-1927(마케팅) 031) 955-8861(편집)
문학동네카페 http://cafe.naver.com/mhdn
인스타그램 @munhakdongne | 트위터 @munhakdongne
북클럽문학동네 http://bookclubmunhak.com

ISBN 978-89-546-9845-0 03840

www.munhak.com